아버지의 새벽

아버지의 새벽

김상수 장편소설

Kim Art Institute Publishing

이 땅에 정의와 민주주의 실현을 위해
목숨 바친 분들에게 이 책을 올립니다

1. 아버지의 나라 - 9

2. 1979년 10월 19일 - 15
   초록빛 사과
   1979년 10월 20일

3. 27살의 사진작가 도야마 세이코(棟山聖子) - 42
   잊혀진 사람들
   한 장의 사진
   검문
   휘황한 섬광이 번쩍였다

4. 1979년 10월 21일 오후, 도쿄 - 74
   여자, 그 강물에 휩싸여

5. 남영동 대공분실 5층 503호 - 105
   중국 놈들을 청소하라는 명령
   까마귀 떼
   시간은 빠르다

6. 붉은빛 - 125
   치명적인 사랑
   1979년 10월 23일
   1979년 10월 24일
   1979년 10월 25일
   낯선 시간의 장막(帳幕)을 향해서
   너는 무엇이 되었는가?

7. 민중들의 깨움침 그리고 일어남 - 179
   하늘은 나에게 마음을 맡기라 했다

8. 천황이 다스리는 나라의 신하된 백성이란 - 199
   세상은 잠이 든다
   1979년 10월 27일, 무너진 마(魔)의 산 박정희

9. 일본 제국주의 한국인 황군들 – 226

10. 편지 – 241

11. 군사반란 – 243

12. 아무도 말하지 않는다 – 246

13. 임신 – 256

14. 잿빛 하늘 – 267

15. 나는 쓴다, 너의 이름을 – 279
    빛, 그리고 거짓
    보길도
    빛의 사랑

16. 1980년 6월 10일, 일본 도쿄 – 296
    격류(激流)
    고문기술자 오노 키비(小野吉備)
    빠가야로, 빠가야로
    세지마 류조(瀬島龍三)

17. 딸, 미아(美雅) – 320

18. 2016년 10월 29일 도쿄 – 322

19. 촛불 – 327

20. 산다화(山茶花) 꽃 – 329

1
아버지의 나라

　보스턴에 있는 딸 미아(美雅)에게서 전화가 온 것은 일주일 전이었다.
　미아는 갑자기 한국에 가야 한다고 말했다. 세이코는 태평양 건너 전화선을 타고 들려오는 '한국'이라는 단어에 갑자기 온몸에 감전이라도 된 것 같은 찌릿한 충격을 느꼈다. 아득하게 현기증까지 일었다. 전화기를 바짝 귓가에 갖다 댔다. 미아가 언젠가는 '아버지의 나라' 한국을 가겠다고 결심할 때가 있을 줄은 알았지만 정말 뜻밖이었다.
　미아는 보스턴 대학 대학원 조교수로 동북아시아 고대 문화사를 강의하고 있다. 미아가 지난 여름에 도쿄에 왔을 때, 일본의 고대사와 그에 얽힌 한국의 고대사에 대해서 잠깐 언급한 적은 있었다. 하지만 한국에 가겠다고 얘기한 건 이번이 처음이었다. 세이코는 전화기를 손바닥으로 가리고 전화선 너머 딸이 눈치 채지 않게 짧게 심호흡을 했다.

미아가 탄 뉴욕 발 인천 행 노스웨스트항공 N771편은 나리타(成田) 공항을 경유한다.

미아와는 공항에서 잠시 얼굴을 보기로 했다. 미아는 나흘간 한국에 머문 뒤 도쿄로 돌아와 세이코와 열흘간 같이 있겠다고 했다.

세이코가 운전하는 파란색의 벤츠 이 클래스 컨버터블은 도쿄만을 가로지르며 시바우라(芝浦)와 다이바(台場)를 연결하는 레인보우 브리지를 건너 공항으로 가는 좌측 고속도로로 들어섰다. 부드럽게 맞바람을 맞으며 도로 위를 달리는 세이코의 승용차는 가을 햇살을 받아 반짝거렸다. 차 안으로 들이치는 바람이 세이코의 은색 머리칼을 흩날렸다. 검은색 선글라스를 쓴 그녀의 얼굴은 단정했다.

내 딸이 한국에 간다. 내 딸이 드디어 '그'의 나라, 한국에 간다.
세이코는 온갖 상념이 일었다. 딸이 아버지 나라를 찾아가겠단다. 얼굴도 못 본 아버지, 한 번도 가 본 적이 없는 아버지의 나라 한국, 그 낯선 곳으로 가겠다는 딸의 결심은 세이코에게 충격을 안겼다. 그러나 세이코의 마음 한편으로는 딸이 한국에 간다는 사실을 담담한 심정으로 받아들이려고 애써서 마음을 다

잡았다.

 미아가 열일곱 살이 되던 해 어느 봄날, 세이코는 미아에게 처음으로 미아의 아버지가 누구인지 일러주었다.

 "미아, 네 아버지는 한국인이야."

 딸아이는 소스라치게 놀랐다. 마치 무거운 둔기에 얻어맞은 듯 휘청거렸고 위태로워 보이기까지 했다. 미아는 한동안 말을 잃었다. 미아는 어느 날 이모가 있는 미국으로 가겠다고 했다. 세이코는 딸아이의 눈을 가만히 들여다보았다.
 그해 늦은 봄에 세이코는 보스턴에 있는 언니 미치코 집으로 미아를 떠나보냈다. 그로부터 십팔 년의 세월이 흘렀다. 일 년에 한 번씩 미아는 도쿄에 돌아왔다. 딸은 볼 때마다 성큼 성장하고 있었다.

 세이코는 나리타공항 국제선 전용 주차장에 차를 세웠다. 선글라스를 벗어 가방에 넣고 백미러를 보며 머리와 옷매무새를 잠깐 다듬었다. 그녀는 미아에게 건넬 한국에 대한 자료를 챙겨 차에서 내렸다.
 공항 안은 사람들로 붐볐다. 흑인과 백인들은 국적을 구분하기 힘들지만 동양 사람들은 중국사람, 한국사람, 일본 사람들의 차이를 조금만 살피면 알아볼 수 있었다. 동남아시아계나 라틴계, 이슬람계 사람들도 눈에 띄었다.

미아가 도착할 시간이 거의 다 됐다. 미아는 두 시간 동안 공항에 머물 수 있다고 했다.

"마마, 인드라의 하늘에는 구슬로 된 그물이 걸려있어요. 구슬 하나하나는 다른 구슬 모두를 비추고 있어서 어떤 구슬 하나라도 소리를 내게 되면, 그물에 달린 구슬 모두에서 울림이 연달아 퍼진대요."

세이코는 자칫 딸아이한테 눈물을 보일 뻔했다. 미아는 금강경(金剛經)의 구절을 세이코에게 들려주고 있었다. 이제 딸은 여인이 됐다. 내가 미아의 아버지인 한국인 김재오를 만났을 때가 지금의 미아보다 어린 스물일곱이었다.

딸은 의외로 침착했다. 처음 가는 아버지의 나라 한국이지만, 가을 소풍이라도 떠나는 것처럼 간단한 차림을 하고 있었다. 미아는 자신의 연구 과제와 보스턴에서의 생활, 그리고 한 달 전에 워싱턴에서 있었던 '역사와 정치'라는 주제의 세미나에 참석했던 이야기, 새로 이사한 보스턴 대학 구내 100년이 넘은 낡은 주택의 수리 과정 등에 대해서 들려주었다. 삼 개월 전에 도쿄에 왔을 때 이미 들었던 얘기도 있었지만, 미아는 마치 오랜만에 다시 만난 것처럼 자신의 근황을 자세하게 털어놓았다.

시간은 안타까울 정도로 빠르게 흘렀다. 출국 수속이 시작된다는 멘트가 있었고 한국인으로 보이는 사람들과 한국으로 가는 일본인 관광객들이 벌써 게이트 안으로 들어서고 있었다.

"미아, 조심해서 다녀와야 한다."

미아는 세이코가 건네주는 봉투를 들고 일어섰다. 그 봉투 속에는 미아의 아버지 김재오의 친인척과 김재오가 다니던 한국의 신문사의 옛 동료들, 아사히신문의 서울 주재 특파원의 연락처와 김재오와 관련된 신문기사 스크랩과 1978년 겨울에 세이코가 한국을 방문했을 때 산사(山寺) 무량사(無量寺) 입구에 있는 돌부처 앞에서 찍은 김재오의 전신상 흑백사진이 들어있었다.

미아는 세이코를 끌어안았다. 딸아이의 품은 따뜻했다. 흰 셔츠 위에 걸친 청색의 카디건 차림은 건강해 보였고 청바지를 입은 두 다리는 길게 쭉 뻗어있었다.

말을 할 때마다 긴 머리를 뒤로 쓸어 넘기며 생각에 잠기는 듯하는 얼굴은 미아의 아버지, 김재오를 그대로 빼닮았다.

"마마, 걱정하지 마세요. 잘 다녀올 수 있어요."

"그래, 엄마도 알아. 미아는 항상 씩씩하게 세상을 살아왔지. 이런 미아의 모습을 아버지가 보셨다면 얼마나 기뻐할까. 이렇게 예쁜 우리 미아를…"

세이코는 딸의 얼굴을 두 손으로 감쌌다. 딸의 이마에 입을 맞춘 세이코는 어서 게이트 안으로 들어가라고 재촉했다.

"다녀오겠습니다."

게이트로 걸어가는 미아의 뒷모습을 바라보는 세이코의 눈가에 물기가 언뜻 스쳤다.

2
1979년 10월 19일

김포 공항을 출발한 KAL 747기가 도쿄 하네다 공항에 도착한 것은 밤 여덟 시가 조금 넘은 시간이었다. 불과 두어 시간 반.

비행기가 김포 공항 활주로를 박차고 오를 때, 김재오는 서편 하늘로 뉘엿뉘엿 지는 해를 바라보며 골똘히 생각에 빠졌다. 창으로 보이는 해협은 석양을 받아 햇살이 잘게 부서지고 있었다.

'일본, 일본. 그래, 지금 나는 일본으로 간다.'

서울서 두 꼭지의 기사를 마감 직전에야 넘기고 비행기를 탔다. 두 번째 기사가 마음에 걸렸다. 데스크에서 알아서 처리하리라. 지난번 작성한 기사도 문제가 되기 이전에 알아서 처리했으니까. 이제 더 이상 어느 한 사람의 기자도 기사로 인해 중앙정보부로 끌려가 다치거나 죽는 일이 없기를 바랐다.

신문사에서는 오랫동안 있는 그대로의 사실도 제대로 보도하지 못하고 있었다. 완전히 체념하거나 복종한 건 아니지만 사내 분위기는 미증유의 희뿌연 안개속에 켜켜이 눌려있었다. 그 속에서 신문사 사람들은 팽팽하게 긴장하면서 길 찾기를 하고 있었다. 불과 2주일 전만 해도 사방에 출구는 보이지 않았다. 중앙정보부 요원들이 신문사에 상주하다시피 했고 기자가 쓴 기사들은 더 끈덕지게 검열당했다. 박정희는 총통제 이상의 무단 권력을 꿈이 아닌 현실로 옮겼다, 하지만 그의 철권통치는 이제 임계점을 향해 치닫고 있었다. 지난 5월 3일 신민당 전당대회에서 민주회복을 선언한 김영삼이 신민당 총재로 당선된 직후부터 정국은 요동치기 시작했다. 이어 8월 11일에는 가발공장에서 수출용 가발을 만들던 여공들의 사내 집회를 경찰이 강제로 해산시키는 과정에서 강경진압이 있었고 한 여공이 목숨을 잃는 사건까지 터졌다. YH사건이었다. 9월 8일에는 민주당 총재 김영삼에 대한 총재직 정지 가처분 결정이 법원에서 내려졌고, 10월 4일 국회에서는 김영삼의 의원직 강제박탈 등, 일련의 사건들이 연이어 발생함으로써 박정희 유신체제에 대한 야당과 국민의 불만은 크게 고조되기 시작했다. 박정희는 18일 0시를 기해 부산 지역에 비상계엄을 선포했다. 그러나 독재를 반대하는 민주화에 대한 열망은 꺼지지 않았다. 시위는 부산에서 인근 마산과

창원 지역으로 확산되고 있었다.

현실은 한 치 앞도 내다볼 수 없었다. 신문을 읽는 독자들은 기사의 행간을 더듬어 사태를 미루어 짐작할 수밖에 없는 현실이었지만 분노는 안으로 들끓고 있었다. 이제 폭발은 시간이 문제였다.

한 무리의 햇살이 비행기 창안으로 들이쳤다. 바다 위를 날고 있었다.

일본, 나는 지금 일본을 가고 있다. 한국의 정치 사태는 너무나 긴박하게 돌아가고 있는데, 신문 기자인 나는 한국의 현장을 떠나 지금 일본으로 가고 있다, 열흘간의 출장 취재였다.
편집국장은 어제저녁 부산에서 취재를 끝내고 올라온 김재오에게 갑자기 일본의 노인복지 실태를 사회면 기획기사로 낼 테니 내일 일본 출장을 다녀오라고 했다. 뜬금없었다. 일본의 노인복지 실태라니? 그것도 바로 내일 출발하라고 했다. 김재오는 다음날 아침에 바로 부산으로 다시 내려가야만 한다고 말했지만, 정 국장은 한사코 말리며 열흘간의 출장 기간까지 제안했다. 그리고 서둘러 퇴근을 시켰다.

작년 1978년 12월, 김재오가 기사를 작성한 박정희 9대 대통령 취임 기사가 나간 후, 경찰은 그 기사를 문제 삼았다. 박정희는 통일주체국민회의 대의원들을 동원한 체육관 선거를 통해 대통령으로 선출됐다. 김재오는 그 기사에서 투표인 2,577명 중에서 찬성 2,576표, 무효 1표, 99.9% 득표를 얻어 다시 대통령이 된 일방적인 투표율에 대해 지나가듯이 슬쩍 언급했다. 김재오가 시범케이스라는 소문이 이내 돌았다. 아니나 다를까 며칠 후 치안본부 남영동 대공 분실로 끌려간 김재오는 나흘간 혹독한 고문을 당해야 했다. 그가 나오자마자 신문사는 김재오를 정치부에서 사회부로 발령을 냈고 한 달간 병가처리를 했다. 이후 사회부 기자로 그럭저럭 별무리 없이 지내는 가 했는데, 이번에는 경찰이 아닌 중앙정보부가 12월 총선에 대해 김재오가 쓴 기사를 또 다시 문제 삼았다. 제대로 작심을 하고 비판한 내용도 아니었고 또 그런 비판 기사는 사전검열 때문에 애초에 신문에 실을 수도 없었기에 그야말로 잠깐 스치듯 언급한 딱 한 줄. "12월 총선에서 야당의 득표율이 높은 이유를 제대로 직시하지 못하고 야당 당수를 정치공작으로 뽑는다면..."이라는 글이었다. 당시 정보부는 정국 현실에 강경 돌파를 주장하는 김영삼보다는 이철승을 신민당 당수로 만들고자 공작하고 있었고 정보부는 신경을 곤두세웠다. 그러나 다행히도 남산이나 남영동까지는 끌려가지는 않았고 편집국은 기사 작성에서 김재오가 손을 떼게 하고 기사 전체의 방향과 논조를 바꾸는 것으로 정보부와 가까스로 타협하면서 일단락됐다.

그 날 저녁, 정 국장이 술을 샀다. 술을 마시는 내내 정 국장은 말을 아꼈다. 술자리는 몹시 우울했다. 그 술자리가 끝날 무렵, 김재오는 불쑥 자신이 일본 취재를 한번 갈 기회가 있었으면 한다는 얘기를 했다. 불현듯, 올해가 가기 전에 일본을 가지 못한다면 어쩌면 영영 일본을 갈 수 없을지도 모른다는 조바심이 밀려왔던 것이다. 다행히 정 국장은 술자리에서 김재오가 얘기했던 바람을 흘려듣지 않았다. 정 국장은 팔 개월 전의 취중 대화를 기억해내고 동의를 해주었지만, 바로 어제저녁에 갑작스럽게 출장 취재 기간을 열흘이나 제안하면서 빨리 오늘 중으로 일본으로 떠나라고 떠다미는 건 너무 의외였다. 하필이면 왜 이때?

중앙정보부가 김재오를 다시 주목하고 있다는 얘기가 사내에 돈지는 한 달 가까이 됐고 정 국장은 김재오를 잠시 시국 사태 현장에서 빼겠다는 결심을 한 것 같았다. 김재오가 쓴 기사를 신느냐 마느냐는 문제로 편집국에서 시비가 확대되어 기자들 전체가 동요하는 현실도 편집국장 입장에서는 껄끄러웠고, 만약 김재오가 다시 정보부나 치안본부로 끌려간다면 이번에는 목숨까지 위험할지 모른다는 판단이 들었던 것이다. 정 국장은 명분으로는 일본 노인복지 실태 현황 취재를 김재오에게 지시한 것이지만, 고등학교 후배인 김재오가 잠시라도 시국의 한 복판에서 떠나 있는 게 좋겠다는 생각을 했다.

1979년 10월 19일

김재오는 일본에 간다면, 오래전부터 벼르고 있던 일본인 특무경찰 출신 오노(小野)를 반드시 찾아내고 싶었다. 정 국장은 일본 취재에 대하여 별도의 지시를 내리지 않았다. 정 국장도 암묵적으로는 이번 기회에 김재오가 찾겠다는 일본인 오노를 반드시 찾아내 보라는 무언의 성원을 보내주고 있는 것 같았다.

비행기 창밖은 어두웠다. 김재오는 창에 비치는 자신의 얼굴을 보았다. 눈가에 피로가 묻어있었다. 칠흑(漆黑) 같은 창밖의 어둠은 아무것도 보이지 않았지만 검고 광택이 났다. 김재오는 창에 비친 자신의 얼굴을 바라보았다.

창밖으로 잠깐 흰 빛이 스치면서 검은 바다가 내려다 보였다. 바다 위로 간간이 빗줄기가 가로로 빠르게 스쳤다. 비행기는 선회(旋回)를 하는지 같은 기울기로 공중을 돌다가 어느 순간 직선으로 기수를 내렸다. 창밖으로 열을 지어 파란색 불빛이 사선(斜線)으로 나타났다. 비행기는 하네다 공항 활주로 양옆으로 늘어선 불빛을 따라 천천히 내려앉고 있었다. 창밖으로는 멀리 관제탑과 여객터미널의 불빛이 불야성을 이루었다.

그를 찾아낼 수 있을까? '오노'라는 사람, 한 번도 만나본적이 없는 생면부지의 일본인을 과연 찾아낼 수 있을까?

입국 심사대 앞의 줄은 길었다. 일본인과 외국인을 분리하여 입국심사를 하고 있었다.

일본인 입국 심사대의 줄은 빠르게 줄어들었다. 비교적 입국심사가 간단해 보였다. 그러나 외국인 입국 심사대는 한참이나 걸려서야 겨우 한 사람씩 빠져나가곤 했다. 안경을 낀 출입국 관리사무소 직원이 김재오에게 일본어로 몇 가지 질문을 했다. 김재오는 약간 긴장한 채 영어로 답했다.

"일본에는 처음 오셨습니까? 온 목적이 무엇입니까?"

"취재를 하러 왔습니다."

"취재요? 무슨 취재죠? 기자 되십니까?"

"예. 한국의 신문 기자입니다. 일본의 노인복지 실태를 취재하러 왔습니다."

안경을 고쳐 쓴 일본인 입국심사 직원은 김재오의 여권과 비자, 취재 관계서류, 기자 신분증까지 찬찬히 훑어보더니 다시 한번 김재오를 쳐다보았다. 김재오도 지그시 그의 눈을 쳐다봤다.

"웨르커므. 헤브 어 굳또 타이므(좋은 시간 되십시오)"

1979년 10월 19일

김재오는 출입국 관리사무소 직원의 어색한 미소와 이상한 영어 발음의 부조화에 목례로 답했다.

입국 심사대를 지나 공항 출구로 걸어 나오는 김재오의 얼굴에는 두꺼운 피곤이 묻어났다. 아이보리색 바바리코트를 걸치고 가죽 가방을 오른손에 든 그의 걸음은 무거워 보였다.
그는 약속 장소인 공항 주차장 D입구를 찾아 천천히 걸었다.

공항 밖으로 나오자 주위는 의외로 한산했다. 주차장 C입구에 서서 그는 일본의 밤하늘을 올려다보았다. 그믐달이 구름 속에서 빠르게 기울고 있었다.
일본인 여성 세이코가 마중을 나온다고 했다. 고마웠다. 사진작가인 세이코는 작년 한국으로 취재를 왔을 때 김재오가 취재 가이드를 해 준 적이 있다. 그 답례로 이번 김재오의 일본 취재는 세이코가 도움을 주기로 했다. 그녀가 이번 일본 취재 전 과정을 도와주기로 한 건, 해외 취재를 처음 나온 김재오에게는 여간 다행스럽지 않았다.

밤하늘에 별무리가 길게 띠를 이루어 빛을 내고 있었다.
별무리는 마치 손에 잡힐 듯이 김재오의 머리 위에서 강처럼 흐르고 있었다.

김재오가 주차장 D입구로 들어서자 도로 왼편에서 헤드라이트 불빛이 빠르게 꺾이며 다가왔다.

김재오는 고개를 돌렸다. 자신을 향해 다가오는 빨간 스포츠카, 그 안의 운전석에 앉아있는 세이코를 보자 자기도 모르게 표정이 환해졌다. 세이코는 차창 밖으로 얼굴을 내밀고 환하게 웃으며 손을 흔들었다. 차에서 내린 그녀는 김재오에게 손을 내밀며 영어로 인사했다.

김재오도 세이코의 손을 잡으며 영어로 답했다.

"어서 오세요."

"다시 만나 반갑습니다. 이렇게 나와 주셔서 고맙습니다. 거의 일 년 만이군요."

"제가 늦은 건 아니죠? 혹시 약속 장소를 못 찾으실까 봐 은근히 걱정을 했는데 다행입니다. 피곤하시죠? 어서 타세요."

발랄했다. 일 년 전에 본 인상 그대로였다. 모습에는 구김이 없었고 어둠이 없었다. 저 얼굴에는 저 몸짓에는. 김재오는 그녀의 옆자리에 앉았다. 세이코는 김재오가 안전벨트를 맬 수 있도록 도와주고는 부드럽고 능숙하게 핸들을 돌려 공항을 빠져나갔다.

"작년 한국 취재에 도움을 주셔서 너무 감사했습니다."

"아, 예. 이번엔 제가 일본 취재에 도움을 청하게 됐군요. 고맙습니다."

"미스터 김은 일본 방문이 처음이라고 하셨지요?"

"네. 처음입니다. 작년 세이코 씨도 한국이 처음이었던 것처럼요."

"다시 가보고 싶어요. 한국은 참 아름다운 나라입니다."

"고맙습니다. 일본도 자연이 아름다운 나라라고 들었습니다."

"…자연만, 아름답지요"

"……"

"그런데 왜 갑자기 한국 신문에서 일본의 노인복지 실태 문제에 관심을 가지나요? 일본의 복지 시스템은 유럽이나 뉴질랜드에 비해서도 한참은 뒤떨어져있는데요…"

"네? 뉴질랜드요? 아, 네…"

"팩스로 보내주신 자료는 잘 받았습니다. 그 자료를 보니까 취재 일정이 타이트하지는 않더군요. 제가 우선 취재할 곳 몇 군데에 연락을 취해 놨습니다. 참, 오노라는 이름의 특무경찰 출신을 찾는다고 하셨는데… 그건 이번 노인 복지 실태 취재와도 관계되는 건가요?"

"네? 아, 아닙니다. 그건 저의 개인적인 취재입니다만…"

"그렇군요. 마침 제 친구 중에서 경시청을 출입하는 신문사 친구가 있어서 도움을 청했어요. 이름 전체를 알지 못하면 찾기가 쉽지 않을 거라는 얘기를 하더군요. 찾으시는 오노라는 사람은 잘 아는 분이신가요?"

"아, 아닙니다. 전혀 만난 적은 없습니다."

"그럼, 왜 그 사람을 찾으려고 하시는지…"

이때였다. 왼쪽 차선에서 달리던 검은색 벤츠가 갑자기 차선을 변경해서 끼어들기를 시도했다. 세이코는 서치라이트 불빛을 빠르게 깜빡거려 제지시키고는 가속 페달을 밟았다. 경적은 누르지 않았다.

세이코는 김재오에게 고개를 돌렸다.

"놀라셨나요?"

"아, 아닙니다."

"운전을 하다 보면 가끔 이상한 사람들이 있어요."

이 여성의 몸동작은 구사하는 영어만큼 명료하고 간단했다.
세이코는 더 이상 묻지 않았다. 김재오가 왜, 무엇 때문에 오노라는 사람을 찾는지…

세이코의 차는 고가 도로 위로 올라섰다.
고가 도로 옆에는 높고 커다란 빌딩들이 수직으로 열을 지어 불을 밝히고 서 있었다.

"도쿄는 모든 게 깨끗하고 잘 정비되어 있는 것 같군요."

"아, 네. 외국에서 일본에 처음 오시면 다들 그런 인상을 받는가 봐요. 그러나 그건 어디까지나 껍데기 인상이지요. 껍데기에서 받는 인상 말이에요."

"껍데기요?"

"네. 일본은 위장(僞裝) 국가라고 할까요."

"위장 국가요?"

"온통 위장으로 채워진, 꾸미고 만든 망가(漫畵) 같은 나라지요."

"만화요?"

세이코는 가볍게 웃음소리를 냈다. 김재오는 슬쩍 세이코를 쳐다봤다. 한국에서 만났을 때처럼 그녀의 어조는 때때로 단호했다.

세이코의 스포츠카가 해안도로를 한 참 달리기 시작했다. 차창으로 붉은 가로등 불빛이 영사 필름처럼 빠르게 스쳤다.
김재오는 작년 겨울 서울에서 만났던 세이코의 모습을 다시 떠올렸다. 명랑하고 밝은 성격에 싹싹한 예의, 간결한 동작들에 서려있는 기품은 자꾸 그의 눈길을 끌었다.

김재오는 이 여성의 단호함이 어디에서 오는지 궁금할 때가 있었다. 일본인이면서도 일본에 대한 시선은 얼음장처럼 차가웠다.

갑자기 세이코는 운전하다가 "아!"하고 숨소리를 냈다.

"미스터 김. 다시 가보고 싶어요. 그때 우리가 부여에 가서 보았던 절, 그 절의 입구 길가에 서있던 작은 돌부처가 생각나요. 한국은 참으로 아름다운 나라예요."

그녀는 절의 정경이 눈앞에 펼쳐지기라도 하는 듯이 아련한 표정을 지었다. 그녀의 얘기는 김재오에게 진심으로 들렸다. "아름답다"라고 하는 그녀의 말이 왠지 빈말처럼 들려오지는 않았다.

"고맙습니다."

그들이 탄 차량은 도쿄 시내로 접어들었다. 김재오의 눈에 긴자(銀座)라는 도로 간판이 눈에 띄었다. 긴자, 긴자라…. 정말 일본에 왔다. 정말 내가 일본에 왔구나. 형형색색의 거대한 네온간판들이 도시 공중에 매달려있고, 고층빌딩에는 불 켜진 창문이 자신에게 달려드는 것처럼 다가왔다. 고가

도로를 내려오자 거리에는 오가는 사람들이 가득했고, 도로에는 차들이 줄지어 지나가고 있었다. 히비야(日比谷) 공원 출입구와 그 안으로 나무가 가득한 숲이 보였다. 나무숲이 도심 한복판에 있는 게 인상적으로 비쳤다.

세이코가 안내한 김재오의 숙소는 히비야 공원 바로 맞은편에 있는 임페리얼 호텔이었다. 김재오는 혼자서 소리 없이 중얼거렸다. 임페리얼? 제국? 일본에서 제국이라? 제국호텔?

도심 번화가 한복판인데도 호텔은 조용했다.
김재오는 프런트에서 수속을 끝내고 열쇠를 건네받았다.

"미스터 김, 피곤하시죠?"

"세이코 씨, 늦은 시간까지 신세를 많이 졌습니다. 감사합니다."

"천만에요. 작년에 제가 한국에서 신세 진 것에 비하면 아무것도 아니에요. 편히 쉬세요. 내일 아침에 뵙겠습니다."

두 사람은 호텔 로비에 마주 서서 잠시 머뭇거렸다.
김재오는 호텔 중앙현관으로 먼저 발걸음을 옮겨 세이코를 배웅했다
서로 어서 가라고 손짓을 하는 바람에 두 사람의 얼굴에는 살

1979년 10월 19일

짝 웃음이 번졌다.
세이코의 웃음은 밤공기를 건드리는 청량(淸凉)한 소리를 냈다. 세이코는 목례를 했다.

"그럼, 저는 이만…"

김재오는 뒤돌아서서 발걸음을 옮기는 세이코의 뒷모습을 바라보았다.
세이코도 잠시 걸음을 멈추고 돌아봤다.
두 사람은 다시 눈길이 마주치자 이번에는 김재오가 웃으며 고개를 숙였다.

김재오의 방은 11층에 있었다.
호텔 창밖으로 비치는 도쿄의 풍광은 네온 불빛으로 출렁거렸다. 미등을 켜고 꼬리를 잇는 차량들, 곳곳에 네온사인들이 서로 어울려 장관을 이루고 있었다. 그러나 반듯한 인공천이 유리창을 반으로 가른 듯 왼쪽으로는 섬뜩하리만큼 적요(寂寥)한 공간이 조명을 받고 넓게 펼쳐져 있었다. 일본의 왕과 가족이 살고 있다는 궁성이었다. 마치 세상과 절연한 듯, 온통 검은 숲으로 싸여있는 에도성(江戸城)은 적막에 누워 도심 중앙을 거대한 넓이로 차지하고 있었다. 그곳은 원래 도쿠가와막부(德川幕府)의 본거지였다. 황거(皇居) 주위를 에워싸 적의 침입을 막기 위해 성 주위를 둘러서 판 인공 못인 해자(垓子)는 과거의 윤곽을 그대로 보여주고 있었다. 엄청난 크기의 돌로 차곡차곡 쌓아 올린 해자의 모습은 무지막지하게 동원된 인간의 끝 모를 노동의 고통이 겹겹으로 쌓여있는 것만 같아 보였다.

이 도시는 권력과 함께 부풀어 왔다. 원래 '에도'로 불리던 이 도시에 도쿠가와 이에야스(德川家康)가 무가 정권(武家政權)을 열었고, 그때부터 번성하기 시작했다. 일본의 형식적 최고 지위자인 천황은 계속 쿄토(京都)에 거주하고 있었다. 1868년 메이지(明治) 유신에 의하여 도쿠가와 무가 정권이 붕괴되자, 천황은 이곳 에도로 수도를 옮겼다. 그리고 도시 이름을 에도에서 도쿄로 그때 바꾸었다.

도쿄를 수도로 정한 유신세력은 18세의 천황을 큰 나무 가마에 태워 궁성을 옮기도록 했다. 천황이 탄 가마는 한 달 동안 천천히 느리게 움직였다. 도카이도(東海道)를 따라 이동하는 가마는 흔들림 없이 조심해야 했다. 천황이 탄 가마는 천지(天地) 사이에 있는 작위(作爲)의 공간이었다. 그 공간에 몸을 맡긴 자가 일본의 국체(國體)를 체계화시킨 '살아있는 신'으로 조작되고 간주되었다. 그는 메이지 시대를 열어 서양의 문물을 받아들였다.

하지만 그의 손자 미치노미야 히로히토(迪宮 裕仁)는 군부 집단과 함께 군국주의 팽창으로 내달아 이천만 명이 넘는 인구를 살상으로 내몰았다. 멀리 동남아와 태평양 연안 국가들, 이웃나라 한국과 중국은 침략의 고통에 시달려야만 했다. 전쟁 가해국인 일본도 전사자가 600만 명에 달했고 도쿄는 미군의 전시 공습으로 원시시대처럼 허허벌판이 되고 말았다.

김재오는 트렁크에서 짙은 노란색의 봉투를 꺼냈다. 봉투 안에는 김재오의 아버지 김형호(金炯昊)의 모습이 담긴 액자가 들어있었다. 흑백사진 속에서 웃고 있는 아버지의 얼굴을 김재오는 오른손으로 쓰다듬었다. 액자를 탁자 위에 반듯하게 올려놓았다.

초록빛 사과

같은 시간, 세이코는 아오야마(靑山) 집 근처 쇼핑센터 지하의 식료품 코너에 들러 사과를 샀다. 사과 봉투를 들고 맨션으로 들어서자마자 전화벨이 울렸다. 얼마 전에 헤어진 곤도 마사히코였다. 그녀는 수화기에 대고 소리쳤다.

"다 끝나지 않았나요? 자꾸 되풀이해서 얘기를 해봐야 서로 피곤하기만 하잖아요?"

세이코는 왼팔에 낀 쇼핑봉투를 싱크대 위에 올려놓았다. 사과가 들어있던 봉투는 그녀가 전화통화를 하고 있는 사이에 서서히 기울어져 마룻바닥 위로 사과가 떨어졌다. 그녀는 짜증이 일었다.

"뭐요? 뭐라고요? 전화 끊어요."

수화기를 거칠게 내려놓은 그녀는 마룻바닥 여기저기 떨어져 있는 초록빛 사과를 횐 도기 그릇에 주워 담은 뒤 전화기를 다시 들었다. 발신음이 들리자 그녀는 애써 마음을 차분하게 가라앉혔다.

"전화 끊어서 미안해요. 내가 왜 파리에 갔는지 모르죠? 솔직하게 얘기할게요. 나는 당신을 피하고 싶어 파리에 갔던 거예요."

세이코는 수화기 속 상대로부터 무언가 끈적끈적하고 불쾌한 감정이 전달되어오면서 자신을 잡아당기는 기분을 느꼈다. 애써 진정시키려던 마음은 점점 엉켰다.

"자, 이제 더는 전화하지 말아요. 난 바빠요. 한국에서 손님도 왔어요. 그를 도와줘야 해요."

세이코는 수화기를 내려놓았다. 그녀는 작고 빠르게 혼잣말로 '빠가야로' '빠가야로'를 연발하면서 싱크대 앞으로 가 수돗물을 틀어 사과를 씻었다. 싱크대 앞의 거울에 비치는 자신의 얼굴을 잠시 들여다봤다. 거울 속 자신은 그녀의 시선을 피했다. 그녀는 초록빛 사과 하나를 왈칵 베어 물었다.
창밖에는 가늘게 찌그러진 그믐달이 구름 사이로 흐르고 있었다.

1979년 10월 20일

다음날, 김재오는 세이코가 팩스로 보내준 약도를 들고 호텔 정문 앞에서 택시를 탔다. 호텔 도어보이가 택시운전수에게 약도를 건네자 운전수는 두꺼운 도쿄 지도를 펼쳐 들고 세이코의 스튜디오를 지도에서 바로 찾아냈다. 김재오가 묵고 있는 호텔로부터도 그리 멀지 않은 곳이었다. 택시는 천황의 궁성을 끼고 'ㄱ'자 거리를 지나 달렸다.
정면에 육중한 돔이 있는 석조건물이 나타났고 국회의사당이란 팻말이 보였다. 하늘에서 내려다보면 '일본'을 의미하는 한자'日'자로 보인다는 건물이었다. 어디선가 읽은 기억이 있었다. 1920년에 착공하여 16년이나 걸려 완성됐다는 이 건물은 당시의 건축 규모에 비해서는 대규모의 공사였고 조선인들도 공사에 많이 동원됐다는 기록이 생각났다.

15분여 더 달려 택시는 깨끗한 주택가 골목으로 접어들었다. 택시는 정확하게 세이코의 스튜디오 앞에 멎었다. 아오야마 산쪼메(靑山3丁目) 21-4.
세이코가 2층 스튜디오 베란다에 나와 길거리를 내려다보고 있었다. 김재오는 택시에서 내렸다. 세이코가 손을 흔들면서 조용하게 소리쳤다.

"김 상! 김 상! 미스터 김! 미스터 김! 이쪽입니다!"

김재오는 세이코를 올려다봤다.

김재오는 세이코가 건넨 커피잔을 받아 커피를 마셨다. 세이코는 김재오가 준비해온 영문으로 번역된 취재기획 서류들을 꼼꼼히 넘겨다보고 있었고 책상 위에는 '일본의 복지실태'등 자료가 이미 준비되어 있었다. 스튜디오 안은 세이코가 서류를 넘기는 소리만 유난히 크게 들렸다.

이윽고 세이코는 고개를 들었다.

"미스터 김, 제 의견을 말씀드려도 괜찮겠어요?"

"아, 네. 말씀하시죠."

"일단 양로원은 두 군데로 줄이고, 의료시설 취재와 양로원을 겸한 곳을 한 군데 추가하면 어떨까요? 마침 요즘 일본에서 화제가 되고 있는 노인 치료병원이 있거든요."

"좋습니다. 세이코 씨의 뜻을 따르지요. 한국에서처럼 말입니다."

"네? 한국에서처럼요?"

세이코는 눈을 동그랗게 떴다.

"네, 한국에서처럼. 한국에서 미스 세이코는 취재 속도가 굉장히 빨랐잖아요? 취재 속도가 너무 빨라서 저는 당신을 따라갈 수가 없었어요. 그때는 제가 가이드가 아니라 도리어 당신에게

짐이 되는 기분이었거든요. 하하"

"아, 아니에요. 작년에 한국에서는 큰 도움을 주셨어요. 정말 고마웠습니다. 미스터 김의 도움으로 가능했던 취재였는걸요. 그때 제가 무례했다면 용서를 빌겠습니다."

"아, 아닙니다. 당신의 일하는 속도에 놀랐다는 얘깁니다."

세이코가 미안해하자 오히려 김재오가 더 당황했다.
세이코는 서류를 정리하여 원래 들어있던 봉투에 담았다.

"미스터 김. 그런데 정말 미안합니다. 저는 이번 미스터 김 취재일정을 이틀 전 에야 겨우 확인할 수밖에 없었어요. 제가 이틀 전에 파리에서 돌아오는 바람에 사전 준비를 제대로 하지 못했네요. 그래도 가 볼 곳은 어제 오늘 일단 연락을 취해 놓았습니다."

"파리? 프랑스 파리에서요? 이틀 전 이라고요? 무척 피곤하시겠군요. 폐를 끼쳐서 미안합니다."

"아니에요. 그런데, 일본의 노인 복지 문제는 한국에서 알고 있는 것과는 다를 수도 있어요. 일본 사회가 점차 고령화되면서 사회적인 문제가 되고 있지만, 아직 정부나 일반 국민들의 인식은 많이 부족한 상태입니다."

"한국도 그렇습니다. 우리 신문사에서 일본을 취재하기로 한 것도 곧 다가올 한국의 고령화 사회를 준비해야 한다는 취지지요."

김재오의 말이 끝나자마자 전화벨 소리가 요란하게 스튜디오를 울렸다.

두 사람은 깜짝 놀랐다. 세이코는 전화선을 플러그에서 뽑아 버렸다.

갑작스러운 행동에 김재오는 잠시 그녀를 물끄러미 바라보았다.

세이코는 아무 일도 없었다는 듯이 대화를 이어나갔다.

"인간은 누구나 늙고 병들고 죽지요. 나도, 미스터 김도. 국가나 정부가 한 개인이 늙고, 병들고 하는 것을 다 어떻게 할 수는 없겠지요. 다만,"

"다만?"

"사회 복지를 시스템으로 얼마나 대비할 수 있느냐가 중요하겠죠. 그것도 인간의 기준이나 척도로 말입니다."

"인간의 기준이나 척도로요?"

"그래요. 아시겠지만 사회 복지 시스템이란 게, 관료화되면서 인간을 냉동 시스템으로 밀어 넣는 것이 현실이지요. 국가나 사회가 정말로 인간을 생각하는 시스템으로 변화를 일으킬 수만 있다면, 최소한의 인간적인 조건이라도 만들어낼 수가 있다면, 하지만 그건 어렵고 심지어 불가능한 일이지요."

"네, 어려운 문제입니다."

그녀는 돌연 김재오의 눈을 정면으로 응시했다.

"어려운 문제가 아니고요. 불가능하다니까요."

"아, 네."

김재오는 세이코의 단정적인 영어에 놀랐다. 개성이 강해서 그런가? 한국으로 취재를 왔을 때도 느꼈지만 이 여성은 자기 생각을 표현하는 데 있어서 조금도 주저함이 없었다. 말과 행동에 진지함이 배어있었고 맑은 눈빛으로 상대를 주시했다.

"일본에서는 자살하는 노인의 수가 매년 늘어나고 있어요. 대부분은 경제적인 문제와 질병, 또 외로움 때문이죠."

"한국에서는 노인들이 질병에 걸리면 자식들에게 부담을 주지 않기 위해서 자살을 하는 경우는 간혹 있긴 있습니다."

"병에 걸리면 자살을 한다고요? 세상에. 그건 일본과는 좀 다르군요. 일본엔 요양보험 제도가 있어 노인들 개개인의 부담이 상대적으로 적지요. 하지만 일본에서는 혼자 사는 독거노인이 늘어나 노인자살을 부추긴다는 조사가 최근에 나왔어요. 핀란드는 정부지원으로 자살률을 크게 떨어뜨렸다고 하더군요."

세이코는 일본 후생노동성에서 발간한 '유럽 복지실태 현황' 핀란드 부분 영어자료를 건넸다.

김재오는 감탄할 수밖에 없었다. 자신은 일본의 노인복지 실태를 조사하겠다고 비행기를 타고 일본까지 날아왔지만, 지금 세이코가 얘기하는 내용의 십 분의 일도 준비하지 못했다. 일본은 고사하고 한국에 대한 기초 조사도 너무 부족했다.

세이코는 무슨 생각에 잠긴 듯이 잠시 창밖을 내다보다가 몸을 돌려 김재오를 바라봤다.

"미스터 김! 당장 오늘 오후부터 취재에 들어갈 수 있나요?"

"네? 오늘부터요? 세이코 씨 시간은 괜찮으신가요? 저야 괜찮습니다."

"자, 그럼 우리 바로 지금 나가죠."

3
27살의 사진작가 도야마 세이코(棟山聖子)

김재오는 한 달 전 같은 신문사 도쿄 특파원으로부터 전화를 받았다.

그는 일본의 유명한 젊은 사진작가가 2박 3일의 일정으로 한국을 취재하기 위해서 서울로 가는데, 그 사진작가의 출장 취재에 도움을 줄 수 있겠느냐고 물어왔다. 김재오가 2년 전에 보도한 기사 때문이었다. 기사는 '한국인 원폭피해자에게 과연 국가는 있는가?'라는 제목으로 한국인 피폭자들이 겪고 있는 열악한 현실을 보도한 기사였다. 도쿄 특파원은 일본인 사진작가가 한국인 피폭자들의 모습을 사진으로 찍을 계획인데, 아사히신문사(朝日新聞社)를 통해서 취재협조를 청하는 만큼 특별히 안내를 부탁한다고 말했다. 통화가 끝날 무렵, 스물일곱 살의 여성이고 '대단한 미인'이라는 말을 슬쩍 덧붙였다.

김재오는 잠시 어리둥절했다. 드문 경우였다. 일본은 한국인 피폭자 문제에 실질적인 원인 제공자이며 전쟁 가해자지만 일본 정부는 전쟁 책임을 조직적으로 회피하고 있다. 더구나 스물일곱 살이면 전쟁세대도 아닌 전후세대가 아닌가. 젊은 일본 여성이 자국의 원폭 피해자도 아니고 이웃나라 한국인 원폭피해자의 모습을 사진으로 찍겠다고?

1945년 8월 6일과 8월 9일, 일본 히로시마(広島)와 나가사키(長崎)에 미군의 원폭투하 당시, 피폭당한 조선인 원폭 피해자들은 7만 명에서 많게는 10만 명에 이른다. 전체 원폭 피해자의 10분의 1에 해당한다. 이들은 일본 사회에서 치료조차 제대로 받지 못한 채로 1946년을 전후로 4만여 명이 한국으로 귀국했다. 일본의 '피폭자 원호법'은 차별적이었고 한국 정부는 무지했고 안일했다. 정확한 피폭자 통계도 없었고 기본적인 인권은 어디에도 기대할 수 없었다. 한국인 피폭자들은 빈곤과 병고의 고통 속에서 나날을 살아갔다. 끔찍한 고통의 대물림은 원폭 2세, 3세에게까지 그대로 이어지고 있었다.

김재오는 도쿄 특파원의 부탁을 받아들였다.
일본인 사진작가가 입국을 하는 날, 시간에 맞추어 김포 공항으로 마중을 나갔다.
2박 3일간의 한국 취재를 위해서 왔다는 사진작가 세이코는 도쿄 특파원의 말처럼 '대단한 미인'이었다.

"안녕하세요? 제 이름은 성자… 세이코라고 합니다. 잘 부탁 드립니다."

세이코는 떠듬거리는 한국어로 자기소개를 했다. 자신의 이름을 '성자'라는 한국식으로 발음하면서 수줍게 웃는 그녀의 모습은 밝아 보였다. 흰 피부에 이마가 반듯했고 상대의 눈을 바라보는 눈빛은 맑았다. 환하게 웃음 짓는 눈은 '나는 당신을 신뢰합니다'라는 인상을 주고 있었고, 처음 만난 외국인에게 스물일곱이라고 자기 나이까지 일러주었다. 김재오는 초면에 자기 나이를 스스럼없이 밝히는 외국인을 처음 만났다. 일본에서 누군가가 한국인을 대하는 법이라고 일러준 것인가.

"아. 네. 김재오입니다."

그녀는 청바지에 목깃까지 닿는 검은 스웨터, 짙은 검은색 가죽 재킷 차림이었다. 그녀는 몸동작이 유연했으며 뚜렷한 목선은 검은색 목도리와 잘 어울렸다. 몸 전체에서 생기가 느껴졌다. 카메라 가방과 작은 배낭을 멘 그녀의 여장은 바로 취재현장으로 달려갈 수 있는 경쾌한 모습이었다.

세이코는 김재오에게서 정중한 인상을 받았다. 희고 섬세한 얼굴에 눈빛은 날카롭지만 깊고 차분해 보였다. 준수한 외모에는 어딘가 모르게 어둠이 깃든 모습이었고 조금은 피곤한 기색을 엿볼 수 있었다. 아이보리색 바바리코트 주머니에서 손을 꺼내 악수를 청하는 손길은 따뜻했다.

"자, 이쪽으로 가시죠."

세이코는 자신을 안내하는 김재오의 얼굴에서 언뜻 따뜻한 슬픔 같은 걸 잠시 느꼈다. 언젠가 한국을 소개하는 책자에서 읽은, 조선의 선비가 어쩌면 이런 모습이 아니었을까, 사리와 분별을 따지되 완고함은 아닌, 말하자면 부드러운 슬픔이 그의 얼굴과 어깨에 서려 있었다.

두 사람은 택시 정류장을 향해 걸었다.

"한국에는 처음 오시는가요?"

"네. 그렇습니다. 처음 왔습니다."

세이코의 영어 발음이 정확하게 김재오에게 들려왔다.

"한국인 원폭 피해자 취재를 오셨다고요?"

"그렇습니다. 폐를 끼쳐 미안합니다. 도와주시면 감사하겠습니다."

김재오는 그 자리에 우뚝 섰다. 김재오가 세이코의 얼굴을 바라보자 세이코의 얼굴에 입술과 눈썹이 미세하게 움직였다.

"정말, 한국인 원폭피해자를 취재하러 오셨단 말입니까?"

"그렇습니다. 팩스로 이미 취재 내용을 알려드린 것처럼 저는 히로시마와 나가사키에 원폭이 떨어졌을 때, 그 당시에 거기에 있었던 한국인 피폭자의 현재를 취재하고 그들의 모습을 사진으로 찍으려고 왔습니다."

김재오가 세이코의 얼굴을 빤히 쳐다봤다.
세이코는 김재오의 시선에 갑자기 불안해졌다.

"왜요? 한국인 피폭자들이 취재를 허락하지 않을까요?"

세이코는 걱정스러운 표정으로 김재오에게 되물었다.

"……"

"물론 한국인 피폭자 당사자 분들께는 큰 실례인 줄 압니다만. 저는 이분들의 현실을 일본에 알려야만 한다고 생각합니다."

"일본에 알린다고요? 일본인인 당신이?"

"네. 내가 일본인이니까요. 일본인이니까 일본에 알려야죠."

"나가사키와 히로시마에 원자폭탄이 터졌을 때, 당시 그곳에 한국인들이 강제노역으로 몇 명이나 끌려가 있었는지 알고나 계신가요?"

세이코는 김재오의 갑작스러운 질문에 잠시 머뭇거렸다.

"… 알고 있습니다. 자료를 조사했습니다."

"자료조사를 했다고요?"

세이코는 갑자기 부끄러워졌다.

"네, 자료를 찾을 수 있는 한은 최대한 찾아서 조사를 했습니다."

김재오는 멀리 하늘을 올려다보다 다시 세이코 얼굴을 쳐다봤다.

세이코의 얼굴이 빨개졌다.

"... 내가 무슨 잘못이라도…?"

"아, 아닙니다. 취재를 도와야지요. 돕겠습니다. 하지만 너무 갑작스러운 부탁이라서…"

"미안합니다."

세이코는 갑자기 미안해했다. 김재오는 되물었다.

"무엇을 요?"

"미안해요."

미안하다는 세이코에게 김재오는 도리어 자신이 미안한 마음이 일었다.
처음 만난 일본인 여성한테 취조하듯이 캐물어 실례를 한 것만 같다는 생각이 들었다. 다시 악수를 청했다.

"자, 같이 열심히 해봅시다."

세이코는 부끄러웠다. 그러나 그의 손을 꽉 잡았다. 김재오의 손은 따뜻했다.

잊혀진 사람들

서울 시내 미아리에서 시내 쪽으로 나오는 길목, 성북경찰서 방향 대로로 방향을 틀면 '한국원폭피해자협회' 사무실이 있었다. 작은 건물 오른쪽 입구에는 '한국원폭피해사협회' 간판이 걸려 있고, 책상 네 개와 캐비닛 세 개가 놓인 사무실 안은 어두웠다.

협회 회원 세 사람과 협회 회장이 세이코의 사진 촬영에 응할 것인가 말 것인가를 두고 벌써 삼십 분 넘게 이야기하고 있었다.

그 옆에 김재오와 세이코가 초조하게 서있었다.

중년의 사내 한 사람이 퉁명스럽게 말했다.

"일본 정부도 한국 정부도 죄다 몰라라 하는데, 우리가 왜 무엇 때문에 일본인 사진작가의 사진 촬영에 응해야 한단 말이요? 우리가 동물원 원숭이가 아니잖소?"

"자, 자, 앉읍시다. 일본에서 손님도 오셨는데…"

"그래요. 일본서 손님까지 오셨지만, 제가 답답해서 그래요."

"한국 정부 차원은 그렇다고 치고, 일본 민간인들한테라도 자꾸 알려야만 하잖소."

회장은 설득하는 어조로 사내를 억지로 자리에 앉혔다.

"회장이 알아서 하시오! 나는 사진 촬영하는 건 반대요!"

사내는 성난 얼굴로 의자를 박차고 일어나 실내를 나갔다.
회장은 한숨을 쉬었다. 김재오는 안쓰러웠다.
세이코는 마음이 불안하고 초조하여 어찌할 바 몰랐다. 일본어로 회장에게 말했다.

"죄송합니다."

회장도 일본어로 말하기 시작했다.

"우린 아무런 치료나 보상을 못 받고 있어요. 일본 후생성 산하 무슨 의료원인가, 그런 곳에서 우릴 찾아와 조사를 했지만, 이후 감감무소식이지. 한국 정부도 대책이 없다고 하고. 심지어 일본에서는 한일협정 때 일괄 보상처리를 다 했다고 하고… 그러니 사람들이, 이젠 어떤 누구도 믿지 못하겠다는 겁니다. 일본 기독교 단체에서 불쌍하다고 몇 푼 보내오는 게 전부 다예요."

세이코는 조심스럽게 회장에게 질문했다.

"일본 정부나 한국 정부에서는 아무런 배상이나 대책이 전혀 없는 거지요?"

"일본 정부에서는 1965년에 한일협정 때 다 끝난 얘기라는 겁니다. 다 끝났다는 거예요. 얼마 전에는 일본 기독교 단체에서 일본으로 환자들을 보내달라는 얘기가 있었어요. 그런데 한국 정부가 소극적이에요. 심지어 박정희 한국 정부에서는 지금 원폭피해자는 한국에 없으니까 일본에 치료하러 갈 필요가 없다는 말까지 합니다. 이게 도대체 말이 됩니까? 보건사회부 사람들은 치료를 위해 일본에 가는 피폭자들의 행색이 남루하다고 국위 손상이니 어쩌니 하는데… 아니, 그래, 원폭 때문에 병신 되고 수십 년간 병고에 시달리며 겨우 살아온 가난한 사람들이 일본에 병을 고치러 가면서 분 바르고 화장을 하고 가란 말이요?"

세이코는 회장에게 허리를 깊숙하게 숙였다. 자신이 무슨 큰 죄를 짓기라도 한 것처럼. 그러다가 천천히 차분하고 또렷하게 회장을 바라다봤다.

"… 사진을 좀 찍겠습니다. 죄송합니다."

옆에 서있던 김재오는 세이코가 일본어로 말하면서 카메라를 회장에게 들이대자 잠시 흠칫했다.

세이코는 카메라 렌즈를 회장의 얼굴에 바짝 가깝게 맞췄다. 왼쪽 귀가 없고 뺨에는 흉한 상처가 보이는 회장의 얼굴을 계속해서 연속 컷으로 찍고 있는 세이코의 동작은 냉정하고 민첩했다.

김재오는 사무실 창 바깥으로 눈길을 돌렸다.

밖에서는 아까부터 눈이 내리고 있었다.

마치 원자 폭탄 폭발 과정에서 나오는 방사능에 오염되어, 대기 중에서 지상으로 떨어지는 낙진(落塵)과도 같은 회색의 눈이 겨울 거리에 내리고 있었다.

한 장의 사진

시장 통 거리의 산만하고 복잡한 정경을 뒤로하고, 김재오와 세이코는 남대문 시장 안의 좁은 골목에 있는 국밥집으로 자리를 옮겼다.

　김재오는 소주를 시켰고 세이코는 사이다 병을 앞에 놓고 말없이 마주 앉았다.

　김재오가 천천히 소주잔을 들어 입에 털듯이 마셨다.

　세이코는 자기 앞에 놓인 소주잔을 양손으로 쥐고 앞으로 내밀었다.

"한 잔 주세요."

"마실 수 있겠어요? 독한 술입니다."

　세이코는 동그랗게 눈을 뜨고 김재오를 바라봤다.

"소주라고 하시지 않았나요? 소주는 일본에도 있어요. 일본 소주가 더 독할 수도 있어요."

　김재오는 옅게 웃으며 그녀가 내민 잔에 소주를 따랐다.

"미안합니다."

　소주를 입술에 대고 난 그녀가 말했다.

"뭐가 그렇게 자꾸 미안합니까?"

"제가 아무런 힘이 못 된다는 사실이... 미안합니다."

"당신은 취재를 하러 한국에 온 겁니다. 당신은 사진을 잘 찍으면 되는 겁니다."

"아까 원폭피해자협회 사무실에서 사진을 찍은 것도 정말 죄송합니다."

"아닙니다. 당신이 찍은 사진을 통해서 일본에 많은 사람들이 현실을 제대로 알 수 있기를 바랍니다."

김재오는 세이코 술잔에 술을 따르고, 자기 앞에 놓인 잔에도 소주를 채웠다.
세이코는 김재오의 얼굴을 가만히 마주 봤다.

"미스터 김... 일본에서는 잘 모르고 있어요. 특히 일본의 젊은 사람들은 전혀 알 수가 없지요. 바다 건너 이웃 나라 한국에 원폭 피해자가 있다는 사실은 아무도 가르쳐주지 않았어요. 저는 얼마 전까지만 해도 원폭이 터졌던 나가사키와 히로시마에 10만 명 가까운 한국인들이 그 현장에 있었다는 사실 자체를 몰랐어요. 전쟁은 34년 전에 끝났지만, 전쟁의 상처가 한국에까지 이토록 깊고 끈질기게 남아있는 줄은 미처 몰랐습니다. 죄송합니다."

세이코는 잔을 들어 소주를 입가에 가져갔다.

"미스 세이코, 당신은 왜 과거를 찍고 있지요? 그 과거의 상처를... 일본인들은 다들 잊으려고 하고, 회피하려고 하는, 그런 과거를 말입니다."

"저는 과거를 찍는다는 생각을 하지 않아요. 현재를 찍고 있는 겁니다. 살아있는 현재 말입니다."

"현재요? 살아있는 현재라고요?"

"그래요. 분명히 살아서 꿈틀거리고 있는, 이 현실 말입니다."

김재오는 세이코의 잔에 술을 다시 따른다. 세이코는 양손으로 술잔을 받았다.
김재오도 얼른 두 손을 모아 술을 따랐다.

"실례지만 언제부터 사진을 찍기 시작했습니까?"

"한 십 년? 열일곱 살 때 처음 카메라를 들었으니까…"

"열일곱 살 때부터요? 사진 작업을 빨리 시작했군요."

"처음에는 사진을 잘 몰랐어요. 대학을 졸업하고 나서부터 본격적으로 찍었는데, 패션 사진도 찍고, 광고 사진도 찍고, 이것저것 막 찍었어요. 돈이 되는 것들 위주로요. 그런데 어느 날 미국문화원 도서관에서 우연히 한 장의 흑백사진을 보고 나서부터는 계속 아무렇게나 사진을 찍는 건 아니라는 생각이 들었지요."

"미국문화원이요?"

"네. 도쿄에 있는 미국문화원에서요. 우연히 본 딱 한 장의 흑백사진이 내 마음을 흔들었어요. 그 사진은 일본인 종군기자가 중국에 양쯔강을 배경으로 중국 난징(南京)에서 찍은 사진이에요. 듬성듬성 나무가 서 있는 겨울 강인데, 무수한 주검들이 강가에 스러져 있었어요. 주검은 어린이도 있었고, 노인들도 있었고, 여자들도 있었어요. 그들은 하나같이 민간인들이었어요. 총검을 찬 군인들이 아니었어요. 그런데, 미스터 김, 그 사진 속에 말이에요. 무엇이 더 있었는지 알아요? 나는 너무나 충격을 받았어요."

김재오는 물끄러미 그녀의 얘기를 듣고 있었다.

9만 명의 일본군이 난징을 세 방면에서 포위해 들어가자 총통 장제스는 성 함락 5일 전에 정부를 이끌고 충칭(重慶)으로 철수해 버린다. 남아있던 난징 시민과 군인들은 성벽을 타고 넘어온 일본군에게 속수무책으로 당할 수밖에 없었다. 포위 단 3일 만에 난징은 일본군에 함락되었고, 일본군은 철수하지 못한 약간의 중국군과 수많은 일반 민중까지 무참하게 학살한다. 일본군의 공격을 피해 난징시를 탈출하려고 중국인들이 가장 많이 몰려있었던 양쯔강 주변이 가장 비참했다. 10만 명이 넘는 시민들과 중국 군인들이 이 강가에서 무참하게 학살당했다. 강물은 피로 물들었고 주검은 언덕을 이루었으며 중국 사람들은 일본군을 피하기 위해 양쯔강에 바로 뛰어들기도 했다.

일본군의 만행은 극단적이었다. 기관총으로 무차별 사격하는 것은 점잖은 축에 속했다. 구덩이를 파고 떠밀어 넣는 식으로 생매장을 했고, 머리 위로 휘발유를 마구 뿌려서 불태워 죽이기도 했다. 온갖 잔인한 방법이 동원됐다. 부녀자를 강간하고 약탈과 방화로 난징 시내의 반 이상을 불태웠다. 죽은 사람들 숫자는 알 수가 없었다. 시신은 양쯔강 기슭에 마구 내던져졌다.

"차마 눈 뜨고 볼 수 없는 처참한 사진 속에는 일본 군인이 중국인을 칼로 베고 찌르고 구덩이에 파묻고 불태우면서도 즐거워하고 있었어요. 그 주검을 배경으로 활짝 웃고 서 있는 일본 군인들의 모습이란, 학살을 자행하면서도 즐거워하는 일본군인들 모습이었지요…"

김재오는 담배에 불을 붙여 입에 물었다. 세이코의 눈가에 불이 튀고 있었다. 김재오의 손길은 자주 소주잔으로 갔다.

"저는 그 사진을 본 이후부터 백방으로 사진의 출처를 찾았고 당시 난징을 조사하지 않을 수가 없었어요. 그때 일본 신문에는 일본군 소위 무카이 도시아키와 노다 츠요시가 누가 먼저 중국인 포로 백 명의 목을 베는가, 경쟁을 벌이는 기사가 실렸어요. 이들의 목 베기 경쟁은 마치 운동경기 중계처럼 며칠에 걸쳐 신문에 보도되기도 했어요. 특파원이 쓴 당시 신문 기사의 제목은 '백 사람 목 베기 경쟁, 신기록 수립', '백육 대 백오, 연장전 돌입' 등으로 되어있었어요. 당시 일본이란 나라는 나라 전체가 피냄새에 절어서 미쳐있는 형국이었죠."

"아."

김재오는 낮은 신음을 자신도 모르게 내뱉었다. 세이코의 말은 빠르게 이어졌다.

"우리 일본은 자기들이 저지른 만행, 특히 중국 난징 대학살을 후세에게 제대로 가르치지 않고 있어요. 일본의 교과서에는 이 학살에 대해 정면으로 언급하지 않거나 기껏해야 이 사건의 실태에 대해서는 자료상의 의문점이 있다는 등, 여러 가지 견해가 있어서 지금도 논쟁이 계속되고 있다는 식이죠. 너무 뻔뻔하지 않은가요?"

김재오는 세이코의 술잔에 소주병을 기울이는 것 이외에는 달리 할 말이 없었다.

"미스터 김, 나는 평범한 일본 여자에요. 그런데 이 평범함, 보통의 일본인으로 살아가는 평범함, 이게 난 고장이 난 거예요. 많은 외국인들은 일본 사람들이 예의가 있다고 하지요. 친절하다고 하고요. 하지만 그런 겉모습 뒤에는 악마적인 힘에도 순종할 수 있는 오랫동안 저절로 길들여진, 일본식 질서에 순응한다고 할까요, 그런 게 있어요. 그것을 가리켜 일본인들은 일본인식의 룰, 질서, 이를 일본말로는 오끼떼(掟)라고 해요. 나라 전체가 사람의 마음을 풀어주는 눈물 한 방울도 보여주지 않으면서, 거대한 자동 기계인형들 같이 길들여져 살고 있는 거예요."

김재오는 아까부터 출입문 쪽에 소란에 잠시 시선이 어긋났다. 술에 취한 중년 남자 둘이 다툼을 하고 있었다.

세이코의 목소리는 낮았지만 강하고 빨랐다.

"진실을 모르고 사진을 찍는다면 뭘 하겠어요? 난 흔들렸어요. 역사라고 기록한 것들은 엉터리고 구린 구석이 많았어요. 우리 일본인들은 더럽고 냄새나고 창피하다고 여겨지는 기록들은 고치고, 오려내고, 숨기고 있어요. 난 내가 찍어온 사진이 단 한 번도 진실의 편에서, 인간의 편에서, 제대로의 사진을 찍어본 적이 없다는 사실이 스스로 부끄러웠어요. 나는 카메라를 뒤로 돌려서, 이렇게 뒤로 돌려서…"

세이코는 마치 카메라를 든 것처럼 자신의 팔과 손으로 시늉을 한다.

"먼저 나를, 나 자신부터, 내 모습부터 찍어야 하겠다는 생각을 했어요. 다른 대상이 아닌, 나 자신부터 말이에요. 내가 누군지, 나 자신의 근거와 내 나라 정체부터. 불안했어요. 불안했고 흔들렸어요. 하지만 난 중단할 수는 없어요."

세이코는 잔을 비웠다.
김재오는 잠자코 그녀를 바라보고 있다가 입을 열었다.

"아시아의 상처라고 했던가요? 미스 세이코의 사진집 제목이?"

"제목을 정하게 된 동기는 제가 만난 한 한국인 노인 덕분이지요."

"네? 한국인 때문에요?"

"언젠가 히로시마에서 한국인 원폭 피해자 노인을 만난 적이 있어요. 60만 명이 넘는 한국인들이 무엇 때문에 왜 지금 일본에 살고 있는지, 난 잘 몰랐어요. 그런데 그 노인이 알려주었어요. 일본은 한국인을 끌어다가 전쟁에 이용했어요. 그때 일본인들은 내선일체(內鮮一體)라는 명목으로 수백만 한국인을 전쟁터로 내몰았어요. 전쟁이 끝날 무렵 히로시마에만 칠만 명이 넘는 한국인이 노역으로 끌려와 있었어요. 내가 만난 노인도 그중의 한 사람이었죠. 원자폭탄이 떨어지고, 콘크리트 더미에서 손을 내저으며 살려달라고 했지만, 일본말을 몰랐대요. '다스켓데 구다사이!' 살려주세요!라는 간단한 일본말을 할 수 없었대요. 마치 벙어리같이 허우적거리다가 콘크리트 쓰레기 속에 파묻혀 트럭에 실려 바다에 마구 내던져졌대요. 불에 탄 시체들을 뚫고, 노인은 그 주검 더미를 헤치고 겨우 빠져나왔지요. 그 노인은 내게 자신의 어깨 상처를 보여주며 말했어요. 이 상처는 일본이 자신에게 준 상처라고..."

이번에는 세이코가 소주병을 두 손으로 감싸 쥐고서 김재오의 잔을 채웠다. 김재오도 두 손으로 소주잔에 술을 받았다.

"미스터 김의 아버님은 한국의 독립운동을 하셨다고 들었습니다."

김재오는 말없이 술잔을 입에 가져다 댔다.

"아버님은 어떤 분이셨나요?"

"나는 아버님을 뵌 적이 없습니다. 아버님이 돌아가신 다음 해에 내가 태어났지요."

"아, 미안합니다. 큰 실례를 했군요."

"아닙니다. 내일은 경상남도 합천이라는 곳엘 가셔야 합니다. 그곳에 원폭 피해자들이 많이 살고 있습니다. 그 고장의 주민들이 집중적으로 히로시마와 나가사키에 강제노역을 끌려갔지요. 내일은 그곳으로 안내를 하겠습니다. 이제 일어나시죠. 피곤하실 텐데요."

김재오는 일어나 먼저 계산을 하고 나섰다. 세이코도 따라 나왔다.

"아리가도 고자이 마쓰"

허리를 굽혀 고마움을 표시하는 세이코는 전혀 술을 마시지 않은 듯이 말짱해 보였다. 김재오는 은근히 취기가 올랐다. 남대문 시장 입구에서 두 사람은 택시를 탔다. 세이코가 숙소로 있는 조선호텔까지 가는 동안 두 사람은 아무 말도 하지 않았다. 남대문을 지날 때 세이코는 카메라 가방에서 카메라를 꺼내 차창 밖의 정경을 카메라에 담았다. 찰칵찰칵하는 카메라 셔터 소리만 한동안 들렸다.

조선호텔 정문 앞에 세이코를 내려준 김재오는 광화문 사거리 신문사 앞을 지나 피맛골 골목 입구에 택시를 세우고 내렸다. '열차집' 안으로 들어서자 주인인 강 영감이 문을 닫으려는지 간판 불을 끄고 있었다.
"통행금지 십분 전인데…정 국장님이랑 다들 다녀갔어요."

"아, 네. 딱 한 잔만 하지요."

맨 정신으로는 그냥 집으로 들어갈 수 없었다. 김재오는 연거푸 막걸리 두 잔을 들이켰다.

검문

다음 날, 김재오와 세이코는 합천행 시외버스 뒷좌석에 나란히 앉아 있었다.

버스 뒤편 창으로 보이는 겨울의 풍광은 빠르게 멀어져 갔다. 옆 차창으로 스치는 겨울 풍경들은 하나같이 스산했다. 흰 눈에 쌓인 높은 산들이 저 멀리서부터 다가와 지나갔다.

갑자기 버스가 멎었다. 버스 앞문으로 경찰과 헌병들이 검문을 위해 올라탔다. 세이코의 얼굴에는 잔뜩 긴장하는 빛이 역력했다. 경찰이 김재오에게 다가와 경례를 하고 신분증을 요구했다. 김재오는 신분증을 꺼내 보여줬다.

"이 여자분은 일본 사진작가요."

경찰은 세이코를 위아래로 훑어봤다. 김재오에게 신분증을 돌려주고 거수경례를 하고 돌아섰다. 경찰과 헌병이 내려가자 버스는 다시 떠났다.

창밖 날씨가 한결 을씨년스러워진 것 같았다.

"무슨 일인가요?"

"어디서나 매일 있는 일입니다, 한국에서는. 지금 한국은 병영국가이고 경찰국가잖아요."
"병영국가요? 그리고 경찰국가요?"

세이코는 조용히 혼잣말로 되뇌었다.

"병영국가, 그리고 경찰국가…"

휘황한 섬광이 번쩍였다

버스는 계곡을 끼고 한참이나 돌고 돌아 합천군 내곡리(內谷里) 버스 정류장에 멈춰 섰다.
김재오와 세이코는 버스에서 내렸다. 세이코는 골목길 가게 안으로 들어가 집 위치를 묻는 김재오를 가게 밖에서 조심스런 표정으로 쳐다보고 서있었다.
중년의 가게 아낙은 손사래를 쳤다.

"그 뭐 좋은 일이라고, 삼십 년 넘게 괴롭게 산 사람을 만나겠다고…"

김재오는 가게 밖에 서있는 세이코를 잠시 돌아보았다. 세이코는 조바심이 일었다. 김재오는 가게 주인을 겨우 설득했다. 가게 아낙이 앞장서고 두 사람은 아낙 뒤를 따라 골목으로 들어섰다. 찾아간 집주인 노파를 만났다.

"이 병신 사진 찍어가서 놀림감만 만들면서 뭐하려고 찍어!"

김재오는 앞을 가로막는 노파를 달래고 설득하느라 한동안 애를 먹었다.
저 편 어두운 방 안에는 중년 여자가 오른쪽 눈이 툭 불거져 나오고, 왼쪽 손이 반쯤 꺾인 채로 멍하니 앉아있었다. 이분자 37세.

"이제 와서 어떡하겠소. 내 죽을 때까지 저 병신 데리고 사는 수밖에. 나이가 많아도 남의 가문에 시집도 못 보내고. 저 꼴로 남의 웃음거리만 되고 있으니… 에이고, 차라리 귀국할 때 현해탄 바닷물 속에 던져 버렸으면 좋았을 텐데…"

노파는 소리 내어 울었다.

세이코는 조용히 카메라를 꺼내 들어 노파의 모습을 찍고, 방 안에 앉아있는 여인의 모습도 찍었다. 연속으로 들려오는 카메라 셔터 소리가 노파의 울음소리와 뒤섞여 기묘하게 들려왔다.

셔터 소리가 들릴 때마다 마치 피폭의 현장처럼 휘황한 섬광이 번쩍였다. 김재오는 좁은 마당가에 있는 수도꼭지에서 또각또각 소리를 내며 천천히 떨어지는 물방울을 한동안 쳐다만 봤다.

피폭자 촬영을 마친 세이코와 김재오는 다시 흔들리는 시외버스 안에 앉아 있었다.

세이코의 눈에는 모든 정경이 낯설었다. 손잡이가 떨어져 나간 시트, 시트를 덮고 있던 비닐은 찢어져 안이 보였고 삐죽하게 스펀지가 튀어나와 있었다.

김재오는 창밖을 쳐다봤다.

세이코는 고개를 돌려 김재오에게 몇 번인가 말을 건네려다 그만 두었다.

달리던 버스가 갑자기 덜컹거리더니 섰다. 아까와 같은 검문소였다.

헌병과 경찰이 올라오고 똑같은 검문을 했고 그들이 내려가자 버스는 움직였다.

"죄송합니다."

세이코의 입에서 불쑥 나온 말이다.

"당신은 취재를 하러 온 것이잖아요."

"아리가도 고자이 마쓰."

김재오의 시선은 여전히 창밖을 바라보고 있었다.
창밖에는 눈발이 흩뿌리고 있었다.
겨울 산야에 우뚝 서있는 마른 나무들이 그 눈발을 그냥 맞고 지나가고 있었다.
세이코는 자신도 모르게 뺨을 타고 흐르는 눈물을 주체할 수가 없었다.

세이코의 원래 일정은 오늘 대전 유성에서 1박을 하고 내일 서울로 올라가 오후 4시 비행기로 일본 도쿄로 돌아가는 것이었다. 그러나 대전으로 향하던 중에 부여의 어느 마을을 들러 한국의 무당굿을 보기로 했다. 세이코는 원래 한국의 무당굿에 관심이 많았다고 했다. 김재오는 부여에서 오늘 밤을 지낼 생각을 하니 갑자기 난감해졌다. 마침 중(僧)이 되겠다고 일찍 출가한 고등학교 동기가 떠올랐다. 그에게 연락을 했다. 부여 무량사(無量寺)에서 하룻밤 신세를 지기로 했다. 세이코는 갑자기 일정을 바꾼 것에 대해 미안해했다.

무당굿은 객사한 동네 사람을 위한 굿이었다. 죽은 사람의 혼을 달래어 동네를 평안하게 한다고 액(厄)을 쫓는 굿이라고 했다. 무당이 시퍼런 작두 칼날을 탔고, 보고 서있는 사람들의 표정도 하나같이 조마조마해했다. 무당의 색동 소매가 공중에 나부꼈고, 세이코는 무당의 춤사위와 굿 광경을 열심히 사진으로 찍었다. 강건하고 화려한 무당의 춤사위는 세이코에게 기묘한 긴장을 불러일으켰다. 김재오는 무당의 춤을 멀리서 쳐다봤다. 세이코는 무당굿을 바라보는 마을 사람들 속을 헤집고 다니면서 한참 동안 사진을 찍었다.

땅거미가 어둑해져서야 부여 외산면행 시외버스를 탔다. 버스는 한동안 달려서 중학교 앞 외산면 정류장에서 이들을 내려줬다. 김재오와 세이코는 산길을 이십 분정도 더 걸어 올라가 무량사에 이르렀다. 고등학교 동기인 스님은 아무런 질문도 하지 않았다. 객사에 따로 마련되어 서로 떨어져 있는 방 두 칸으로 안내를 했고 고개 숙여 합장을 했을 뿐이었다. 더 말이 없었다. 김재오는 오랜만에, 그것도 외국인 여자와 같이 불쑥 절을 찾아온 친구의 사연을 이런저런 말로 묻지 않아서 차라리 다행이다 싶었다.

오랜만에 김재오는 단 잠을 잤다. 피곤했다.

다음 날 아침, 세이코는 김재오 보다 일찍 일어나 절 주위를 산책하면서 무량사 풍경을 사진으로 찍었다.

절의 아침 공양(供養)은 담백했다. 어제 저녁처럼 스님과는 합장으로 인사를 대신했을 뿐, 서로 아무 말 없이 절을 뒤로 하여 산길을 내려왔다.

멀리 절의 지붕 뒤편으로 소나무 숲이 흰 눈에 덮여 있었다.

김재오와 세이코는 눈 덮인 길을 한참 걸어 내려왔다.

두 사람은 아무 말 없이 걷기만 했다. 뽀도독뽀도독 눈 밟는 소리만 들리고, 그 소리에 산새들이 푸드덕거리면서 저편으로 날아갔다. 길 옆 작은 이랑에서 물 흐르는 소리가 들렸다. 눈보라가 희뿌옇게 하늘에서부터 안개처럼 자욱하게 내려앉았다.

세이코는 뒤돌아서서 조용히 절의 정경을 사진으로 찍었다. 한 장 한 장 셔터를 누르던 세이코의 시야에 문득 빛줄기가 눈가를 빠르게 스쳤다. 세이코의 시선이 스치는 빛줄기를 따라가자 길가에 서있는 입상(立像) 돌부처가 있었다. 그녀는 돌부처 가까이 다가가 돌부처 위의 눈덩이를 털어냈다.

순간, 햇살이 구름 속에서 고개를 내밀었다.

세이코는 돌부처를 바라봤다. 부드러운 선이 돌의 조각에 흘렀고 둥그스름한 부처의 두상은 생생하게 살아 숨 쉬는 듯했다. 마치 돌 안에 영혼이 깃들어 있는 것처럼 보였다.

김재오는 두 손을 모아 돌부처에 합장을 했다. 세이코도 김재오의 동작을 따라서 같이 합장을 했다.

두 사람은 조용히 마주 보고 웃었다.

햇살이 돌부처 위 수직으로 내려 꽂히고 있었다. 세이코는 돌부처 앞에 서있는 김재오의 모습을 카메라에 담았다. 김재오는 어색한 표정으로 돌부처와 세이코를 번갈아 쳐다봤다. 세이코의 카메라에는 정적(靜寂)에 싸인 겨울 산사의 흰 풍경과 김재오의 모습이 깨끗하게 담겼다.

비행기 동체는 겨울 햇살을 받아 반짝거렸다

"고맙습니다. 정말 좋은 취재가 됐습니다. 진정으로 감사합니다."

"안녕히 가십시오."

세이코는 돌아서서 가다가 다시 김재오에게 다가왔다.

"미스터 김, 우리... 다시 만닐 수 있겠지요?"

김재오는 말없이 웃으면서 악수를 건넸다. 세이코는 다시 김재오의 손을 잡았다. 세이코의 눈가는 살짝 젖어있었다. 돌아섰다. 세이코는 느리게 걸어가다가 잰걸음으로 출국 게이트를 향해 멀어져 갔다.

세이코를 김포공항에서 배웅하고 돌아온 그날 저녁부터 이틀 간 꼬박 김재오는 몸살을 앓았다. 처음 만난 일본인 여성에 대한 기억은 김재오의 마음에 미묘한 감정의 파문을 일으켰다. 떠난 뒤 열흘 후에 김재오는 세이코로부터 온 편지를 받았다. 잉크로 쓴 영어편지는 필체가 간결했다.

"미스터 김, 감사합니다.
당신의 도움으로 한국에서 나의 사진 취재는 무사히 잘 마칠 수 있었습니다.
지난번 한국 방문을 통해서 나는 나 자신을 좀 더 구체적으로 돌아볼 수 있었고,
더불어 한국인들이 지니고 있는 고통에 대해서도 조금은 알아차리기 시작했습니다.
송구스럽습니다. 일본인의 한 사람으로 몹시 부끄럽습니다. 용서를 빕니다.
도쿄로 돌아와 뉴스를 보니 한국이 어려운 상황으로 빠져들고 있는 것 같습니다.
아무쪼록 한국의 안녕을 바랍니다.
부여 무량사 앞길에서 보았던 신비로운 부처님이 생각납니다. 돌부처는 숨을 쉬는 것 같았습니다. 얼굴에는 너무나 많은

고통을 지니고 있었지만 조용하게 세상을 바라보는 아름다움이 있어서 제 마음을 흔들었습니다. 평생 잊지 못할 선물을 받았습니다.

어제 도쿄는 수은주가 뚝 떨어져 제법 쌀쌀합니다. 미스터 김이 계신 서울에 비한다면 여기 추위는 그렇게 심하진 않을 겁니다. 서울은 지금 몹시 춥겠지요?

미스터 김, 건강하시기 바랍니다. 그리고 미스터 김, 몸조심하시기 바랍니다."

    1978년 12월 30일 도쿄에서 Toyama Seiko 棟山聖子

4
1979년 10월 21일 오후, 도쿄

아오야마에 있는 세이코의 스튜디오를 나온 김재오와 세이코는 신주쿠 요요기 산고바시(新宿代々木三宮橋)에 있는 노인 치료시설 겸 양로원을 찾아갔다.

세이코가 미리 연락을 취해 양로원 직원이 마중을 나왔다.

세이코는 직원과 인사를 나누고 김재오를 직원에게 소개했다.

양로원은 시설이 깨끗했고 노인들의 편의를 위해 구석구석 신경을 쓴 것 같았다.

김재오는 그곳에서 앞니가 다 빠진 한 노파를 인터뷰할 수 있었다.

세이코는 영어와 일어로 통역을 도왔다.

"정부가 11만 엔 주고 내가 1만 2천 엔 내고, 여기서 생활하지. 아무 걱정이 없어. 여긴 꽃도 심을 수 있고, 노래도 하고, 빨래도 다 해주지. 큰딸이 손자들과 같이 2주일에 한 번은 찾아와. 손자들이 나를 좋아해. 작은 딸년은 어디에 있는지 잘 모르겠어. 딸년들도 늙어봐야 세상을 알지. 아직 젊어서 세상을 잘 몰라. 그런데 늙으면 빨리빨리 죽어야 돼. 빨리! 그렇지?"

김재오는 세이코의 통역으로 노파의 이야기를 들으면서 웃음이 났다.

직원의 안내로 2층 복도로 들어서는데 세이코가 걸음을 멈추고 벽에 걸려있는 붓글씨를 보면서 조용히 웃었다. 직원의 말로는 지난 여름에 세상을 떠난 한 노인이 쓴 글인데, 양로원 사람들이 모두 좋아해서 표구를 해서 벽에 걸었다고 했다. 세이코가 벽에 걸린 글의 내용을 먼저 소리 내어 일본어로 읽고 김재오에게 영어로 번역을 해주었다.

'내가 알아서 천천히 가겠다고 일러 주거라.
저승에서 육십에 나를 데리러 온다면 지금은 너무 바쁘다고 일러라
저승에서 칠십에 나를 데리러 온다면 아직은 세상에 쓸모가 있다고 일러라
저승에서 칠십 칠세에 나를 데리러 온다면 지금은 화초를 돌본다고 일러라

저승에서 팔십에 나를 데리러 온다면 시계 시침이 내 시계 하고는 많이 다르다고 일러라
저승에서 팔십 팔세에 나를 데리러 온다면 맛있는 오곡밥을 더 챙겨 먹어야 된다고 일러라
저승에서 구십에 나를 데리러 온다면 너무 서두를 것 없다고 일러라
저승에서 구십 구세에 나를 데리러 온다면 내가 알아서 가니 걱정을 삼가라고 일러라'

직원은 두 사람을 오락실로 안내했다. 노인들은 이젤을 세워놓고 그림을 그리고, 바둑을 두는 이들도 있었다. 창밖으로 보이는 정원에는 무리를 지어 잔디밭을 빙빙 돌고 있는 노파들이 내려다 보였다.
김재오가 양로원에서 받은 인상은 간호사와 요양 간병인들이 하나같이 노인들을 싹싹하고 친절하게 보살피고 있는 모습들이었다. 양로원 취재는 해질 무렵에 끝났다.

하라주쿠(原宿)까지 택시를 타고 나와 오모테산도(表参道) 사거리에서 내렸다.

"가까운 공중전화가 어디에 있지요? 서울에 국제전화를…"

"아, 저기 있어요."

김재오는 전화박스에서 40여분 째 계속 심각한 표정으로 통화를 하고 있었다. 세이코는 오모테산도를 지나가는 부산스러운 젊은이들 모습과 전화통화를 하고 있는 김재오를 번갈아 쳐다보았다.

"비상계엄을 전국으로 확대한다고요? 제가 내일 바로 서울로 들어가야 하지 않을까요?
아, 알았습니다. 예. 예. 그렇게 하지요. 연락은 자주 드리겠습니다."

김재오가 전화박스를 나오자 세이코가 걱정스러운 얼굴로 다가왔다.

"서울 상황이 긴박한가 보네요?"

"그렇습니다. 학생들과 시민들이 전국적으로 들고일어나기 시작했어요."

"데모 말인가요?"

"네. 박정희가 전국으로 비상계엄을 확대했고, 군인들을 본격적으로 데모 현장에 투입시키기 시작했답니다."

"아니? 군인들을 투입시켜 데모 진압을 하게 한다고요? 너무 위험하군요."

"……"

김재오는 차마 믿어지지가 않았다. 여기 도쿄에 사는 일본 사람들은 저마다 평화로운 일상을 살고 있는 데, 같은 시간대의 서울과 한국은 지금 학생들과 시민들이 독재정권의 총칼에 맨주먹으로 긴박하게 맞서고 있다는 사실이 참으로 불가사의하게 느껴져 왔다.
내가 꿈을 꾸는 것인가? 나 혼자 죽음의 계곡에서 비겁하게 도망을 치고 나와 외떨어져 둥둥 떠다닌다는 느낌이 들었다. 꼭 몽유(夢遊)의 시간 속에 혼자 갇혀있다는 생각을 떨치기가 힘들었다.

"미스터 김, 저녁 식사를 하시지요."

"네? 아, 네"

세이코가 이끄는 골목으로 들어섰다. 대로에서 겨우 10여 미터쯤 골목 안으로 들어서자 도심의 소음은 씻은 듯이 사라졌다. 한적함이 온몸을 감쌌다. 세계의 이편과 저편이 너무나 확연하게 달랐다. 도심과 골목 안의 이 간극(間隙), 그 이상으로 서울과 도쿄의 거리와 현실은 충격적일 만큼 너무나 대조적이었다. 부패한 정치권력과 전쟁 중인 한국과 안온한 태평성대를 누리는 일본.

"제대로 배운 영어가 아닙니다. 외국여행은 이번에 일본이 처음이고요."

"대단하시네요. 나는 2년 동안 미국에서 살기도 했지만 영어를 잘 못하잖아요."

"천만에요. 아닙니다. 미스 세이코는 영어를 아주 잘하십니다."

"아니에요."

세이코의 양 볼이 약간 빨개졌다.

"일본을 직접 와보신 인상은 어떠세요?"

"깨끗하군요. 사람들은 하나같이 친절하고요."

"이미 말씀드렸지만, 누구든 일본을 처음 오는 외국 사람들은 다 그런 말들을 하지요. 하지만 그 안을 자세히 들여다본다면 그런 인상이 바뀔 수도 있어요."

두 사람이 들어선 식당 벽면에는 대형 컬러텔레비전이 선반에 놓여있었고 김재오는 한국에서는 아직 볼 수 없는 컬러텔레비전 영상에 잠시 눈길을 빼앗겼다. 텔레비전에서는 스모 경기를 중계하고 있었다. 관중들이 갑자기 환호하기 시작했다. 키가 작고 몸집이 작은 체구의 사내가 몸이 비대한 선수를 상대로 한판승을 하고 있었다.

"나는 이해가 잘 안 됩니다. 이렇게 아름다운 나라의 사람들이, 열심히 일을 하면서 친절하고 깨끗하게 사는 이 나라의 사람들이, 왜 무엇 때문에 전쟁을 일으키고 참혹한 살육을 하고 이웃 나라로부터 용서받을 수 없는 죄악을 저지를 수가 있었을까요?"

"일본인인 나도 그 사실이 궁금했습니다. 하지만 저는 아직도 그 답을 제대로 찾지는 못 했습니다."

"어려운 숙제군요. 참으로 어려운 질문이고 어려운 답이네요."

"일본인들은 과거를 잊는 건망증이 참 편리하답니다. 흔한 속담으로 과거를 물에 흘러 보낸다는 말이 있어요. 과거는 과거일 뿐, 현재를 사는 일본인들은 과거와는 무관하다는 게 일반적인 생각이지요."

"난해하군요."

"그렇습니다. 이해가 어렵습니다. 전쟁에서 일어난 일들은 먼 옛날 얘기로, 무관심한 세계의 일이 되어버렸지요. 일본은 미국하고의 전쟁에서 분명히 졌음에도 패전이라고 부르지 않고, 전쟁이 끝났다고 종전이라 고쳐 부릅니다. 어떤 측면에서는 일본의 상식이란 세계 보편의 상식과는 다르다고나 할까요."

김재오는 혼란스러웠다. 그리고 슬펐다. 40년간 일본의 식민지를 당하고 해방이 되었지만 이후 동족상잔의 전쟁을 치르고 일본 관동군 장교 출신인 박정희가 대통령으로 독재를 하는 내 나라의 현재, 이 현재의 시간이 치욕스럽고 한없이 슬펐다.

조금 전에 정국장과 통화를 했을 때, 서울은 모두들 암중모색 중이라고 했다.

박정희 일당이나 박정희에 맞서는 시민들이나 어둠 속을 뚫고 해답을 찾기에는 내딛는 걸음이 아직은 너무나 불안하고 불확실했다.

탁자 위에 두 손을 올려놓은 김재오의 손에 갑자기 세이코의 손길이 느껴졌다.

"미스터 김, 식사를 하셔야지요. 피곤해 보여요."

주문한 스테이크는 손도 안 대고 있었다.

"아, 아닙니다. 생각 중이었습니다."

"서울 소식 때문이지요? 학생들이나 시민들이 다치지는 않아야 할 텐데요."

김재오는 세이코의 말에서 진심을 느꼈다. 도쿄에 온 첫날 '한국은 아름다운 나라'라는 말에서도 진심을 느꼈지만 독재정권에 맞서는 한국인들이 다치지 않아야 한다는 세이코의 말에서도 진심을 느꼈다.
컬러텔레비전 안에 관중들은 여전히 환호하며 스모에 열중했다.

김재오는 세이코에게 식당 밖으로 나가서 도시를 좀 걸을 수 있겠느냐고 물었다.
세이코가 앞장을 섰다. 그들은 길가에 느티나무가 죽 늘어선 오모테산도 인도를 따라 걸었다. 고급 쇼핑점과 브랜드숍을 비롯한 상점들이 늘어서 있고, 거리를 걷는 사람들의 표정은 하나같이 평화로웠다. 멀리 메이지 신궁(明治神宮)의 정문이 보였다. 김재오는 마음이 착잡했다. 전쟁의 가해국인 일본의 우익 군국주의자들의 구심점인 메이지신궁은 연합군의 공습으로 파괴되었지만 전쟁 이후 우람하게 다시 재건되어 멀쩡하게 일본국 국민들의 정신적인 신전으로 자리하고 있지만, 조선조 5백 년 왕궁의 기와와 지붕은 내려앉아 오늘을 살고 있는 한국인들과는 어떤 연관성도 지니고 있지 못하다는 사실에 생각이 이르자, 갑자기 참담한 마음이 들었다. 서울에 고궁에는 왕의 의복인 곤룡포(袞龍袍)가 일본인 관광객들을 상대로 관광 기념용 사진 의상으로 둔갑을 했다. 임금이 입던 황금빛 비단에 수 놓인 발톱이 다섯 개 딸린 용은 마냥 피를 토하고 있었다. 일본인들이 천황이라고 부르는 메이지 왕의 의복을 한국인이나 중국인 관광객들이 메이지 신궁 마당에서 걸쳐 입고 사진을 찍는다? 아마 일본인들은 상상조차 하기 어려우리라.

"이 시간에도 세계 곳곳에서 증오가 번지고 피가 흐르고 싸움이 계속되고 있지요."

세이코가 먼저 입을 열었다. 옆에서 걷고 있는 김재오의 얼굴에서 묘한 슬픔과 깊이를 헤아리기 어려운 막막함을 읽어낸 세이코가 불쑥 먼저 말을 던진 것이다. 어렴풋하게나마 김재오가 겪고 있는 고통의 감정을 조금은 알 수도 있을 것만 같았다.

"그렇습니다. 이란과 이라크의 전쟁, 이스라엘과 팔레스타인의 끈질긴 보복전, 아프리카 종족 간에 벌어지는 대책 없는 반목과 갈등, 남아메리카의 부패한 정치권력에 대응하는 민중들, 남한과 북한의 분단과 갈등, 조만간은 아프가니스탄에도 소련이 쳐들어가 전쟁이 일어나겠지요."

김재오는 외신을 통해서 본 소련군이 아프가니스탄으로 곧 침공할 것이라는 뉴스가 생각났다.

"말 그대로 비참입니다. 이 세상은. 복수와 원한은 비단 정치 세계뿐만이 아니지요. 종교 세계에서조차 마찬가지죠. 인간이 집단을 만들고 대립을 하고 모략을 하고 싸움을 벌입니다. 인간은 마치 싸우기 위해서 세상에 태어난 것만 같아요."

세이코는 빠른 어조로 단숨에 말을 잇는 김재오의 옆모습을 잠시 쳐다봤다.
언뜻, 김재오의 시선은 요요기 공원 안 큰 나뭇가지 끝에 앉은 새에 머물고 있었다. 새소리가 살랑거리는 바람에 실려 가까이 들려왔다.

"그렇지 않은 세계도 엄연히 존재하긴 존재하지요. 저 나뭇가지를 보세요. 새가 보이지요?"

"어디요? 아, 저기 저 나무 끝에!"

"미스 세이코! 생명은 결코 쉽게 사라지게 할 수는 없는 거예요. 인간은 생명을 지킬 권리도 있지만 의무도 있는 거고요."

세이코는 나무 가지 끝에 앉아 까불대며 노래하는 새를 바라다봤다. 이윽고 조용히 고개를 돌려 김재오를 쳐다본다. 세이코는 문득 이 남자에게 벌써 오래전부터 자신의 마음이 움직이기 시작했다는 사실을 인정하지 않을 수 없다는 것을 느꼈다. 어쩌면 작년부터였을까. 작년 겨울 한국을 방문했을 때 김재오를 만난 순간부터, 세이코는 어둠 속에서 자신의 마음에 깃든 큰 새가 훨훨 공중을 차고 올라 날개 짓하는 소리가 들리는듯했다. 혹시 이제는 무거운 잠에서 깨어날 시기가 된 것은 아닐까. 세이코는 작년까지 삼 년 동안 곤도라는 남자를 만났다. 그러나 그는 세이코에 대해서는 아무것도 제대로 이해하지 못했다. 친절하고 합리적인 사람이지만 질서, 염치, 억제 등에 순치된 전형적인 일본인이었다. 그 남자는 세이코를 이해하기에는 지나치게 반듯한 사람이었다. 강렬한 충동에 이끌려 살아온 세이코는 곤도를 만나면 만날수록 마음이 답답해졌다. 삶의 반경이 스스로 비좁아지고 있다고 느끼면서 어쩌면 자기 인생마저 어떤 틀에 갇히고 닫혀서 끝내는 실패할 것만 같은, 그런 답답한 서글픔이 목까지 바짝 차올랐었다. 세이코는 항상 어딘가로 떠나고 싶었다. 어딘가로 가서 뭔가를 찾고 싶었다, 단단하고 확연한, 뿌리가 있는, 그런 인생을 살아보고 싶다고 생각했다. 그냥 편안한 일상으로 자신이 잠겨 든다는 건 상상하기가 싫었다. 세이코는 작년 가을에 결심을 굳게 하고 곤도에게 헤어지자는 얘기를 건넸지만 곤도는 아랑곳하지 않았다. 끈질기게 계속 쫓아왔다. 그 때문에 바로 얼마 전에는 프랑스 파리까지 날아가지 않았던가. 곤도의 친절한 관심을 완전히 뿌리치고 어딘가로 혼자 숨어버리고 싶다는 갑작스런 충동. 그리고 바로 어제 곤도에게서 애원하는 듯한 편지까지 왔다. 세이코는 그 편지를 읽다가 바로 쓰레기통에 내던졌다. 전화기 줄도 아예 뽑아버렸다.

"저 나무는 나이가 얼마나 된 나무일까요?"

김재오의 목소리가 들렸다. 세이코는 김재오가 가리키는 나무를 봤다.

"백 년은 넘었을 것 같아요. 이 공원 안에는 백 년도 더 된 나무들이 있어요."

"저 나무들은 겨울의 무거운 짐들을 혼자서 버티고 서있는 나무들 같군요. 사람들도 저 나무들처럼 될 수는 없을까요? 사람들이 나무에서 뭔가를 배울 수는 없는 건가요?"

김재오는 성큼성큼 걸어가 손으로 나무를 쓰다듬어보면서 나무를 이리저리 둘러보다가 나무를 껴안았다. 웃음 진 얼굴로 세이코를 돌아봤다.

"도쿄는 나무가 참 많은 도시군요."

세이코는 주위에 갑자기 이상한 빛이 몰려오는 것을 느꼈다. 이상한 밝음은 김재오 주변을 감싸고 있었다.

"도쿄를 위에서 내려다보고 싶지 않으세요?"

"네? 위에서 내려다봐요? 도쿄를요?"

"우리 가요!"

두 사람은 택시를 타고 도쿄 타워로 향했다. 택시는 도쿄 중심가를 달렸다. 도시 전체가 노을에 빠져들고 있었다. 김재오도 조금 들뜬 기분이 들었다. 택시가 도쿄타워 입구에 섰다. 크리스마스트리처럼 나무마다 꼬마전구를 매단 타워 앞 통로에서 악대가 북을 치며 트럼펫을 불고 있었다. 잘 차려입은 젊은이들, 어린아이의 손을 잡고 있는 행복한 표정의 가족들이 타워 통로를 드나들고 있었다. 도시에 곧 어둠이 깔리면 모두들 축제라도 한바탕 벌이겠다는 들뜬 분위기였다.

"일본은 365일이 크리스마스지요."

세이코는 입구로 들어서면서 툭하고 던지듯이 얘기했다.

"365일이 크리스마스라고요?"

"크리스마스는 예수 탄생일인데, 정작 크리스천 인구는 1퍼센트가 될까 말까 한 나라에서 장사를 하기 위해 매일매일 날마다 무슨 날이네 하면서 흥청망청 소비를 부추기지요. 크리스마스는 장사꾼들이 한탕 큰 장사를 하는 빌미고요. 시월 하순인데 벌써 크리스마스 분위기잖아요."

김재오의 눈에도 불과 이틀째 머물고 있는 도쿄지만 이 도시에는 사람도 물건도 자동차도 서울보다 넘쳤다. 인상적인 것은 보통 서민들의 옷차림이 하나같이 깨끗하고 잘 차려입은 모습으로 보인다는 점이었다. 아마 한국인들과 소득의 수준차가 사람들 옷차림에서도 그대로 드러나 보인다고 할까. 도시의 간판 디자인이나 빌딩들도 깔끔하게 정리되어 보였고 나무와 숲도 많았다.

두 사람은 타워 엘리베이터를 탔다. 유리창 밖으로 도시에 어둠이 밀려오고 있었다. 하나 둘 불이 켜지면서 야경이 넓게 퍼지고 있었다.

"이 탑은 파리의 에펠탑을 모델로 만들었지요. 높이가 330미터인데 전망대는 150미터에 하나, 그리고 250미터에도 하나 더 있지요."

"파리의 에펠탑을 모델로 삼았다고요?"

"아시잖아요? 일본 사람들은 카피를 잘한다는 것, 후후"

엘리베이터 안은 붐비지 않았다. 젊은 연인인 남녀와 아이를 안고 있는 젊은 부부로 보이는 사람들이 150미터를 가리키는 제1 전망대에서 내리고 나자 엘리베이터 안에는 김재오와 세이코만 남아 계속 올라가고 있었다. 윙하는 소음만이 크게 들렸다.

엘리베이터가 올라갈수록 도쿄의 야경이 시야에 찼다. 도쿄가 사방이 넓은 평야지대라는 건 김재오도 알고 있었지만 실제

눈으로 보는 도쿄의 크기는 대단했다.

250미터 전망대에 도착하자 창밖으로 도쿄의 야경이 한눈에 들어오면서 눈부신 빛들이 촘촘하게 반사되고 있었다.

"저쪽이 바다가 있는 도쿄만이에요. 이쪽 끝이 미우라 반도고요, 저편에는 후지산이 있어요. 날씨가 좋을 때는 이곳에서 후지산을 볼 수도 있답니다."

김재오는 기회가 된다면 일본 사람들이 영적(靈的)인 산으로 여긴다는 4천 미터가 넘는 후지산을 한번 올라가 봤으면 하는 생각도 들었다.

"불과 삼십사 년 전, 딱 열흘간, 지금 보시는 이 도쿄는 불바다였지요. 미군 비행기의 대공습으로 도시는 완전히 파괴되고 말았어요. 빽빽하게 들어선 목조건물들이 불길에 휩싸였고 25만 채의 건물이 파괴되고 십만 명이 불에 타 죽었으니까요. 바로 여기가 지옥이었지요."

김재오는 아래를 내려다봤다. 도쿄의 출렁거리는 네온 바다를 가로지르며 거대한 불길의 환영(幻影)이 달려오는 걸 봤다. 불길은 괴물이었다. 숯처럼 까맣게 탄 목조 가옥의 잔해들 속에서

울부짖는 수만 명의 사람들이 연기에 휩싸여 숨이 막혀 몸을 비틀면서 죽어나갔고 히로시마와 나가사키의 원폭피해자들과 거의 맞먹는 숫자의 사람들이 그 짧은 시간에 그렇게 불에 타서 죽었다.

"미스터 김, 저는 이곳에서 도쿄를 바라보자면 일본의 양 극단성을 느낄 수가 있어요. 완벽한 폐허 속에서 절망과 굴종과 죽음을 거슬러 다시 도시를 일으켜 세운 사람들의 생명력은 과연 뭘까요? 이 도시가 오늘 이렇게 번창하고 큰 도시로 확장될 수 있었던 생명력은 또 무엇에서 오는 것인가를 나는 생각해 본답니다. 숯덩이의 폐허와 오늘의 저 불빛들…"

"그렇군요."

"한편으로 생각하면, 두 개의 극단성이 지배하는 일본을 볼 수 있지요. 죽음과 삶을 바라보는 극단적인 양면성도 알 수 있고요. 죽음을 찬미의 수준으로 끌어올리고 민중의 삶을 무기력하게 통제하지요. 교묘한 강제를 통해서 말에요. 죽음이 하찮고 가볍게 취급됐지만 민중은 죽지 않겠다고, 그냥 이대로는 죽을 수 없다고, 어떻게든 살아야 한다고 발버둥을 쳤지요."

도시의 불빛 위로 달이 중천(中天)에서 천천히 흐르고 있었다.

김재오는 묵묵히 창밖의 야경을 바라보면서 세이코의 얘기에 귀를 기울였다.

"미스터 김, 생명이란 또 끈질기지만 한편으로는 간단하고 무참한 것이기도 해요. 그런 생명들을 에워싸고 양극적이고 대립적인 극단성의 관념이 조성되기도 하고요. 지나치게 깨끗함을 강조하는 것과 그 뒤에 지저분하고 더러움, 거룩하고 성스러움을 지향하면서도 엽기적이고 음란하며 난잡함, 예의 바르고 따뜻한 친절이지만 반대로 상상을 뛰어넘는 잔인함 등, 함께 존재하지만 혼란스럽고 무질서하게 섞이어 있는 극단성 속에 놓인 생명들, 이것이 일본의 세계 인지도 모르겠어요."

세이코의 시선과 음성에는 단단한 무엇이 담겨 있었다. 그녀의 음성과 면모에는 칼처럼 단호함이 같이 있었다.

"미스 세이코, 나는 여전히 의문입니다. 일본인들의 친절과 반대되는 극단적인 잔인성 말입니다. 일본인들의 마음에 어떤 악마가 있어서 인간의 내부에서 분열을 획책하고 착함을 배반할 수 있었는가 하는, 의문 말입니다."

"미스터 김, 너무나 어려운 질문이네요. 나는 미스터 김의 그 질문에 답하기에는 턱 없이 부족한 사람입니다. 자, 이제 내려가지요."

 세이코는 김재오의 얼굴에서 다시 혼란과 슬픔이 닥친 것을 알아볼 수 있었다.
 나무랄 데 없는 단정한 행동거지, 우아하고도 섬세한 얼굴과 손, 조용하면서도 깊은 시선, 그러나 김재오의 시선에서 세이코는 애련(哀憐)과 같은 감정이 가슴에 적셔져 왔다.
 괜한 말로 그의 심정을 아프게 했다는 생각 때문에 안타까운 감정이 일어나기 시작했다.
 그의 괴로움의 깊은 흔적을 속속들이는 알 수 없지만 그 괴로움에 어쩌면 세이코도 같이 할 수 있을 것만 같은 감정이 불쑥 일어났다.
 세이코는 손을 내밀었다. 김재오는 세이코가 내민 손을 잡았다. 세이코는 김재오의 손을 잡고 엘리베이터 쪽으로 다가갔다.

 세이코는 도쿄타워에 있는 수족관으로 김재오를 안내하면서 내내 김재오의 손을 잡았다.
 김재오도 세이코의 손길이 아주 낯설게 느껴지진 않았다.
 수족관은 지하 4층에 있었다. 두 사람은 수족관에 거대한 전망 창 앞으로 다가갔다.
 김재오에게는 놀라운 광경이었다. 전망 창 안으로 희귀한 담수어와 해수어와 열대어들이 열을 지어 색색으로 화려하게 헤엄치고 있었다. 마치 깊은 바닷속에 내려와 서있는 것만 같은 착각을 일으켰다.

세이코가 김재오의 손을 잡고 유리벽 앞으로 이끌었다,

물고기 떼는 두 사람이 다가서자 놀란 듯이 흩어졌다가 다시 두 사람 앞 유리창으로 모여들었다. 물고기들이 유영(游泳)하는 모습은 화려했다. 김재오는 투명하게 반짝이는 아주 작은 물고기 떼를 손가락으로 가리키기 위해 세이코가 잡고 있던 손을 슬그머니 풀었다.

물고기들은 물속을 비추는 컬러 조명을 지날 때마다 색을 바꾸어 물살을 갈랐다.

물고기들은 울긋불긋 떼를 지어 매끄럽게 김재오를 향해 돌진해왔다가는 그의 머리 위를 지나 헤엄쳐 멀어져 갔다. 김재오는 어디 별세계에라도 와있다는 생각이 들었다.

세이코는 물고기 떼를 바라보는 김재오의 모습이 아름답다고 느꼈다.

갑자기 그녀의 내부에서 실제로 자신이 살아있음을 생생히 느끼는, 가슴에 고동치는 소리가 가차 없이 울리기 시작했다. 세이코는 김재오의 옆모습을 숨죽이고 한동안 지켜보고 서 있었다. 김재오의 표정에는 빛나는 그 무엇인가가 있었다. 눈빛엔 사려 깊은 정신과 의지가 있었고 이마는 빛났지만 절대 오만하게 보이지 않는 깨끗한 성품을 읽을 수 있었다. 세이코는 김재오가 눈치 채지 않도록 조용히 김재오의 옆모습을 세세하게 관찰했다. 수족관 전망 창을 들여다보는 김재오의 조용한 얼굴에 이는 미묘한 표정이 세이코의 마음을 끌어당기고 있었다. 세이코의 마음이 김재오에게 움직이고 있었다. 어느새 그녀는 마음속 깊은 곳에서부터 차곡차곡 김재오에게 향하는 마음이 쌓여가는 자신을 느꼈다.

김재오가 세이코에게 몸을 돌렸다. 세이코는 갑자기 팔을 뻗어 김재오의 목을 감쌌다. 그리고 입을 맞췄다. 김재오는 아주 잠시, 짧은 시간 동안 당황하는 듯했고 입술을 움직여 뭔가 말을 하려고 했으나 한 마디도 하지 못했다. 세이코의 숨결소리와 그 떨림에 김재오의 눈은 저절로 감겼고 그녀의 키스를 받아들였다. 입맞춤은 오랫동안 계속되었다.

수족관 안에 물고기들은 화려한 군무(群舞)를 추고 있었다.

세이코가 입술을 떼고 김재오를 쳐다봤다. 김재오는 세이코의 어깨를 살며시 짚었다. 눈이 맞닿을 정도로 몸을 깊숙이 아래로 숙였다. 그녀는 두 손을 뻗어 그의 머리카락을 만졌다. 김재오는 관자놀이에 닿는 세이코의 손이 따뜻하게 느껴졌다. 말은 한마디도 이어지지 않았다. 그녀의 입술이 다시 그의 입에 닿았다. 김재오는 그녀의 뒷 머리카락을 오른손으로 쓰다듬으며 그녀 숨결의 떨림과 입김에 그저 망연히 그녀의 입술을 다시 받아들였다. 조심스럽게 기울어져 오는 그녀의 얼굴을 양손으로 안으며 그녀의 뒤 머리카락을 쓰다듬어 주었다. 그녀는 가만히 서서 머릿결에 그의 손길이 느껴지자 몸을 떨었다.

여자, 그 강물에 휩싸여

김재오와 세이코는 도쿄 타워를 나와 지하보도로 내려왔다. 지하보도에는 노숙자들이 보루 박스를 끼고 잠자리를 정리하고 있었다. 김재오는 걷는 와중에도 고개를 돌려 그들을 쳐다보았다. 세이코는 그런 김재오를 바라봤다.

두 사람은 도심 거리를 한 참을 걸어 횡단보도 앞에 섰다. 그들은 파란색 신호가 들어오기를 기다렸다. 밤거리는 인파로 붐볐다. 김재오는 횡단보도 앞에 꼿꼿하게 서서 신호등을 마주 보았다. 무언가 골똘한 표정이었다. 곧이어 파란 신호등이 켜지고 애절한 멜로디가 흘러나왔다. 사람들은 일제히 횡단보도를 건넜지만 김재오는 그 자리에 그대로 서 있었다.
세이코는 앞서서 길을 건너다 말고는 김재오를 돌아다봤다. 여전히 그는 꼼짝 않고 서 있었다. 세이코는 걸음을 돌려 김재오에게 다가가 그의 손을 잡았다. 그녀는 그의 손을 꼭 잡고 길을 건넜다. 애절한 멜로디가 신호등처럼 깜빡거리는 빛에 타들어가듯이 들려왔다.

　두 사람은 J.R 야마노테(山手線) 라인 다마치역(田町驛) 안의 승강대 벤치에 앉아있었다. 전철이 세 번이나 도착하고 떠나는 동안, 두 사람은 아무 말 없이 정면만 쳐다봤다.
　세이코는 천천히 고개를 돌려 김재오를 봤다. 김재오는 들어오고 떠나는 전철 객차만을 무심코 바라봤다. 다시 전철이 역 구내로 들어온다는 안내방송이 들려왔다. 세이코는 얼굴을 돌려 김재오의 뺨에 짧은 키스를 했다. 김재오는 그녀의 긴 머리카락을 살짝 어루만졌다. 전철이 도착하고 세이코는 벤치에서 일어나 열린 전철 문 쪽으로 걸어 나갔다. 세이코가 올라타자 문이 닫혔다, 김재오는 승강대에서 세이코를 향해 손을 흔들었다. 세이코도 전철 안에서 손을 흔들었다. 승객들 몇이 그런 세이코와 김재오를 힐끔거렸다.

　지하철역을 나와 지하보도를 지나는 김재오의 얼굴에는 우울한 빛이 감돌았다.
　지나던 택시를 세우고 탔다. 택시는 화려한 도쿄 시내를 내달려 김재오가 투숙하고 있는 호텔 정문 앞에 정차했고 김재오는 택시에서 내려 호텔 안으로 들어섰다.

1979년 10월 21일 오후, 도쿄

세이코는 김재오와 헤어질 때 그의 표정에서 보았던 일말의 슬픈 표정이, 그의 얼굴에 서려있던 그늘이, 마음에 걸렸다.
　세이코가 스튜디오 안으로 들어서자 광고회사 여직원이 급하게 다가왔다. 세이코는 아차, 싶었다. 오늘 밤에 아르바이트로 광고 촬영이 약속되어 있었던 것을 깜빡 잊었다. 약속을 잊는 건 세이코에겐 드문 일이다.

"모델들이 많이 기다렸어요."

"오늘 촬영은 남자 양복이죠?"

"남자 기성복 광고에요."

"모델들에게 아무것도 입지 말라고 하세요."

"네?"

"다 벗고 하의는 팬티만 입고 양복 상의만 입고 나오라고 하세요."

　세이코는 카메라를 들고 여자 모델들 앞으로 다가갔다. 세 명의 여자 모델들은 남자 양복 상의만 입은 채로 포즈를 취했다. 단추를 채워 앞을 여민 양복 깃 사이로 탄탄한 가슴 굴곡이 드러났고 탄력 있게 뻗은 날씬한 다리가 다 드러났다. 세이코는 빠른 동작으로 앵글을 바꿔가며 셔터를 눌렀다. 남자 양복을 여자 모델들에게 입혀서 선전하는 광고 아이템이었다.

김재오는 호텔 방에서 한국으로 보낼 기사를 타이프라이터로 치고 있었다. 몇 장인가 파지를 버렸다. 호텔 창밖으로 보이는 전철역을 내려다봤다. 전철이 불을 환하게 밝힌 채 지나갔다. 그는 타이프라이터에서 종이를 꺼내 구겨버렸다. 그때 전화벨 소리가 울렸다.

"미스터 김, 잘 들어가셨죠?"

"네, 미스 세이코도?"

"네"

"……"

두 사람은 서로 말없이 한 동안 수화기를 들고 있었다. 한참의 침묵을 깬 건 세이코였다.

"지금 무엇을 하고 계신가요?"

"한국에 보낼 기사를 마저 쓰고 있었습니다. 세이코 씨는요?"

"그동안 하기 싫어서 미루어 오던 광고사진을 막 찍었어요."

"그랬군요."

"네."

"사진은 다 찍었나요?"

"네."

또 침묵이다. 이윽고 세이코의 따뜻한 목소리가 들렸다.

"그럼 내일 만나요. 안녕!"

"안녕!"

김재오는 수화기를 내려놓고 돌아섰다.
침대 머리맡의 부친 모습이 있는 흑백사진이 눈에 들어왔다. 그는 사진액자를 들고 들여다보더니 다시 내려놓고 창가로 걸어갔다. 도시의 불빛이 창문으로 넘쳤다.
 아까부터 마음이 무겁고 불안했다. 세이코가 도쿄타워 위에서 내 손을 잡았을 때부터였던가? 아니다. 그때까진 괜찮았다. 정확하게는 세이코가 그의 입에 입술을 댔을 때, 그때 이후부터가 아닐까. 갑작스러웠다. 어떻게 해야 할지 모를 만큼 순간적이었고 기습적이었다. 그러나 그는 가슴을 두근거리면서 그녀의 키스를 받아들였고 그녀의 머리카락을 만지기까지 했다. 바보짓이다. 지금 일본에 와서 무엇보다 중요한 일을, 그것도 오랫동안 기다리고 기다리면서 어렵사리 일본까지 왔는데, 엉뚱하게도 연애감정에나 빠져서 꼭 해야만 하는 일을 망치게 된다면? 도대체 지금 뭘 어쩌자는 것인가. 왜 이토록 뒤엉켜 혼란스러운 감정을 스스로 지녀야만 하는 건가? 혼자 되물었다. 왜 자신이 지금 이러고 있는가를, 자꾸만 혼자서 되물었다. 너무나 생경한 일이 벌어졌다. 상대 여성은 외국인이고 더욱이 한 번도 생각해보지도 않았던 일본 여성과의 키스였다. 도저히 이해하고 좋아할 수 없는 일본이란 나라에서, 일본인 여성과 키스까지 했다. 그는 머리가 텅 비고 현기증이 나는 것만 같았다. 침대로 가서 누웠다. 자기가 지금 침대에 누워있기는 한데, 누워있는 이곳이 어딘지 대체 분간을 할 수가 없었다. 어디인가? 아주 먼 곳에 있단 느낌이 들었다. 도대체 지금 어디에 있지? 복잡한 생각으로 뒤척이며 눈을 뜨고 천정을 바라봤다. 눈을 감았다. 피곤했지만 잠은 오지 않았다. 여러 가지 생각으로 잠들 수가 없었다. 일어났다. 창가로 다가갔다. 흑백 사진이 다시 눈에 들어왔다.

말없이 아버지 사진을 내려다보고 서있는 살아있는 아들, 역시 말없이 아들을 바라보고 있는 사진 속에만 있는 아버지.

김재오는 창밖을 내려다본다. 야경이 흐릿하게 보였다. 가로등에 비치는 가로수는 가을의 조락(凋落)을 내보이고 있었고, 무언가 무상(無常)의 분위기를 풍겼다. 갑자기 그는 정체를 파악하기 어려운 뭔가가 아주 특별한 무엇인가가 점점 가깝게 다가오고 있다는 느낌이 들었다. 미지(未知)의 세계가 나를 기다리고 있는 건가?

나는 어디에 있는가?

시간이 흘렀다. 창가에서 침대로. 한동안 가만히 누워있었다. 다시, 침대에서 몸을 일으켜 창가로 다가갔다.
도시의 불빛 위로 짙은 암청색 하늘에 걸린 가로수 끝자락이 보였다. 가을밤의 깊은 정적이 장엄하면서도 두렵다는 생각이 들었다. 그리고 그의 따뜻한 심장이 고동치고 있었다. 그는 자신의 고동치는 심장소리를 듣고 있었다. 운명인가? 그녀의 입술에 키스하던 바로 그 순간, 세이코의 눈동자와 마주치던 그 순간에, 자신은 스스로 뿌리째 흔들렸다. 사랑인가? 소스라쳤다. 문득 이제까지 살면서 아직도 못다 한 일들이 너무나 많다는 자각이 들었다. 이럭저럭 34년이나 살았지만, 자신은 제대로 사랑도 못해봤고 결혼도 못했다. 물론 아이를 낳아보지도 못했다. 지금 일본에서 해결해야 하는 숙제는 시작도 못하고 있고, 정작 알아보고자 하는 일은 착수도 못했다. 그는 갑자기 마음을 닫고 싶었다. 더 마음을 움직이기가 어려웠다. 불안한 가슴에서 고동치는 소리와 까닭도 모르게 그 무엇인가를 동경한다는 마음은, 마치 마음에 가시라도 찔린 것 같은 통증이 아픔으로 다가왔다. 기쁨이지만 동시에 공포였다. 그는 거기에 몸과 마음을 다 맡길 수는 없다는 생각이 들었다.

'내가 눈이 멀어 아무것도 보지 못한다고 생각하지는 말아주세요.'

누군가에게 마음으로 말하고 있었다.

'나는 그 여자에게로 다가가고 있어요. 하지만 그 여자에게 붙잡혀 꼼짝없이 사로잡힌 것은 절대 아니에요.'

누군가에게 자신의 사정을 자꾸 설명하고 있었다. 그는 거기서 마음의 입을 다물었다. 모든 것이 너무 어렵고 힘들다고 느껴져 왔다. 그러나 한편으로는 그럴수록 마음을 붙잡고 싶다는 강렬한 마음도 일어났다. 마음을 붙잡고 싶고, 마음한테 가고 싶고, 또 가지 않으면 안 되기 때문에, 그 마음이 나를 부르기 때문에, 나는 가는 거다. 그러나 이내 고개를 저었다. 이런 감정은 따스한 방에서 안주할 수 있는 사람들에게나 허용된 감정이며 마음가짐이 아닌가? 자신은 지금 이런 마음을 지니면 안 되지 않는가? 마음을 품은 채 위험에 몸을 내맡기고 살아갈 수는 없다, 할 일도 많다, 당장 일본에서 해야 할 일들이 지금 날짜를 다투고 있지 않는가?

사랑한다는 것은 어리석고 복잡하며 힘이 드는 일이다. 그게 사랑인지 단정할 수는 없지만, 과거 몇 차례 여자를 만났을 때의 아픈 기억들과 이번 만남은 완연하게 달랐다. 만약에 과거의 만남들도 사랑이었다면, 그는 사랑이 주는 어두움이나 어리석음, 우수나 절망 같은 감정들을 이미 안다. 그러나 깊숙이 마음 한편으로는 말라버린 나무는 영원히 죽고 얼어버린 새는 공중을 날 수가 없다는 사실 또한 안다. 사람도 한번 죽으면 그만이다.

이윽고, 어떻게 되든 상관이 없다는 마음도 다 들었다. 어떻게 되든, 말이다.

5.
남영동 대공분실 5층 503호

  호텔 창으로 보이는 밤하늘에 별들의 위치와 모양도 바뀌고 이어 미명(未明)의 아침이 왔다. 아침 햇살이 호텔 창안으로 들이칠 때까지 김재오는 창 앞에 그대로 서 있었다.
  답답했다. 호텔 밖으로 나갔다. 무턱대고 걸었다. 곧장 길을 따라 걸었다.
  아침 출근길 샐러리맨들이 떼를 지어 걸어가고 있었다. 검은색이나 회색, 또는 감청색 정장 차림으로 깔끔하게 차려입은 거대한 아침의 출근 행렬은 마치 군단의 대이동을 보는 것만 같았다. 김재오는 횡단보도 맞은편에 무리를 지어 신호를 기다리고 있는 샐러리맨들을 바라보며 홀로 서있었다. 신호가 바뀌자 그들은 일제히 도로를 건너왔다. 그들이 발걸음을 내디디는 소리가 박자를 맞추듯 아스팔트를 울렸다. 김재오는 정장 차림의 샐러리맨들이 이루는 거대한 흐름을 역류하여 홀로 마주 걸어 나갔다.

김재오가 호텔로 돌아왔을 때, 세이코는 걱정스런 얼굴로 호텔 로비 소파에 앉아 있다가 벌떡 일어나 김재오를 맞았다.

"미스터 김, 어디 몸이 아프세요?"

"아, 아닙니다. 그냥 좀 걸었습니다."

"산책을 다녀오시는 길이었군요."

세이코는 손목시계를 보면서 양로원과 장애 원호원(援護院) 취재를 가야 하는 시간이 늦었다고 했다. 김재오는 미안했다. 세이코가 벌써 와서 기다릴 줄은 미처 몰랐다.

"금방 준비해서 내려오겠습니다."

중국 놈들을 청소하라는 명령

세이코와 김재오는 우에노(上野)에 있는 양로원에 이어, 하치

오지(八王子)에 있는 지체 장애인 원호 수용시설에 들렀다. 전쟁 중에 다친 퇴역 군인들을 수용하는 시설이었다. 시설 관리인의 안내를 받아 김재오는 환자들의 편의를 고려한 시설들을 찬찬히 둘러보았다.

김재오는 인터뷰를 위해 한 노인에게 말을 걸었다. 세이코가 통역을 했다. 한쪽 팔이 없는 노인의 얘기는 장황했다.

"그때가 내가 스물여덟 일 때야. 그날이 참 내 생일이지. 아침부터 중국 놈들을 청소하라는 명령이 내렸는데 숫자가 너무 많았어. 그 전날엔 떼 지어 몰려오는 중국 놈들을 맞아 우린 용감하게 싸웠어. 지린(吉林)이나 창춘(長春) 때도 그랬지만 우린 작전 지역이 너무 넓었어. 그래도 우린 용맹했지. 처음에는 수류탄도 던지고 나중에는 총칼로 싸우는데, 그때 생각하면 지금 내가 어떻게 살아서 돌아왔는지…, 우린 더 이상 물러설 수가 없었어. 그래서 닥치는 대로 쳐 죽였지…"

노인은 양 팔로 찌르는 시늉을 했다. 백병전 얘기를 하고 있었다. 한쪽 팔은 팔꿈치 아래 부분에서 바짝 잘려나가 흔들거렸다.

"이렇게, 이렇게, 막 죽였지. 사방에 피비린내가 진동했어. 많이 죽이고 죽었어. 난 살았지. 그때…"

노인은 눈물까지 찔끔거렸다.

세이코는 김재오의 소맷자락을 당겼다. 두 사람이 자리를 뜨려 하자 노인은 팔을 휘휘 저었다.

"아직 안 끝났어, 내 얘기! 당신들은 젊어서 전쟁을 몰라! 죽이지 않으면 죽어!"

노인은 공중 헛것에다가 팔을 휘두르고 있었다.

간호사가 다가와 노인을 침대에 눕혔다. 노인은 간호사가 시키는 대로 얌전하게 누웠다.

까마귀 떼

까마귀가 떼 지어 빌딩 위 전선줄에 몰려와 앉아 있었다.

까마귀 떼의 울음소리가 빌딩 숲에 울렸다.

다른 한 무리의 까마귀 떼는 도시의 공중에서 빙빙 돌고 있었다.

김재오는 아까부터 호텔 방 안에서 타자기로 기사를 쓰고 있었다.

호텔방 유리창으로는 석양이 들이쳤다. 창문으로 까마귀 떼의 울음소리가 들렸다.

김재오는 자기도 모르게 창밖으로 자꾸 시선을 돌렸다.

빨간 석양을 배경으로 까만 한 무리가 점점이 날아다니고 있었다.

빨리 기사를 서울로 송고해야 한다, 정작 일본에서 하기로 했던 일은 시작도 못했다. 초조했다.

세이코는 오후에 자기 일정이 따로 있었다. 저녁에 세이코의 스튜디오에서 다시 만나기로 약속했다.

입에 문 담배에서 담뱃재가 타자기 위로 떨어졌다. 그는 오른손 검지에 침을 묻혀 담뱃재를 집었다. 재를 집어 재떨이로 옮기는데 손가락이 가늘게 떨렸다.

창문틀에 올려놓은 아버지 사진이 문득 시야에 들어왔다.

흑백의 아버지가 자신을 뚫어져라 쳐다보고 있었다.

갑자기 가슴에 먹먹한 통증이 느껴져 왔다. 등에 오싹하고 식은땀이 흘렀다. 자신의 몸과 손이 움직이지 못하도록 묶여있다는 환영(幻影)이 한기처럼 밀려왔다.

온몸이 부들부들 떨렸다. 급기야는 발작을 일으키고 말 것만 같았다.

기억이 되살아났다. 치안본부 남영동 대공 분실 취조실에 갇혀있던 자신의 몰골이 떠올랐다. 그 욕조 바닥에서 전신을 바들 바들 떨고 있던 자신의 모습이 내려다 보였다. 짐승 같은 외마디 울부짖음, 인간의 말이라기보다는 짐승의 소리였다. 문법도 의미도 없었다. 그저 두려움이 입 밖으로 어, 어, 하고 흘러나오고 있었다.

천정에 매단 붉은 알전구 너머로 취조하던 고문자가 조용하게 웃고 서 있었다.

친절하다고 느꼈다. 그 웃음에 김재오는 안심이 됐다. 비굴하다는 감정도 그때는 몰랐다. 김재오도 희미하게 웃었다.

김재오의 인격은 검은 승용차 뒷좌석에 강제로 태워질 때 이미 난도질을 당했다.

연행 때부터 왼쪽에서 줄곧 바지춤을 부여잡던 이가 전등 뒤에 서 있었다.

이 자의 행실은 천박함이 이루 말할 수 없었다. 가래침을 아무 데나 뱉었다. 젠 체하고 우쭐해하기도 했다. 항상 시선을 낮게 깔고 음성도 낮았다.

그 뒤로 서 있던 중늙은이 고문기술자도 생각났다. 무표정의 얼굴. 사람을 소름 끼치게 만드는 끔찍하고도 잔악한 행위가 너무나 천연덕스러웠다.

이런 자들이 캄캄한 시대의 선두에 서서 자신들의 권력을 마음껏 누리고 있었다. 국가는 이들에게 월급을 주었고 이들 가족의 생계까지 떠맡고 있었다.

이들은 고의적으로 살인까지 저지를 수 있었지만 어느 순간 고문을 멈추는 기술을 익히고 있었다. 피고문자에게 고통을 주되 적당한 선에서 통제하는 기술, 죽음의 입구까지 몰고 갔다가 손을 딱 놓는 기술 말이다. 죽음의 입구에서 고문자는 유들유들하게 말을 건네기도 했고 간간이 웃음 띤 얼굴로 담배에 불을 붙여 김재오의 입에다가 물려주기도 했다. 가학(加虐)의 맛에 완전히 길들여진 모습들이었다.

아득했다. 1940년 12월, 종로 경찰서 지하 취조실 시멘트 바닥에 아버지의 환영과 겹쳤다.
얼굴도 본 적 없는 아버지가 일본인 고문기술자 오노 앞에서 외마디 소리를 지르고 있었다.

코피가 흘렀다. 타자기 자판 위로 떨어졌다.
까마귀 떼 울음소리가 아주 가깝게 들려왔다.
김재오는 서둘러 타자기 용지를 새로 갈아 끼우고 자판에 글자를 치기 시작했다.

시간은 빠르다.

세이코는 지난번에 찍은 남성복 광고 사진을 광고 에이전시에 전달하고 돌아오는 길에 와다 츠요시를 만났다. 아사히신문사 사회부 경시청 출입기자인 와다로부터는 일전에 세이코가 부탁했던 1943년부터 1945년까지 한국의 서울, 정확하게는 당시 조선의 수도 게이세이부(京成府)에서 근무했던 특무경찰 출신 중에서 오노라는 이름이 들어간 명단을 찾았다고 했다. 오노라는 이름은 전부 여덟 명이라고 했다.

그 명단이 적힌 서류철을 건네주면서 와다는 아직 만난 적이 없는 김재오에 대해서 이것저것 물으며 궁금해했다.

광고 에이전시에서는 세이코가 건넨 사진 말고도 네 장의 사진을 더 현상해 줄 것을 요구했다. 손목시계를 봤다. 김재오가 스튜디오에 도착할 시간이 다됐다. 서둘러야 했다. 스튜디오 출입문을 열자 전화벨이 울리고 있었고 세이코는 셔츠를 급하게 갈아입으면서 전화를 받았다.

호텔 정문 앞에서 택시를 탄 김재오는 세이코의 스튜디오로 가는 길이 눈에 익었다.

차가 약간 밀렸다. 녹색의 빛이 도시를 감싸고 있었다.

퇴근길 사람들의 표정이 약간은 들떠 보였다.

서울을 내리누르고 있는 회색(灰色)의 빛이 생각났다.

겨울이라는 계절감이 회색으로 채색된 것만은 아니었다. 불법체포와 연행, 강제 구금과 고문, 박정희의 공안정치 탄압은 거세고 시민들은 오랜 침묵을 깨고 이제 움직이기 시작했다. 그러나 아직은 어떤 미래도 장담할 수 없었다.

김재오는 그 회색의 도시에서 혼자만 도망 나와 평화로운 딴 세상에서 떠다니고 있었다.

실감이 나지 않았다. 겨우 몸만 잠시 빠져나왔지만 의식의 닻은 여전히 서울에 있었다.

빠져나온 몸도 반신(半身)으로 뚝 잘라져 듣고 보고 만지는 감각의 일체가 무뎠다.

해가 지고 있었다. 거대한 빌딩들 사이 붉은빛이 도시 전체를 옅은 분홍색으로 물들이면서 녹색과 마주하고 있었다. 택시는 조금씩 속도를 냈다.

세이코는 전화 줄을 길게 늘어뜨린 채 스튜디오 실내를 걸으면서 통화를 하고 있었다.

수화기를 든 세이코의 목소리는 짜증이 섞여 있었다.

"이봐요! 곤도 상! 난 이제 당신이 알고 있는 그 세이코가 아니에요. 뭐라고요? 내가 왜 무엇 때문에 파리에 가서 당신한테 전화까지 해야만 하는 거지요? 전화번호를 남기고 안 남기고는 내 마음이에요. 그리고 이제는 당신을 그만 만나야겠다고 결심한 것도 내 의지고요. 뭐예요? 그래서요?"

스튜디오 앞 도로에 멈춰 선 택시에서 김재오가 내렸다.
그는 스튜디오의 초인종을 눌렀다. 두 번을 눌러도 기척이 없었다. 그는 주위를 두리번거렸다.

초인종이 울리자 세이코는 현관문 스피커를 작동시키며 통화를 계속했다.

"그래요! 내 의지와 판단이란 말에요! 전화 끊어요. 손님이 왔어요."

세이코가 외치는 날카로운 일본말이 현관 밖 스피커로 흘러나왔다.
김재오는 세이코의 일본어에 잠시 어리둥절했다.
세이코는 수화기를 든 채로 일본어로 누구냐고 물었다.

"누구시죠?"

김재오는 잠시 머뭇거리다가 영어로 답했다.

"예. 납니다. 김재오입니다."

현관문이 덜컥 열렸다. 세이코는 스튜디오 안에서 등을 돌린 채로 전화통화를 하고 있었다. 일본어로 말하고 있었다.

"제발 부탁이에요. 이제 우리 사이는 끝난 것으로 해요!"

김재오는 어색하게 현관 앞에 서 있었다.
세이코는 전화기를 쾅 소리가 나도록 끊었다. 그리고 전화 플러그를 뽑아버리고 나서야 김재오를 돌아보았다.

"미안해요. 김 상! 어서 오세요."

김재오는 못 알아들었다.

세이코가 아차, 하는 얼굴이더니 영어로 바꿔 말했다.

"미안해요. 미스터 김! 어서 오세요."

"전화통화 중인 줄 몰랐습니다."

세이코는 김재오에게 의자에 앉을 것을 권했다.

"자, 이쪽으로, 커피 하시겠어요?"

"네. 고맙습니다."

세이코는 주방으로 걸어가면서 물었다.

"기사를 끝내셨다고요?"

"예. 방금 호텔에서 팩스로 서울에 송고를 하고 오는 길입니다."

세이코는 김재오에게 커피를 건네며 환한 미소를 지었다.

"무사히 끝내신 걸 축하드려요!"

"미스 세이코 덕분에 좋은 취재를 할 수 있었습니다. 감사합니다."

"일본에 처음 오셨는데, 제대로 도움을 드리지 못해서…"

"아닙니다. 정말 감사합니다. 아리가도 고자이 마쓰."

"어머, 일본어를 하시는군요!"

세이코는 활짝 웃으며 손뼉을 쳤다.

두 사람은 함께 웃었다. 그러나 그것도 잠시였다. 곧이어 두 사람 사이에는 어색한 분위기가 흘렀다. 이제 서로 헤어질 시간이 점점 다가오고 있었다.

김재오는 커피 잔을 만지작거리면서 시선을 떨어트려 바닥을 보고 앉아있었다.

"그럼? 이제 앞으로, 미스터 김, 당신의 계획은 어떻게…"

김재오가 고개를 들자, 세이코와 눈이 마주쳤다. 두 사람은 잠시 멋쩍게 웃었다.

"미스 세이코, 무슨 걱정이라도?"

"아니에요. 만나던 남자로부터 걸려온 전화였지요. 그런데 이젠 완전히 헤어졌어요."

세이코는 김재오가 묻지도 않은 말을 꺼냈다.

"……"

"그를 비난하는 건 아니에요. 이제 그렇게 결정했다는 얘기지요."

"네, 네. 그렇군요."

"미스터 김은 한국에 사랑하는 여성이 계신가요?"

"네? 아, 아니, 지금은 없습니다."

"헤어졌나요?"

"아…… 죽었습니다."

"미안합니다.…. 병이었나요?"

"예. 그렇습니다. 병으로 죽었습니다."

"몇 살이었나요?"

"스물여섯에……"

"미안합니다."

"……"

의과대학 마지막 과정에 있었다. 그런데 여자는 청명한 어느 가을에 스스로 면도날을 손목에 긋고 죽었다. 죽음에 이르는 병이었다. 그 병은 지독했다. 살릴 수 있는 방법이란 없었다. 김재오는 열병을 앓았고 충격도 컸다. 그 여자를 잊는데 삼 년이나 걸렸다. 그리고 나서 두 명의 여자를 더 만났다. 하지만 혹독한 사랑은 없었다. 어느 때부터인가 헤어지는 것이 두렵고 만나는 것도 무서웠다. 그런데 또 만났다. 아니, 이제부터 만나게 될 여자가 바로 앞에 앉아있는 이 여자일지도 모른다는 예감이 들었다. 혼란스러운 감정이 속수무책으로 자신을 압도하고 있었다. 더구나 이번엔 일본 여자였다.

세이코는 갑자기 생각난 듯 손목시계를 들여다봤다.

"잠깐, 급하게 현상해야 할 사진이 있어요. 금방 끝납니다."

"아, 네. 어서 하세요. 괜히 저 때문에…"

"곧 현상 사진을 찾으러 광고회사 직원이 오기로 되어 있어서, 미안합니다."

세이코는 고개를 숙이며 현상실 문을 열고 안으로 들어갔다. 현상실 문이 열리고 닫히는 아주 잠깐 동안 붉은 전등 빛이 현상실 안에서 바깥으로 내비쳤다. 김재오는 자신도 모르게 미간을 찡그렸다. 온몸이 전기에 감전이라도 된 듯 짧게 몸을 떨었다. 김재오는 정신을 가다듬고 싶었다. 사방을 둘러봤다. 창밖 정원 잔디밭에는 나무 한 그루가 서 있었다. 식은땀이 흘렀다. 나무가 흐릿하게 보였다. 숨이 가빠왔다. 서가(書架)에 시선이 닿았다. 소파에서 일어나 서가로 다가갔다. 꽂혀있는 사진집 한 권을 꺼내 펼쳤다. 펼쳐진 사진 위에 시선을 모으고 싶었지만 힘들었다. 숨도 찼다. 초인종 소리가 갑자기 들렸다. 번득 정신이 되돌아왔다. 현관문 쪽으로 천천히 다가가 두리번거리며 스위치를 찾아 작동시켰다. 현관문이 열렸다. 한 청년이 문을 열고 들어섰다. 청년은 김재오에게 일본어로 물었다.

"세이코 상은 안 계십니까?"

그의 물음에 김재오는 영어로 답했다.

"지금 사진 현상실에서 사진 현상 중입니다."

"일본말 못 하십니까?"

"못합니다. 조금 기다리세요."

"그럼, 실례하겠습니다."

청년은 스튜디오가 익숙한 듯 의자를 찾아 앉았다.

청년은 김재오와 서로 눈이 마주치자 어색한 웃음을 보냈다.

"외국인이시군요. 세이코 상은 훌륭한 사진가입니다. 항상 우리 잡지에 좋은 사진을 제공해 주고 있지요."

김재오는 청년의 일본말을 못 알아듣고 그냥 조용히 웃었다.

이윽고, 세이코가 사진 현상 봉투를 들고 현상실에서 나왔다. 청년은 그녀를 보자 자리에서 일어섰다.

"세이코 상, 지금 사무실에서 난리가 났습니다. 오늘 잡지사에 원고를 넘겨야 한다고. 빨리 사진을 가지고 오라고 했어요!"

"여기 있어요. 조심해서 가지고 가요. 프린트가 아직 안 말랐어요."

청년은 사진을 받아 들고나가려다 김재오를 돌아다보고 인사를 했다.

"헤이! 미스터! 굿바이!"

"굿바이!"

김재오는 웃으며 대꾸했다.
세이코는 청년을 현관문까지 배웅하며 소리쳤고 청년의 먼 대답이 들렸다.

"다음 주 스케줄은 아직 모른다고 말하세요!"

"알겠습니다."

청년을 배웅하고 세이코는 돌아섰다.
그때, 김재오의 눈에 현상실 문틈 아래에서 물이 콸콸 새어 나오고 있는 것이 보였다. 그는 사방을 둘러본 뒤 탁자 위의 티슈 박스를 들고 현상실 문틈으로 새어 나오는 물을 얼른 허리를 굽혀 닦았다. 청년을 배웅하고 돌아온 세이코는 김재오가 물을 닦고 있는 모습을 보며 당황하여 걸레를 들고 달려왔다. 현상실 안으로 들어가 수도를 잠그고 나와 바닥에 꿇어앉아 걸레질을 하기 시작한다.

"제가 깜빡하고 수도꼭지를 잠그지 않았습니다."

물이 바닥에 흘러넘쳤다. 두 사람은 함께 허리를 굽힌 채 물을 급하게 닦았다. 세이코의 손이 슬쩍 김재오의 손끝에 닿았다. 닫았던 현상실 문이 저절로 열리면서 현상실 안의 붉은 전등 불빛이 김재오의 얼굴을 덮쳤다. 김재오는 갑자기 현기증을 느끼며 몸이 뒤로 젖혀졌다. 온몸을 떨었다. 세이코는 너무나 놀라 어쩔 줄을 몰랐다.

김재오에게 붉은 전구의 불빛은 치안본부 대공 분실 소속 사복경찰들에게 강제로 포박되어 끌려갔던 용산구 갈월동 88번지, 남영동 대공 분실 5층 503호 취조실을 연상시켰다.

붉은 전등 아래 놓인 욕조는 물이 넘쳐흐르고 있었다. 고문 기술자 두 명은 두 손이 뒤로 묶인 김재오의 상체를 들어 욕조 안에 처박았다. 김재오는 식도와 기도로 물이 흘러들어오는 게 고통스러웠다. 몸을 좌우로 거칠게 흔들며 몸부림쳤지만 두 사내가 완강하게 김재오의 머리를 욕조 안으로 다시 들이밀었다. 그들은 김재오의 양팔을 뒤에서 붙잡고 상체를 들어 올렸다가 다시 욕조에 머리를 담그기를 여러 차례 반복했다. 그때마다 욕조 안에 물이 바닥으로 흘러넘쳤다. 바닥에 쏟아진 그 물은 조명을 받아 피처럼 붉었다. 김재오의 눈은 맨땅에 던져진 물고기의 아가미처럼 물속에 잠겨 힘겹게 껌벅거렸다.

김재오는 스튜디오 벽에 기대고 앉아 가쁘게 숨을 몰아쉬었다. 그는 현상실에 붉은 전등을 자꾸만 손으로 가리켰다.

　그러나 세이코는 김재오가 왜 갑자기 이러는지, 뭘 가리키는지, 도대체 어떻게 해야만 하는지, 알 수가 없다.

　김재오는 계속해서 팔을 뻗어 붉은 전등을 가리켰다.

　세이코는 그제야 김재오가 원하는 것을 알아차리고는 현상실 안에 붉은 전등의 스위치를 내렸다.

　잠시 뒤, 김재오는 간신히 팍팍하게 숨을 내쉬고 있었다.

　세이코는 물에 적신 수건과 차를 가지고 그에게 다가왔다.

　세이코가 건네주는 찻잔을 잡은 김재오의 손은 떨렸다.

6
붉은빛

김재오는 그 날 오후 취재 건으로 약속이 있었지만 취소하고 퇴근을 서둘렀다. 아침 출근시간 때 노모의 안색이 좋아 보이지 않았다.

일찍 남편을 여의고 아들 김재오와 단출하게 사는 늙은 모친은 요즘 들어 무척 건강이 나빠졌다. 평생을 당신 혼자서 유복자로 태어난 외아들을 키워왔는데 이젠 기력이 쇠하고 있는 것인가.

한사코 병원까지 갈 일은 없다는 노모를 어렵사리 설득해 병원으로 모시고 가기로 한 날이었다.

신문사가 있는 광화문 사거리에서 버스로 세 정거장, 옥인동 한옥은 버스 정거장에서 내려 두 번째 골목을 꺾어 안으로 들어가야 했다.

골목으로 막 들어서는데 누군가 뒤에서 김재오를 부르는 소리가 들렸다.

"김재오 씨!"

김재오는 돌아보자마자 순식간에 세 명의 괴한에게 제압당했다.

그들은 백주 대낮에 우격다짐의 완력으로 김재오를 승용차에 구겨 태웠다. 밤중도 아닌 한낮에, 정체를 말하지 않았고 끌고 가는 까닭도 말하지 않았다. 잘 작동되는 기계처럼 일사불란했다.

검은색 승용차 뒷좌석으로 태워진 김재오는 양쪽에서 두 명이 허리춤을 붙잡아 꼼짝할 수 없었다. 대체 갑자기 뭐가 어떻게 된 것인지, 김재오는 어안이 벙벙했다.

경찰과 중앙정보부 요원들에 의한 불법 납치와 연행이 일상사란 건 알고 있었지만, 순간 방심했단 생각이 스쳤다.

집에서 기다리고 있는 노모가 걱정이 됐다. 전화나 걸고 가자고 했지만 그들은 들은 척도 안 했다. 김재오가 입을 열고 말을 하려고 할 때마다 오른쪽 사내가 옆구리 급소를 눌러 제지시켰다. 숨쉬기가 어려웠다.

그래도 눈은 가리지 않아 까맣게 칠한 차창으로 달리는 바깥 거리를 내다볼 수는 있었다.

김재오를 태운 차는 광화문 사거리에서 광교 쪽으로 급 좌회전을 하더니 청계 고가도로를 타고 남산으로 향했다. 남산 중앙정보부로 가는 가 했는데 승용차는 남산 순환도로를 타고 시내방향으로 급하게 내려와 남대문을 한 바퀴 돌더니 용산 방향으로 내달렸다.

갈월동쯤 왔을까, 오른쪽으로 급하게 차를 돌리자 기다렸다는 듯이 육중한 고동색 철문이 열렸고, 검회색 벽돌 7층 건물 앞에 차가 섰다.

김재오의 눈에는 빌딩 뒤로 남영동 전철역이 보였고 전철이 빠르게 지나가는 게 보였다. 버드나무와 테니스 코트도 보았다. 일행 중 하나가 김재오를 뒤에서 밀었고 두 사내는 양팔을 잡고 김재오를 질질 끌고 앞으로 나갔다. 보초를 서고 있는 경찰복장을 보아서 이들은 중앙정보부 요원은 아니었고 경찰임을 알 수 있었다.

최소 50cm 두께의 푸른색 철문을 통과하자, 집 뒤편의 또 다른 철문을 지나 실내로 들어섰다. 어두운 건물 안으로 들어서자마자 마주치게 되는 좁은 사각의 공간, 그리고 다시 철문을 열고 들어가면 마주치게 되는 짙은 색 철제 나선형 계단과 그 옆에 비좁은 엘리베이터가 나타났다.

처음 마주치는 검회색 건물의 실내로 들어서자 섬뜩한 한기에 공포감이 밀려왔다.

극도의 불안감이 시간 감각과 공간 감각을 완전히 상실하게 만들었다.
 엘리베이터는 몇 층으로 올라가는지 표시도 없었다. 엘리베이터 문이 열리고 김재오는 구석방으로 끌려갔다. 등 뒤에서 문이 철컥하고 닫혔다.
 그렇게 세상으로부터 차단됐다.

 그들은 똑같은 질문을 계속했다. 김재오의 대답은 처음부터 듣지도 않았다.
 물이 가득 찬 욕조 안으로 상체를 틀어넣고 빼기를, 몇 시간이나 지났을까.
 아니, 며칠이 지났는지도 모르겠다.

 시간의 감각이 없었다. 혼자였다. 이 작은 방으로 데리고 들어왔던 양복 셋도 와이셔츠 차림으로 물고문을 했던 두 명도 보이지 않았다.
 김재오는 알전구의 가느다란 필라멘트처럼 아주 가는 신경만으로 겨우 버티고 있는 상태였다.
 비로소 실내를 둘러보았다. 붉은 전등에서 내리쪼이는 빛은 내부를 정육점처럼 붉게 물들였다. 벽도 온통 빨간색 타일로 마감되어 있었다.

 아들을 기다리고 있을 노모가 걱정이 됐다. 기다리고 기다리다 지친 노모는 아들의 안위가 걱정이 되어 신문사로 전화를 걸었을 것이고 행방이 묘연해진 아들 생각에 뜬눈으로 밤잠도 못 자고 있었을 게 틀림없었다. 김재오는 뺨 위로 물기가 흐르는 걸 어렴풋이 느낄 수 있었다.

그때, 다시 문이 열렸다. 열린 문 사이로 가까운 곳에서부터 들려오는 비명소리를 들을 수 있었다. 그 비명소리는 짐승 울음소리 같았다. 그 소리는 이어졌다 끊어졌다 단속적이었지만 끈질겼다. 비명 소리 너머로 007 가방을 들고 중노인이 들어섰다. 흰 남방셔츠 차림에 꾸부정한 어깨로 평범해 보이는 중늙은이 모습이었다. 초점이 없는 졸리는 눈빛으로 마치 아무런 감정이라곤 없는 표정으로 김재오에게 다가왔지만 시선은 김재오를 쳐다보지 않았다. 철제 테이블 위에 가방을 올렸다. 가방 안에는 다양한 도구들이 깔끔하게 정리돼 있었다. 작은 바늘과 메스를 비롯해서 사포나 망치 같은 공구도 보였다.

중노인은 김재오를 마치 사물이나 물건을 대하듯이 살펴보다가 가방 안에서 트랜지스터 라디오를 꺼냈다. 라디오를 켰다. 시시한 농담을 지껄이는 음악프로의 진행을 맡고 있는 남, 녀 진행자의 간드러진 목소리가 트랜지스터에서 들려왔다. 노인은 트랜지스터 오른쪽 모서리에서 전선줄을 당겨 김재오의 이마에 슬쩍 갖다 댔다. 찌르르하고 전기가 통하는 분홍색 불꽃이 튀었다. 김재오는 표정을 일그러뜨리면서 머리를 좌우로 흔들었다.

중노인은 트랜지스터의 볼륨을 올리고 내리면서 능숙하게 김재오의 고통을 조절했다. 트랜지스터 라디오에서 들리는 뽕짝과 남, 녀 진행자의 웃음소리, 3평의 실내는 이내 소음으로 꽉 찼다. 김재오는 트랜지스터의 볼륨이 크게 들릴 때마다 사지를 비틀었다. 전극의 전선이 김재오의 살갗에 닿을 때마다 불에 타들어가는 감각이 그의 전신을 휘감았다. 그는 트랜지스터라디오 볼륨이 최고조에 달하기 전에 정신을 놓아버렸다. 그때마다 물줄기가 그의 얼굴 위로 쏟아졌다. 붉은 전등 불빛이 뱀의 혀처럼 날름거리며 흔들렸다.

기절했다 깨어나기를 반복하던 김재오는 넋이 완전히 나간 것처럼 무표정해졌다.

김재오의 얼굴 위로 다시 물줄기가 떨어지고 흔들거리던 붉은 전등은 서서히 흔들림을 멈추었다.

이렇게 죽는 것인가? 이 뒤틀린 시대에 인간이라곤 전혀 해당되지도 않는, 인간이라고 할 수도 없는 자들에게 목숨이 양철 판처럼 두들겨지면서 이렇게 죽는 것인가?

사람들이 지옥을 생각해낸 것은 고문에 대한 체험에서 비롯됐을 거라고 김재오는 믿게 되었다. 극한까지 고문을 당하면 죽음이 도리어 희망으로 여겨졌다. 그러나 고문 기술자는 고문당하는 상대를 절대 죽이지 않는다. 죽인다면 고문의 의미가 사라

진다. 죽음에 가까운 고통을 가하되 죽음이라는 끝을 내주지 않는 것이 고문의 기술이다. 고문이 지옥인 것은 죽음마저 마음대로 놓아주지 않기 때문일 것이다.

불법 체포와 감금, 고문으로 조직되고 고문으로 유지되어 오는 체제, 이승만 이전부터 일본의 식민지배와 남과 북의 동족상잔의 전쟁 기간, 분단 현실 한국의 지금까지. 고문은 남북한 모두 차라리 정권의 본질이었다.

이 연원은 어디에서 시작된 것일까? 고문 관행은 일본 고등계 특무경찰로 시작되어 해방 이후에도 그대로 이어졌다. 일본인 고문 기술자한테서 고문의 세세한 기술을 배우고 연마한 한국인 고문 기술자들은 해방된 나라의 경찰과 군대로 기술을 전수했고 박정희 정권에서 아주 유용하게 쓰이고 있었고 일상화됐다.

남영동 그 건물, 치안본부 취조 고문 전용 건물인 남영동 대공분실은 당시 한국에서 가장 빼어난 중견 건축가로 일본 도쿄 예술대학에서 공부한 김수근이란 건축가가 건물을 설계했다. 김수근은 굵직굵직한 국가 대형 건물들을 설계한 인물이었다. 종로의 세운상가, 반공의 상징 건물인 남산 자유센터와 타워호텔 등, 국가 주요 건축물이 다 그의 작품이었다. 그중에서 1967년 그의 나이 불과 서른일곱 살 때 지은 부여박물관은 건립 과정에서부터 왜색(倭色)이라 하여 큰 사회적 논란을 불러일으켰다. 논란의 핵심은 지붕 꼭대기 사람 인(人) 자 모양으로 만나는 지붕

선이 만들어내는 형태였다. 이 지붕 디자인 형상은 일본 고유의 신(神)들을 기린다는 신사(神社) 건물을 연상시켰다, 직설적으로 말하면 일본 신사를 그대로 베낀 것으로 보였다. 이처럼 왜색으로 시비가 있는 김수근, 이 건축가는 공간의 정서에 대해서는 어느 누구보다 섬세하게 잘 알고 있는 빼어난 재주의 건축가였다. 인간이 공간에서 느끼는 마음의 태도나 심리, 이런 것들을 치밀하게 계산할 수 있는 탁월한 건축가였다. 그가 설계하고 지은 치안본부 남영동 대공 분실은 심문과 취조, 그리고 고문의 효과를 고문하는 자와 고문당하는 자의 입장에서 세심하고 탁월하게 처리했음을 건축설계가 바로 입증하고 있었다. 건축 설계를 김수근에게 주문한 경찰 최고위 간부들은 이 건축가의 천재성과 영특함에 탄복을 했고 그들의 기대를 효과적으로 크게 만족시키는 이 건축가를 두고두고 상찬 했다.

누구든지 연행되어 온 피의자들은 심문을 당하기 위해 만들어진 건물 공간으로 들어서면, 길고 어두운 복도를 사이에 두고 서로 어긋나게 배열된 문을 지나, 하나의 철문으로 끌려 들어갔다. 문들의 어긋난 배치는 혹시나 문이 열렸을 때 피고문자들이 서로 마주치게 될지도 모르는 상황을 배제하기 위한 처리였으며 동시에 고문이란 예측할 수 없는 정서적 돌연성을 엇각의 철문으로 마감해 공포의 공간을 극대화시켰다.

문 안쪽으로 들어서는 실내는 약 3평 남짓 원룸인데, 취조실 내부는 철망으로 채워진 전구와 형광등, 지면에 단단하게 박혀 있는 철제 가구들과 침대가 바닥에 붙박이로 설치되어있는 실용적인 실내 구성이었다. 감시와 취조, 고문이 목적인 이 공간에는 전기 콘센트와 욕조가 고문의 도구로 사용되었다.

성인의 머리가 채 빠져나갈 수 없을 만큼 좁은 직사각형의 창은 마치 갤러리 건물이나 고급 호텔 건물처럼 보이게 해 건물의 용도를 밖에서는 전혀 알 수가 없었다.

건물 외벽에서 불과 십여 미터 떨어진 남영 전철역 승강대에는 수없이 많은 사람들이 전철을 타기 위해 승강대에 머물지만 철로 너머 바로 앞에 검회색의 건물 안에서는 인간이 짐승처럼 취급당하면서 비명을 지르고 지옥을 넘나드는 세상인 것을, 그 어떤 누구도 눈치를 채지 못했다.

검회색 벽돌 건물에 발을 들여놓는 순간, 공간 자체가 이미 인간의 기본적인 방향이나 장소에 대한 감각을 빼앗았고, 인간의 의식과 의지는 저절로 무너져 내릴 것을 철저하게 목적으로 하고 있는 건물 설계였다.

치명적인 사랑

세이코는 양 볼에 눈물을 흘리며 김재오의 이야기를 듣고 있었다.

실내는 어느새 차분해져 있었다. 스튜디오 창으로 달빛이 실내를 환하게 비쳤다.

"무서운 일이군요. 참으로 무섭고, 무섭고, 너무나 무서운 일이군요."

"이제는 끝이 날 때도 됐는데... 벌써 수십 년 동안이나. 우리는, 우리는..."

세이코는 표정 없이 독백처럼 되뇌는 김재오의 목소리가 마치 깊은 우물에서 울리는 환청을 듣는 것만 같았다.

세이코는 잔뜩 조바심 어린 얼굴로 아까부터 묻고 싶었다. 괴로운 질문이지만 꼭 확인해야만 했다.

"……미스터 김의 아버님께서도 미스터 김처럼... 혹시 고문을 당하셨나요?... 그럼? 일본인이?"

김재오는 텅 빈 허공을 응시하고 있다가 시선을 아래로 떨어트리면서 천천히 입을 열었다.

"……그렇습니다. 제 아버님은 일본 군국주의가 패망하기 전해인 1944년에 일본인 고등계 특무형사, 고문기술자로부터 고문을 당해 돌아가셨습니다. 이후 나는 해방된 내 나라에서 일본 관동군 출신 장교 박정희 군부독재의 말단 하수인으로부터 고문을 당했습니다. 비극입니다. 언제쯤에나 내 조국에서, 내 나라에서, 이런 비극이 끝날 수 있을까, 나는 알 수가 없습니다. 정녕 알 수가 없습니다."

"……"

"내 조국은 지금… 너무나… 슬프답니다."

세이코는 안타까움에 가슴이 다 저려왔다. 세이코는 한동안 말을 잃었다. 고개를 들어 창밖에 달을 쳐다봤다. 눈물이 뺨을 타고 흘렀다.

세이코는 문득, 오늘 낮에 와다로부터 전달받은 명단이 생각났다.
김재오가 찾고 있던 명단을 책상 위에서 부리나케 찾아들고 김재오에게 건넸다.

"미스터 김, 부탁하신 특무경찰 오노라는 이름을 가진 사람들의 명단이에요. 오늘 오후에 아사히신문에서 기자로 일하는 친구로부터 받았어요. 1943년부터 1945까지, 당시 조선의 수도, 케이세이에서 근무했던 특무경찰 중에 오노라는 이름은 전부 여덟 명이었답니다."

김재오는 세이코가 건네주는 명단을 받아 들었다. 놀람과 흥분이 교차되어 얼굴에 나타났다.

"감사합니다. 정말 감사합니다."

세이코는 김재오에게 뭔가 도움을 줄 수 있다는 사실에 크게 안도했다.

김재오는 오노라는 이름의 여덟 명 일본인의 이름과 이력을 찬찬히 읽었다. 김재오는 흐트러진 머리카락을 손으로 빗어 내렸다. 다시 명단을 살폈다.

세이코는 그런 김재오의 모습을 바라보다가 눈을 질끈 감았다.

'김 상, 나는 당신의 눈에서 말할 수 없는 어둠과 고통을 보고 있습니다. 아, 이제야 나는 그 괴로움과 아픔의 정체를 조금씩 알 것 같아요. 한국에서나 여기 일본에서나 김 상, 당신의 눈빛에 드리워진 어둠을. 일본이 당신의 나라를 침략했을 때, 당신의 아버지는 일본인 고문기술자로부터 고문을 당하여 결국 목숨을 잃었고, 당신도 일본 고문기술자에게서 고문을 배운 한국의 경찰에게 고문을 당했습니다. 무엇 때문에 당신의 조국은 아직까지, 이토록 억압당해야 하며 끌려가 고문을 계속 당해야만 하는 건가요? 너무나 슬픈 일입니다. 아, 김 상, 김 상!'

세이코는 눈을 떴다. 김재오에게 다가갔다. 무릎을 꿇고 김재오의 얼굴을 양손으로 감싸 쥐었다. 세이코의 볼에는 눈물이 흘렀다.

김재오는 세이코의 눈을 마주 보며 차분하게 말했다.

"미스 세이코! 부탁이 있습니다!"

김재오는 세이코의 양손을 마주 쥐었다.

"부탁이 있습니다. 세이코! 나는 내 아버지를 고문하여 죽게 한, 일본인 고등계 형사, 그 오노를 찾고 싶습니다!"

"……"

"부탁입니다. 내가 오노라는 인물을 찾을 수 있도록 도와주세요."

"… 누, 누구를 찾겠다고요?"

세이코는 김재오의 손에서 손을 빼면서 슬그머니 뒤로 물러나 앉았다.

"… 이제 나는 일본에 체류할 날이 얼마 남지 않았습니다. 나는 찾아야만 합니다. 오노라는 일본 형사를 꼭 찾아야만 합니다!"

세이코는 김재오의 간절한 눈빛에 큰 충격을 받았다. 천천히 일어섰다. 예감은 하고 있었다. 하지만. 그녀는 지금 아무런 대답도 할 수 없었다. 나무가 보이는 창 쪽으로 걸어갔다. 한동안 창밖에 달빛을 받고 서있는 나무만 쳐다봤다. 천천히 김재오를 향해 돌아섰다. 마른침을 삼켰다.

"미스터 김, 일본인 고등계 형사 출신 오노를 지금 찾겠다고요? 죽었는지 살았는지도 잘 모르는 그 일본인을 지금 찾아 나서겠다고요? 그래요! 삼십오 년 전, 그 인물을 막상 찾기도 쉽지 않을뿐더러, 또 끈질기게 추적을 해서 찾아냈다고 해도, 그 자는 변명만 일삼을 거예요. 그런 인간을 만나야 하겠다고요? 복수를 하겠다는 건가요? 그래서?... 나는 미스터 김의 마음을 정확하게는 잘 모릅니다. 내가 일본인이기 때문일까요? 아닙니다! 이해는 합니다. 이해는 하지만, 결코 공감하기는 어렵군요. 나, 세이코는 비록 전후에 태어났지만 과거 일본 군국주의가 저지른 만행에 용서할 수 없는 분노를 가지고 있습니다. 다시는 그런 끔찍한 침략과 폭력이, 억울한 죽음이, 다시는 있어서는 안 된다는 생각을 가지고 있습니다. 그러나 이것은 오노를 찾겠다는 것과는 다르다고 생각합니다. 어쩌면 그 고문기술자 오노는 미친 시대에 정신병자인 주인에게 길들여진 한 마리 미친개에 지나지 않았던 것은 아닐까요? 아무에게나 행패를 부리고 길가는 사람을 물고 했던, 미친개 말입니다. 당시 그 오노라는 인물을 찾아내서 미스터 김은 무엇을 응징할 수 있을까요? 서로 간에 고통밖에 무엇을 더 주고받을 수 있겠는가 말입니다. 또 가해자가 고통을 받는다면? 피해자의 후손은 위로를 받을 수 있게 되는 것인가요? 소용없는 일입니다. 한 개인의 죄상을 확인하는 것으로는 아무런 의미가 없습니다."

세이코는 자신의 떨리는 목소리를 잠시 가라앉히고 싶었다. 호흡을 멈췄다가 내쉬었다.

"솔직히 지금 나도 혼란을 느낍니다. 어쩌면 더 직접적으로 말하자면, 내가 미스터 김의 입장이 아니기 때문인지도 모르겠습니다, 하지만 내가, 미스터 김 당신과 같은 처지나 입장이라면,

나는 그 고등계 특무 형사인 하급 경찰 오노를 찾아 나서지는 않 겠습니다."

세이코는 단숨에 긴 얘기를 쏟아냈다. 책상 앞에 가서 의자를 끌어 김재오를 향해 돌려 앉았다. 김재오의 눈을 응시했다. 김재오는 차분하게 세이코의 시선을 받았다. 그리고 천천히 말했다.

"세이코, 난 일본인 고등계 형사 한 사람의 응징을 원하는 것이 아닙니다. 원수를 갚겠다는 생각도 없습니다. 다만 나는, 내 아버지의 최후의 모습을, 그 현장에 있었던 오노라는 그 사람으로부터 듣고 싶을 뿐입니다. 지난 과거의 고통을 확인하려는 게 아니라 아버지를 못 보고 자라난 자식으로서, 아버지 최후의 모습에 대해서 알고 싶은 것이고, 자식으로 마땅히 알아야만 하겠다는 생각뿐입니다. 세이코, 오노를 찾는데 당신이 도와주지 않아도 좋습니다. 그러나 난 찾아야 합니다. 더 세월이 흐르기 전에, 그래서 오노가 나이가 들어 저 세상으로 뜨기 전에, 나는 그를 찾아내어, 내 아버지의 최후의 모습에 대해서 자식으로 알아야 할 의무가 있는 겁니다."

김재오는 말을 마치자 일어섰다. 세이코에게 목례를 하고는 말없이 스튜디오를 나갔다. 세이코는 김재오의 목례에 따라서 허리를 숙이다가 당황했다, 뒤따라 나섰다.

밤거리의 불빛이 두 사람을 감쌌다.

두 사람은 서로 떨어져 도쿄의 밤거리를 걸었다.

김재오가 앞장서서 걷고, 세이코는 조금 뒤에서 바짝 따라가고 있었다.

세이코는 아까부터 몇 번인가 김재오를 불러 뭔가 말을 꺼내려다가 그만 두었다. 앞서 걷고 있는 김재오의 어깨가 그녀에게는 완강하게 느껴졌기 때문이었다.

그들은 서로 앞뒤로 떨어져 밤거리를 걷고 또 걸었다. 시내 중심가는 인파로 가득했고, 인파를 헤치고 걸어가는 김재오를 뒤따르는 세이코는 자칫 그를 놓칠 뻔했다. 조바심이 났다.

불을 환하게 밝힌 전철이 고가 철로 위로 쿵쾅 거리며 지나갔다.

시부야역(渋谷駅) 앞

주인이 죽은 다음에도 매일같이 시부야역에서 주인을 기다렸다는 충성스러운 개 하치코(忠犬ハチ公) 동상 앞을 지났다. 김재오는 머뭇거림도 없이 역 안으로 들어갔다.

'어딜 가려고 하는 걸까? 도쿄의 지리도 잘 모르면서 이 밤에 도대체 어디를 가겠단 건가?'

세이코는 다급해졌다.

김재오는 티켓 창구에서 표를 끊어 에스컬레이터를 타고 승강대로 올라갔다.

세이코도 열차 패스를 역무원에게 보이고는 뒤따라 올라갔다.

김재오는 승강대 앞에 서있다. 순환 전철 야마노테 라인이 지나가는 승강대였다. 그는 전철을 그냥 두 번이나 보냈고, 세이코는 그의 뒤에 서 있었다. 세 번째 전철이 도착하자마자 김재오는 갑자기 전철에 올라탔다.

세이코는 김재오에게 다가가려 했지만 내리고 타는 승객들에 부딪혀 더 나갈 수가 없었다.

세이코는 김재오를 그만 놓쳤다. 소리를 질렀다.

"미스터 김! 김 상! 김 상!"

김재오가 탄 전철은 역을 떠났다. 세이코는 걱정이 덜컥 앞섰다.

'아! 아!'

그녀는 뒤이어 오는 전철을 기다렸다. 시계를 보면서 초조해했다.

전철이 도착했다. 세이코는 올라탔다. 전철이 역에서 멈춰 설 때마다 창밖으로 김재오를 찾았지만, 어디에도 그의 모습은 보이지 않았다. 그녀는 전철에서 내려서 찾고, 또 찾고, 실성한 여자처럼 여기저기 황급하게 기웃거렸다. 지나가는 사람들이 그런 그녀를 이상하게 쳐다보기도 했지만 그녀는 아랑곳하지 않았다. 무엇보다도 지금은 김재오를 찾아야만 했다.

호텔로 전화를 해봤지만 그는 아직 돌아오지 않았다고 했다.

그녀는 하늘을 올려다봤다. 네온사인 사이로 둥근달이 구름에서 비껴 흐르고 있었다.

왈칵 눈물이 솟았다.

'내가 이 남자를 왜? 무엇 때문에? 이렇게 애타게 찾는 것일까?'

그녀는 문득 고개를 들어 빌딩 숲을 흐르는 달을 다시 보았다. 눈물 한 줄기가 흘러내렸다.

김재오를 향한 세이코의 마음은 세이코를 슬프게 했고 안절부절못하게 만들었다.

그리고 아무리 생각해도 불가사의하다고 느꼈다. 이 세상의 어떤 우연과 필연으로 사랑은 시작되는 것일까? 사랑은 아무리 아름답다고 해도 정체를 알 수가 없고 심지어 슬프기까지 했다. 인간은 아무것도 모른다. 인간은 그저 이 지상에서 살아가고 있을 뿐이다. 아득한 옛날부터 인간은 사랑에 애를 태우며 목숨까지 던지지만 영원히 그 사랑의 비밀을 벗겨낼 수는 없을 것 같다. 사랑의 수수께끼는 풀리지 않으며 사랑의 신비, 그 마법은 없어지지 않는다. 그래, 나는 지금 사랑하는 사람을 찾고 있다.

세이코는 김재오의 어둠이 스며있지만 맑은 빛의 그의 두 눈을 곰곰이 그려보았다. 어쩌면 그는 태어난 고향이란 없는, 미지의 세계만이 그를 기다리는 것이라는 생각이 들기도 했다.

그에게서는 속세를 떠나 수도(修道)와 고행을 하는 승려처럼 느껴졌다.

오노를 찾겠다는 김 상의 뜻이 올바른 일일까. 35년 전 과거의 문을 두드려, 그 문을 활짝 열어젖힌다는 것은 또 다른 두려움과 마주하는 것이다. 그러나 어쨌든, 일본인 오노를 찾고자 하는 김 상을 도와야만 한다는 자각이 비로소 들기 시작했다. 세이코는 그의 눈빛을 읽을 수 있었다. 크게 낙담하고 실망하는 눈빛으로 앞서서 걸어가던 김 상을 혼자 걸어가게 내버려둘 수 없었다. 그 눈빛 혼자 있게 할 수는 없었다.

불현듯, 세이코는 김 상의 아픔에, 그의 고행에, 자신도 함께 하지 않으면 안 된다는 결심이 섰다.

'오노, 그가 인간일 가능성은 거의 없다. 사람의 몸과 마음을 자신의 손으로 잘게 잘게 바스라 트리고 부실 수 있다고 자위(自慰)하는 악마일 것이다. 끔찍하고 잔악한 행위를 태연하게 자행했을 자이며, 인간의 생들을 갈기갈기 내 찢었고 캄캄한 시대에 앞장서서 어처구니없는 특권을 행사했을 것이다. 일본제국 폭

력의 기계이자 부속품인 오노'

그녀는 생각에 잠겨 잠시 앞을 바라보다가 별안간 소리를 질렀다.

"찾아야 한다! 반드시 찾는다!"

길 가던 사람들이 쳐다봤다.

'그런데? 김 상은 지금 어디에 있는 건가?'

그는 어디인가 아주 먼 곳에 있다는 느낌이 갑자기 들었다.
세이코는 왠지 불안하기 시작했다. 걸음을 재촉했다. 오늘 중으로 만나야만 한다. 꼭. 그리고 자기 마음을 전달하고 싶었다. 내일까지는 도저히 참을 수 없을 것 같았다.

김재오는 시나가와역(品川駅)에서 내려 더 걸어 가, 바다가 가까운 강어귀 돌 벤치에 우두커니 앉아 있었다. 어딘지도 모르겠다. 알 수가 없었다. 도심 한 복판일 거라는 생각은 들었다. 바람이 불어오면서 발아래로 낙엽이 몰려왔다. 밤하늘의 달은 선착장에 매어 둔 배의 깃대 위로 비껴 흐르고 있었다. 물 위를 타고 차가운 바람이 불어왔다. 앉아있는 돌도 차가웠다. 사방은 조용하고 물결 소리만 들렸다. 눈물이 흘렀다. 그는 거기에 앉은 채로 한참을 울었다. 손과 무릎 위로 따뜻한 눈물이 방울져 떨어졌다. 그는 아버지를 생각하며 울었고 조국의 처지를 생각하며 울었다.

김재오는 지금까지 아버지에 대해서는 어머니나 외가 친척들, 아버지의 친구들한테서 들은 얘기뿐이었다. 아버지에 대한 디테일한 영상은 그에게 없었다. 그러나 아버지에 대한 강렬한 영상은 있었다. 어떤 부당함이나 폭력에도 아버지는 결코 굴하지 않았을 거라는 믿음이 있었고, 이 세상의 진리를 전부 다 깨달은 자는 아닐지라도 무엇이 진실이고 무엇이 거짓인지는 판별할 수 있는 분명한 태도를 지녔으리라. 한 번도 본 적이 없는 아버지였지만 세상을 살면서 힘들 때마다 아버지에게 어려움을 이겨낼 용기를 줄 것을 기도했다.

아버지는 자신의 아들이 이 세상에 태어난 것은 알고나 있을까? 아버지 당신의 사진을 끼고 일본까지 와서, 아버지 당신을 죽인 일본인 고문기술자를 찾아 나서고 있는 당신 아들의 현재를 어떻게 생각할까? 그런 길목에서 한 여자, 일본 여자를 만났다. 여자는 아름다웠다. 그래서 그는, 자신이 아직도 살아있다는 것, 무서웠던 공포와 죽음을 견뎌내고 살아있다는 사실, 이것이야말로 얼마나 다행인가 하는 생각이 들었다.

바다로부터 바람이 불어왔다. 그는 일어서서 큰 길가로 나섰다. 지나가는 택시를 잡아탔다.

세이코는 김재오가 머무는 제국호텔 앞에서 초조한 표정으로 서성이고 있었다. 잇달아 택시들이 도착해 손님들을 내려놓고 떠났다. 그러나 밤이 한참이나 늦은 시간까지도 김재오는 돌아오지 않았다.

세이코는 하늘을 올려다봤다. 달은 구름에 가려지고 바람은 낙엽을 흐트러뜨렸다가 돌연 그녀의 발에 쌓였다. 순간, 뒤에서 발걸음 소리가 들렸다. 세이코는 몸을 획 돌렸다. 김재오가 다가오고 있는 것이 보였다. 세이코는 망설임 없이 달려 나갔다. 마주 섰다. 두 사람은 한동안 서로를 쳐다보았다. 세이코의 눈가가 젖었다. 김재오는 세이코의 눈에서 꽃이 피는 것을 보았다. 세이코가 김재오에게 안겼다. 김재오는 세이코를 꼭 안았다. 바람에 실려 온 낙엽이 그들의 주위를 감싸기 시작했다.

김재오와 세이코는 길고 긴 입맞춤을 했다.

창으로 비치는 달빛 속에서 세이코의 눈가와 이마가 희게 밝아졌다가 녹색 빛이 빠르게 잦아들었다. 부드러운 빛줄기가 세이코의 몸에 빠르게 흘렀다. 김재오는 침대에서 세이코의 몸을 반쯤 일으켜 조심조심 옷을 벗겼다. 세이코는 어깨와 가슴에 옷을 느린 동작으로 조용히 자기 손으로 마저 벗었다. 달빛이 세이코의 몸에 가득 흘러들었다.

김재오는 다시 세이코의 눈과 입술에 입을 맞추었다.

세이코의 손놀림이 화답했다. 쭉 뻗은 하얀 다리, 흔들리는 봉긋한 젖가슴, 머리카락을 따라 어깨에 스미는 부드러운 선(線), 세이코의 목덜미에서 아롱거리며 빛나는 달빛을 김재오는 아스라하게 만졌다. 그리고 작고 단단한 세이코의 발목을 잡았다. 세이코의 등과 허리 부분에서 작은 소용돌이가 일었다. 김재오는 세이코의 등줄기에 입을 댔다. 따스한 손길로 세이코의 머리카락을, 목을, 뺨을, 날씬한 허리를 다잡았다.

세이코는 사랑의 손길에 답하고 그의 사랑에 차츰차츰 몸을 맡겼다.

김재오는 그에게로 점점 가까이 몸을 밀착시키는 세이코를 느낄 수 있었다. 어떤 사고(思考)도 언어도 지금은 필요하지 않았다. 김재오는 세이코가 그의 공격과 욕정을 기대하고 있다고 느꼈다.

세이코는 조용히 그에게 몸을 맡기고 소리 없이 서서히 솟아

나는 불길을 당겼다. 육체가 피어났다. 떨리는 입술에서 새어 나오는 세이코의 숨소리가 달빛에 빨려 들었다. 활처럼 휘어진 세이코의 등에는 땀방울이 다 맺혔다.

  두 사람은 타는 듯이 숨결을 서로 내뿜었다. 세이코는 몸을 흔들어 김재오를 세차게 껴안았다. 세이코의 온몸에 김재오의 입김과 따뜻한 손길이 정성스럽게 닿았다. 그들은 길게 또 길게 입을 맞췄다.

  창밖에서 비쳐오는 도시의 야경이 그들의 몸 위에 한꺼번에 쏟아졌다. 흰 시트가 젊은 두 육체를 감쌌다. 세이코의 눈부시게 하얀 가슴이 흰 시트에서 드러나자 김재오의 입술이 또 다가갔다. 두 사람의 몸이 부드럽게 춤을 추었다.

  이슬처럼 땀방울이 맺힌 세이코의 이마에는 도시의 불빛이 아롱거렸다. 그 이마에 김재오의 입술이 다시 다가갔다. 세이코는 넘치는 눈물을 시트 위에 흘렸다. 김재오는 세이코의 젖은 눈을 정성스럽게 입으로 애무하듯이 닦았다. 그리고는 입으로 그녀의 온몸을 핥기 시작했다. 흰 시트에 감긴 두 사람의 몸은 부드러운 곡선을 이루었다. 두 사람은 불꽃 더미가 되어 다시 피어올랐다. 세이코는 김재오의 깊은 슬픔을 자기 것으로 한껏 빨아들였다.

1979년 10월 23일

다음날, 두 사람은 도쿄 치요다구 기타노마루공원(東京千代田区 北の丸公園)에 있는 국립공문서관(国立公文書館)을 찾았다. 1943년부터 45년 당시 게이세이, 지금의 서울, 일본제국 경찰의 조선반도 파견 경찰 관련 자료는, 그 양으로도 커다란 책상 하나 가득이었다. 문서를 검색하는 데만 꼬박 반나절 이상 걸렸다.

세이코는 공중전화 부스에서 어딘가로 전화를 했다. 김재오는 초조한 얼굴로 그녀를 바라보고 있었다. 세이코는 무언가 한참 얘기를 나눈 뒤에 전화를 끊고 나왔다.

"내 친구가 그 당시 오노라는 이름의 성을 가진 파견 경찰을 두 명 더 찾았대요. 먼저 찾은 여덟 명에다가 두 명을 보태면 모두 열 명이죠?"

김재오의 표정이 밝아졌다.

"그렇군요. 모두 열 명이군요. 그 사람들 신상을 다 확인할 수 있을까요?"

"방금 전화 통화한 내 친구가 해낼 거예요. 사회부 기자로는 선임이거든요."

"세이코, 배가 고프지요?"

"하지만 우린 시간이 없잖아요."

퇴관 시간이 다가왔다.

도서관 사서는 세이코의 요청에 고개를 가로로 저었다. 사서는 시계를 가리켰다. 곧 폐관 시간이 됐다는 것이었다. 열람대 창 너머로 그 모습을 바라보는 김재오의 시선은 마냥 초조했다. 그는 벽시계를 올려다보았다. 시계는 오후 4시 50분을 가리키고 있었다. 세이코는 포기하지 않고 열심히 뭔가를 설명했고, 김재오는 도서관 사서가 알겠다는 듯이 고개를 끄덕이고는 서고로 들어가는 모습을 보면서 세이코에게 손을 흔들어 보이며 웃었다. 세이코 역시 손을 흔들며 웃었다.

사서는 자료 한 뭉치를 가슴에 가득 안고 나왔다. 세이코는 자료의 일부를 김재오에게 맡겨 검토하도록 했고 자신도 자료를 넘겼다. 그리고 나머지 자료들을 복사기 앞으로 가지고 가서 사서와 함께 복사를 하기 시작했다. 김재오는 열심히 자료를 메모하기 시작했다. 세이코의 얼굴에 규칙적으로 움직이는 복사기 불빛이 지나갔다.

그들은 근처 중국식 레스토랑에서 간단하게 저녁을 해결했다. 두 사람은 음식을 먹으면서도 내내 자료를 뒤적였다.

세이코의 스튜디오로 돌아온 그들은 스튜디오 중앙으로 큰 책상을 끌어냈다. 김재오는 자료에 묻힌 채로 문서를 열심히 메모했다. 세이코는 자료 더미 너머로 김재오를 이따금 건네다 보았다. 그녀는 냉장고에서 물을 꺼내 가지고 와 김재오에게 건넸다.

"고마워요."

그때, 전화벨 소리가 울렸다.

"세이코입니다. 뭐야? 고마워! … 알았어. 내일 열 시까지 갈게!"

"……"

"내 친구 와다가 경찰 기록 문서를 더 구했대요. 1944년도 조선총독부 문서랍니다."

세이코의 말에 김재오는 활짝 웃었다. 세이코는 김재오에게 다가가 키스를 했다. 책상 위의 자료 뭉치가 두 사람의 몸에 밀려 바닥으로 요란한 소리를 내며 떨어졌다. 두 사람은 자료 더미가 바닥으로 떨어지는 걸 깜짝 놀라 쳐다보면서 서로 마주 보고 웃었다.

1979년 10월 24일

다음날 오전 10시, 김재오와 세이코는 도쿄 시내 치요다구 가스미가세키(千代田区霞が関)에 위치한 경시청 본청 현관으로 막 들어서고 있었다. 기자실 앞에 서서 기다리던 와다가 먼저 와서 기다리고 있었다. 와다는 서른 중반의 깔끔한 인상을 가진 남자였다. 그는 김재오에게 영어로 인사하며 악수를 청했다.

"세이코 상으로부터 말씀 많이 들었습니다. 꼭 오노를 찾을 수 있기를 바랍니다."

"도움을 주셔서 고맙습니다."

세이코는 바로 용건으로 들어갔다.

"그래 그럼, 그 조선총독부 자료에는 우리가 찾는 오노는 없단 말이지?"

"그래. 그게 나도 좀 이상해. 오노라는 이름을 가진 열 명 중에서 단 한 명이 조선총독부 어떤 자료에는 나타나고 또 어떤 자료에는 없어. 내 생각으로는 특수근무자였던 것 같기도 하고…"

"특수근무자?"

"헌병이나 특무기관으로 파견을 나갔던 경찰이 아닐까?"

김재오는 알아듣지 못하는 일본말에 귀를 바짝 기울이고 있었다. 세이코가 김재오를 슬쩍 봤다. 세이코는 와다에게 다시 물었다.

"혹시 고문기술자도 특무기관 파견자일까?"

"헌병은 아니었어. 경찰은 틀림없는데, 또 다른 기록이 있을지도 몰라. 내 찾아보지."

"기록이 있다가 없다가 하는 경찰은 이름이 뭐였지?"

"오노 키비."

오노 키비라는 이름을 들은 세이코는 문득 떠오르는 것이 있는 듯, 김재오에게 고개를 돌리고 물었다.

"미스터 김, 오노 키비라는 이름, 우리가 찾던 자료에 나오지 않았나요? 도쿄가 아니고 후쿠오카 자료에 있었지요? 아마?"

김재오는 어제 자료를 보던 중에 한 사람의 오노가 미심쩍었었다. 다른 오노는 근무지를 이동할 때마다 근무지 기록이 있었지만, 단 한 이름, 오노 키비(小野吉備)는 근무지가 1943년에 조선으로 건너간 것으로 되어있었지만, 이후 조선에서의 2년간의 근무처 기록은 없었고 종로경찰서 자료에 '일본국 쇼와 20년'(日本国 昭和 20年)이란 문자가 붉은 스탬프로 찍혀 있는 문서는 문서 내용이 백지였다. 백지를 몇 장 넘기자 1945년 당시 근무 항목은 같은 붉은색 잉크로 대외비(對外秘)로 분류되어 있었다. 근무 항목과 이력이 비밀이라면, 그건 필경 숨겨야만 하는 모종의 비밀 임무를 맡았단 얘기일 테고, 그래서 더 살펴봐야 하겠다고 따로 분류를 했던 바로 그 이름이 오노 키비였다.

"맞아요. 그랬습니다."

세이코는 다시 와다에게 돌아서서 감사를 표했다.

"고마워. 이 자료는 우리가 가지고 가도 돼? 먼저 우리가 가지고 있는 자료부터 다시 검토해야겠어. 그리고 여기 두 군데 더 들러야 돼."

"경시청 자료실과 문서 기록실은 내가 미리 연락을 해 두었어."

"고마워! 안녕!"

세이코는 와다로부터 조선총독부 자료를 받아 들었고, 김재오와 와다는 다시 악수를 나눴다.

"성공하십시오. 꼭!"

와다와 헤어진 뒤, 두 사람은 2층 경시청 자료실에 들어가 자료를 다시 찾았다. 김재오는 마이크로필름을 하나씩 돌려보며 신중하게 검토했다. 세이코는 그 옆에서 문서로 된 자료들을 하나하나씩 살폈다. 그녀는 무서울 정도로 집중하고 있는 김재오의 모습을 잠시 바라봤다. 그의 표정은 긴장이 서려있었다. 김재오는 필름을 되돌려 다시 차분하게 살폈다.

자료실에서는 별 소득이 없었다. 두 사람은 이번엔 문서 기록실로 발길을 돌렸다. 그들은 문서 기록철을 일일이 검토했다. 유리창 밖은 어두워져 있었다.

서류철을 뒤적이던 세이코는 스탠드 불빛을 바짝 서류철로 당겨서 보더니, 김재오에게 외치듯 말했다.

"미스터 김, 오노 키비가 혹시 이 사람 아닐까요?"

김재오는 세이코가 보던 자료와 자신이 가지고 있던 자료를 여러 번씩 대조하며 확인했다.

"이 사진이 맞네요. 맞아요! 찾았군요!"

"찾았어요! 우리가 찾았어요!"

"아, 드디어 찾았습니다!"

경찰 경부 계급을 한 복장의 흑백사진 아래, 오노 키비라는 이름이 적혀있었다. 1916년생이니 지금 만으로 63세이다. 년도를 보니 28세 때부터 조선에서 근무를 했다고 기록되어 있었다.

경시청을 나온 두 사람은 세이코의 승용차를 타고 스튜디오로 향했다. 세이코는 운전을 서두르지 않았다. 승용차는 도쿄 시내를 천천히 가로질렀다. 승용차 차창으로 도쿄의 야경이 흘러

넘치게 보였다.

세이코의 스튜디오 한쪽 벽면에는 큰 흰 종이가 붙였고 그 종이 위에는 10명의 오노라는 성을 가진 이들의 행적(行跡)이 검은색과 붉은색, 파란색의 매직펜으로 그려져 있었다. 세이코는 자료를 들추면서 한 명, 한 명씩 이들의 행적을 사인펜으로 표시해 나갔다. 김재오는 세이코가 흰 종이 위에 사인펜으로 표시를 할 때마다 긴장한 얼굴로 뚫어져라 벽면을 쳐다봤다. 세이코는 흰 종이 위에 최종적으로 오노 키비라는 이름자에 붉은색 사인펜으로 굵은 동그라미를 여러 번 그렸다,

"미스터 김, 지금 문제는 이 오노 키비가 당시 조선에서 근무가 끝나고 일본으로 돌아온 이후부터는 행적이 안 잡힌다는 거예요. 태어난 원적지는 조선으로 건너가기 이전에 이미 지워졌고 후쿠오카 경찰 적(籍)에는 1945년 10월에 퇴직이라고 되어 있지만 주소는 없고요. 조금 아까 전화 통화한 아사히신문 후쿠오카 지사에 근무하는 기자의 얘기로는 특수임무 경찰 출신은 퇴직 후에는 사는 집 주소를 기록 안 한다는 거예요. 그러면서 오노와 비슷한 시기에 당시 조선 케이세이에서 근무했던 경찰 한 사람을 후쿠오카 지역에서 또 찾아냈대요. 호시노 센이치라는 이름인데, 후쿠오카 시내에 살고 있다는 거예요. 여기 전화번호도 알려줬고요. 하지만 전화를 받지 않아요. 후쿠오카에 아사히

신문 기자도 오늘 열 번 이상을 전화를 걸어봤지만 안 받는다는 거예요. 전화국에 확인하니까 주소와 이름, 전화번호는 같은 사람, 동일인의 이름이라고 해요."

"그럼? 후쿠오카로 직접 찾아가야만 하겠군요. 여기 도쿄서는 멀지요?"

"신칸센으로 가면 반나절이면 도착해요."

"반나절이나? 고맙습니다. 신칸센이란 기차가 있었군요."

"신칸센이 고마워요?"

"신칸센도 고맙고 무엇보다도 미스 세이코가 너무 고맙습니다."

"후후. 신칸센이 더 고마운 거겠지요."

1979년 10월 25일

1914년에 건설됐다는 도쿄역은 네덜란드의 암스테르담 역을 모델로 만들어졌다고 세이코는 말했다. 세이코는 역 구내매점에서 일본 전지도(全地圖)를 사서 김재오에게 건넸다.

도쿄역은 1분마다 일본 전국 주요 도시로 연결되는 신칸센(新幹線)이 도착하고 떠났다. 사람들이 엄청 붐볐다. 세이코는 김재오의 손을 꼭 잡고 도카이도 산요 신칸센(東海道山陽新幹線)이라고 표시된 플랫폼으로 들어섰다.

오노 키비를 찾기 위해서는, 일본 열도 중 가장 남쪽 신칸센 역인 후쿠오카로 가야 했고 신오사카역(新大阪驛)에서 다시 하카다(博多)행 신칸센으로 갈아타는 6시간 20분간의 여정이었다.

처음 와 본 일본이란 나라, 보이는 모든 것들은 시각적으로는 또렷하고 생생하지만 김재오의 의식 속에는 뿌옇게 흐리게 보였다. 갑자기 서울을 떠나 낯선 도시 이곳저곳을 찾아다녀야 했기 때문일까. 며칠 사이에 일어난 일들은 너무나 급박하게 진행됐고 생의 밑 둥까지 흔들리는 경험이었다. 신칸센 객실 창으로 김이 서려 흐릿하게 보이는 바깥 정경처럼, 김재오의 의식은 현실 분간이 쉽지 않았다. 그렇게 찾던 오노를 이제야 찾아 나서지만 아직은 모든 게 불확실했다. 오직 하나, 바로 옆에 앉아있는 세이코의 존재감만은 확실했다. 세이코와 자신 사이에 흐르고 있는 신뢰, 불같은 열정과 애정, 이것만은 생생했다.

김재오는 갑자기 가슴이 벅차올라 그만 눈물을 흘릴 뻔했다.

간신히 참았다. 옆자리에 세이코의 팔목을 자신도 모르게 잡았다. 따뜻했다.

세이코는 아까부터 오노에 대한 자료를 곰곰이 챙기면서 읽고 있다가 김재오가 자신의 팔목을 부드럽게 잡자 김재오를 쳐다봤다. 조용한 미소를 띠고 자신의 눈을 쳐다보는 김재오의 두 눈을 세이코는 마주 보았다. 이 남자의 눈은 전혀 탁하지 않았다. 이때까지 살아오면서 보고 싶지 않은 것들을 끊임없이 보아왔음에도 불구하고 이 남자의 눈엔 깨끗한 기운이 담겨있었다. 불쑥 김재오의 입가에 이는 미소를 손으로 만지고 싶었다, 자세를 고쳐 김재오의 얼굴에 입술을 만졌다. 김재오가 잔잔하게 웃었다. 세이코도 웃었다.

"미스터 김, 피곤하시죠? 괜찮으세요?"

"예. 나는 좋아요. 미스 세이코는 요?"

"예. 저도 좋아요."

거대한 도쿄 도심을 빠져나간 신칸센은 가을의 정취가 펼쳐지는 교외를 내달리고 있었다. 거의 요동을 느끼지 못할 만큼 신칸센은 부드럽게 선로 위를 타고 있었다.

세이코는 창밖을 쳐다보던 김재오의 고개가 설핏 지나는 바람에 꺾어지는 꽃줄기처럼 툭하고 숙여지면서 이내 얕은 잠결에 빠져드는 것을 지켜보았다. 다리를 오그리고 가슴에 고개를 기울인 피곤한 모습은 세이코에게 슬픈 감정으로 스몄다.

'이제 미스터 김, 김 상의 체류 일자가 얼마 남지 않았다... 이 남자의 말이 옳았다. 얼굴도 보지 못한 아버지의 최후에 대해서 알고 싶다는 얘기는. 그런데, 과연 오노를 찾아낼 수 있을까? 천신만고 끝에 찾아내 만날 수만 있다면, 과연 그는 참회와 회한의 얼굴을 하고 지난 과거의 잘못을 뉘우치면서 정직하게 얘기해 줄 수 있을까? ... 지나친 기대일 것이다. 권력의 하급 말단 부속도구에 지나지 않았던 자가 일말의 죄의식이라도 느낀다면... 그건 불가능한 일일 것이다.'

언젠가 다큐멘터리 영화로 본 만주 731부대의 생체실험에 가담했던 일본제국군대 의료 장교의 진술이 생각났다. 재판정의 사람들이 의사의 과거를 환기시키고 죄를 물었을 때, 의료 장교는 전혀 죄의식을 느끼지 못한다는 얼굴이었다. 세이코는 그 기록영화를 보면서 충격을 받았던 기억이 났다. 희생자들의 계속되는 증언 앞에서도 그는 어리둥절한 얼굴로 이유를 알 수 없다는 얼굴 표정이었다. 우리가 찾는 오노도 아무런 죄의식 없이 황국신민(皇國臣民)으로, 대일본제국이 배출한 제국경찰의 고문기술자로, 그저 자기 직분에만 충실했을 뿐이라고 강변을 한다면, 만약에 그런 오노를 김재오가 만나게 된다면, 김 상은 어떻게 그런 사태와 마주할까? 고문기술자임에도 불구하고 고문 대상자를 죽음에 이르게 한 건, 고문기술자로는 실수일 뿐, 고문 행위 자체에 대해서는 어떤 죄책도 느끼지 못하는 짐승이라면, 어떻게 그런 짐승과 김 상이 마주칠 수 있을 것인가? 이 한국인 남자는 살아있는 인간을 신으로 섬기는 한 일본인의 의식구조를 과연 어떻게 이해할 수가 있을까?

곤도, 오늘 아침 곤도에게서 전화가 다시 왔다, 전화를 걸지 말라고 말했는데도 그는 연락을 해왔다. 세이코는 곤도라는 사내한테서는 인생의 깊은 이해가 결여되어 있다고 느꼈다. 분명히 서로 만난다고 만났지만, 영혼의 만남은 아니었던 것 같았다. 그러나, 그러나, 지금 바로 내 옆에 앉아있는 한국인 김 상과, 그 일본인 남자 곤도와는 인생을 바라보는 입장과 차이가 뚜렷했다. 무엇보다도 한국인인 김 상에게는 비극이 있다. 비극이야말로 사람의 존재를 절실하게 한다. 어쩌면 비극을 모르는 존재란, 사랑도 그 무엇도 아닌, 아무것이 아닌, 의미란 없는 것인지도 모른다.

세이코는 다시 김재오의 옆모습을 바라보았다. 얕은 잠결에 몹시 불편해 보이는 김재오의 자세를 고쳐주고 싶었지만 그의 고단한 잠결을 깨울 것만 같아서 망설였다.

'예정된 일이었던가. 한국에서 김 상을 처음 만났을 때, 나는 운명처럼 느껴졌다. 운명? 너무 위험하지 않을까. 아니다. 고마운 것이다. 김 상은 잠자던 내 의식을 깨웠고 나를 일깨우고 나를 다시 세웠다. 고맙고, 또 고맙다. 난, 이제부터 내가 믿는 세계로 곧장 걸어갈 수 있다.'

세이코가 살며시 김재오의 왼손을 잡았다. 순간, 김재오가 잠결에서 깨어났다.

"아, 미안합니다. 미스 세이코. 제가 그만 잠시."

"아! 아니, 제가 도리어, 미안합니다. 쓰미마셍! 아, 아리가도! 아리가도!"

김재오는 갑자기 세이코가 일본말로 고맙습니다, 고맙습니다,라고 말하면서 자신의 품으로 파고드는 영문을 알 수가 없었다. 그러나 그녀의 눈동자는 그렁그렁한 눈물이 괴어있었다. 그의 입술을 안타까운 얼굴로 찾는 그녀를 꼭 껴안고 입을 맞추고서야 세이코가 얼마나 자신을 사랑하는지, 얼마나 사무치도록 사랑하고 있는지, 그녀의 마음을 읽을 수 있었다.

신칸센은 산골 협곡을 한참 끼고 쉼 없이 달렸다.

낯선 시간의 장막(帳幕)을 향해서

하카타 역 앞 광장은 가족 나들이 나온 사람들로 북적거렸다. 김재오는 신칸센에서 내릴 때부터 줄곧 어린 두 아이들 손을 붙잡고 앞서서 앞에 걷고 있는 젊은 부부 일가족의 모습에 자꾸 시선이 끌렸다. 모친과 딱 둘이 살아온 김재오는 부모 형제들과 같이 사는, 더욱이 대가족으로 사는 사람들을 볼 때마다 어떤 경외감이 들곤 했다. 그에게 가족이란 태어나서부터 부족했고 모자람이었기에 부모 형제자매가 한 집에서 같이 모여 삶을 살아간다는 것은 오래전부터 낯선 것이었다. 가족, 핏줄로 이어졌고 삶의 희로애락을 같이 나누고 산다는 것, 이는 특별한 사람들만의 은총처럼 여겨졌다. 대부분의 사람들에게는 평범하겠지만 자신에게는 유별나고 낯선 것으로 비쳤다. 아버지가 가족의 행복과 불행을 자기 자신의 일로 여기는, 그런 평범한 부친이 될 수 없었던 것은 무엇 때문이었을까. 어디에 까닭이 있는 것일까. 알 듯도 하지만 어떤 때는 모친과 딱 둘이서만 사는 자신의 처지가 불우하게도 느껴질 때도 종종 있었다. 어렸을 때는.

세이코는 김재오의 시선이 줄곧 잎서가는 일가족에게 쏠려있음을 이내 알 수 있었다. 그리고 왠지 자신이 이 한국인 남자와 결혼을 하고 자식을 낳고 가정을 이룬다면, 과연 어떤 모습일까를 잠시 상상했다. 행복할까? 내가 깊이 사랑하게 된 사람이니까 당연히 행복할 것이다. 정말 행복할까? 혼자 속으로 되물었다. 국제결혼? 그것도 한국인과? 결혼을 하면 어디에서 살게 될까? 서울? 도쿄? 아이들은 어디에서 기르지?

세이코는 입가에 웃음이 일었다. 슬쩍 옆으로 김재오를 쳐다봤다.

김재오는 세이코의 웃는 모습이 언제나 싱그럽다고 느꼈다. 주위에 밝은 기운을 주고 생기를 더하는 세이코의 웃는 모습은 김재오가 서울 김포공항에서 세이코를 처음 만났을 때 받은 인상 그대로였다.

두 사람은 하카타 역 앞에서 렌터카를 빌렸다. 이 넓은 규슈지역 어디에 오노 키비가 있을지 참으로 막막했다. 그러나 발을 디디고 나서지 않는다면 찾을 방법은 없다. 세이코가 아니었다면, 혼자서는 한 걸음도 내디디지 못했을 것이라는 분명한 현실에 김재오는 세이코에게 마음으로부터 깊은 고개를 숙이지 않을 수 없었다.

먼저 두 사람은 호시노 센이치라는 이름을 가진 자부터 찾아 나서기로 했다. 전화 연락이 안 되니 일단 주소지로 직접 찾아가기로 했다. 오노 키비와 비슷한 시기에 당시 조선에서 근무했던 경찰이었다니까 무슨 단서라도 얻을 수 있지 않을까. 실낱같은 기대를 하면서 후쿠오카 시내로 먼저 방향을 정했다.

하카타 역에서 가까웠다. 불과 5분 만에 도착하니 바로 앞에

절이 있었다. 쇼후꾸지사(聖福寺) 주차장에 차를 세운 세이코는 근처 공중전화 박스로 들어갔다. 김재오는 세이코가 전화를 하는 동안 쇼후꾸지 절 입구에 세워진 안내판을 읽기로 했다. 뜨락 너머 절간은 조용하고 고즈넉한 분위기였다. 법당이 있는 목조 건물은 규모가 컸다. 입구에서 절을 소개하는 안내판을 읽던 김재오는 눈이 번쩍 뜨였다.

'1195년 선종(禪宗)의 개조로 에이사이(宋西)가 중국에서 돌아와 연 일본 최초의 사찰로 가람의 배치가 원래대로 잘 보존되어 있다. 고려시대에 만들어진 종(鐘)은 일본 중요문화재...'

김재오는 두리번거리며 절 안쪽으로 고개를 빼고 고려시대 종을 찾았다. 저만큼 종의 누각이 보였다.

기척 없이 세이코가 다가왔다.

"미스터 김, 호시노 센이치라는 사람과 통화가 됐어요!"

"예?, 아, 그럼?"

"호시노 센이치상과 만날 약속장소를 정했어요. 그런데 오노라는 이름으로 두 사람을 알고 있는 것 같아요. 어떤 오노인지... 사진을 챙겨 오길 잘했어요. 자, 조금 더 가야 해요"

승용차는 시내 북쪽을 향해 달렸다.

테라마치(寺町)라는 이정표가 보이는 길가로 들어섰다. 나카시마가와(中島川)라고 쓰인 팻말 아래로 내천을 끼고 차가 달리자, 약속 장소인 찻집이 보였다.

찻집에서 만난 호시노는 육십오세 쯤 된 노인으로 깡마른 몸집에 마른 얼굴이고 뿔테 안경을 쓰고 있었다. 잔뜩 경계하는 얼굴로 세이코가 내민 두 장의 사진을 한 참을 내려 보다가 고개를 흔들었다.

"이 오노가 아니에요. 찾는 사람이 경부였다면 이쪽 사진이 오노 키비가 맞아요! 오노 고지가 아니고. 벌써 나이가 다른데. 오노 키비는 나도 한 번은 만난 적이 있긴 있는데.., 벌써 삼십 오년도 더 이전이라, 당시 조선에서 막 철수했을 때 재교육을 받으라고 경찰청 관할별로 연락이 왔고, 규슈를 가는 길에 같이 기차를 탄 적이 있었는데... 내 기억이 맞는다면..."

세이코는 노인에게서 오노 고지의 사진을 거두고 오노 키비의 사진 중에 확대 인화한 좀 더 큰 다른 사진을 보여줬다.

"맞아! 이 사람이지. 조선총독부에서도 근무했다던! 뭐, 특수 근무를 했다던가?"

김재오는 두 사람이 나누는 일본어에 조바심이 일었다. 세이코는 침착하게 물었다.

"이 사람을 만날 수 있을까요?"

"글쎄... 살았는지, 죽었는지, 살아 있다면야 만날 수 있겠지. 뭐, 신치주카가이로 가보시오. 그곳엘 가면 경찰을 하던 사람인데 하마다 상이라고 만날 수 있어요"

"하마다 상이요?"

호시노는 혹시나 해서 하마다상 연락처를 가지고 나왔다면서 전화번호와 주소가 적힌 종이를 건네주었다. 연락해 본지는 너무 오래됐다고 했다.
 두 사람은 일본에서 가장 오래된 석조 아치형 석교(石橋)인 메가네바시(眼鏡橋)를 지나서 차를 세워 둔 주차장으로 갔다.

신치주카카이(新地中華街)는 나가사키 시내에 중국 화교들 거주 지역으로 중국식 레스토랑이 밀집한 지역이었다. 북문인 겐부몬(玄武門)을 지나 차이나타운 입구 뒷골목 첫 번째 집이 바로 하마다 상의 집이었다. 그러나 그들은 하마다 상 대신 집안에 마련된 제단 위에 놓인 하마다 상의 영정과 만났다.

붉은빛　169

"멀쩡하던 양반이 도쿄를 다녀와서는 그 이튿날 그냥……"

세이코는 하마다 상의 부인에게 위로의 뜻을 전했다.

"죄송합니다. 돌아가신 지 이 년이 되셨다고요?"

"아직은 우리 남편 나이가 죽을 나이는 아니잖아?"

부인은 자신이 일본에서 태어난 중국인 2세라고 했다. 일본인 남편은 경찰에 투신하고 자기는 친정집 가업인 중국 요리집을 운영하다가 지금은 그만 두었다고 했다.
세이코는 사진을 꺼내 부인에게 보여주며 말했다.

"혹시 이 사람을 아시나요?"

부인은 사진을 들고 요모조모 뜯어보았다. 잘 안 보이는지 눈살을 찌푸리다가 돋보기를 꺼내 가지고 와서 다시 봤다.

"이 사람 오노 키비가 아닌가?"

세이코와 김재오는 깜짝 놀라 서로 마주 보았다.

"아시는 분인가요?"

"잘은 모르지만 우리 바깥양반 하고 같이 경찰에 있었고, 나도 두 번인가 본 적이 있는 데, 아주 점잖고 말수가 적은 사람이에요. 공훈을 많이 세워서 진급도 빨리 하고. 조선에서 근무를 했다던데. 이 사람을 찾으려면 시마바라로 가 봐요."

"시마바라요? 거기에 살고 있나요?"

"아니야. 거기에 그 사람이 산다는 얘기가 아니고, 그 사람을 잘 알 수 있는 니카이 세이이치이란 사람이 있어요. 그 사람은 알 수도 있어요."

"여기서 얼마나 더 가면 되나요?"

"한 시간이면 충분하지 뭐."

"고맙습니다."
옆에서 김재오도 덩달아 일본어로 고마움을 표했다.

"아리가도 고자이 마쓰."

하마다 상의 부인은 니카이 세이이치라는 사람이 영업을 하는 상점 가게 이름과 주소를 일러주었다.

세이코의 승용차는 나가사키 교외 강, 천변(川邊) 길을 달렸다. 오늘 쪽 들판은 석양빛으로 온통 주황색으로 물들고 있었다. 그들은 가을 풍경을 가로질러 곧장 나갔다.

너는 무엇이 되었는가?

시마바라(島原) 시 외곽에 있는 니카이 세이이치의 상점은 일본 전역에 막 유행하기 시작한 컨비니언스 스토어로 치장을 새로 하고 있는 잡화 가게였다. 상점 앞에는 노인들 몇몇이 한가롭게 시간을 보내고 있었고 인부들이 상점을 새로 꾸미고 있었다. 두 사람은 작은 가게 앞에 차를 세웠다. 차에서 내려, 가게 안으로 들어갔다. 다행히 니카이 세이이치는 그 시간에 가게 안에 있었다. 가게 주위에 있던 노인들이 갑자기 뭔 일인가 하는 궁금한 얼굴로 다가왔다.

세이코는 니카이에게 오노의 사진을 바로 보여줬다. 노인은 사진을 보자마자 대뜸 세이코와 김재오에게 가게 뒤로 나가서 얘기하자면서 얼른 밖으로 데리고 나갔다. 주위 노인들의 눈을 의식하는 것 같았다.

"이 사람이 오노 키비가 맞는데, 나하고 잠깐 같이 근무한 적도 있었어. 그런데 이 사람은 그냥 우리 같은 보통 경찰은 아니었어. 무슨 특수임무부대 소속이라든가? 하여간. 그런데, 지금 이 사람이 어디서 무얼 하고 있는지는 나도 잘 몰라. 이 사람은 조선에 갔다 와서는 바로 옷을 벗었지. 경찰을 그만두고 뭐 이것저것 전전했다던데. 우리 모임에도 안 나와. 내가 전화로 물어볼게."

노인은 가게 안쪽 방 안으로 들어가서 전화를 걸었다. 김재오는 차분하게 창 너머 노인, 니카이 세이치의 모습을 지켜봤다. 실내를 둘로 나눈 창 너머로 노인의 모습은 보였지만 목소리는 들리지 않았다. 세이코는 김재오의 손을 잡았다.

전화를 끊고 나온 노인은 표정에 미안해하는 기색이었다.

"아무도 잘 모른다네. 그런데 그 사람은 왜?"

"아, 예. 취재를 하려고요."

"취재? 무슨 조사를 한단 말인가?"

"시간을 내주셔서 고맙습니다."

세이코는 얼른 고개를 숙였다. 두 사람은 가게를 나와 차에 올라탔다. 세이코는 시동을 걸었다. 승용차가 커브 길을 막 돌아서려는 순간, 김재오는 백미러로 가게 노인이 나와 팔을 흔들며 소리치는 것이 보였다.

"노인이 우릴 불러요!"

세이코는 김재오의 말에 백미러를 확인했다.
"무슨 일일까요?"

그녀는 가게 앞으로 차를 다시 돌렸다. 차에서 내린 두 사람에게 노인은 숨을 몰아쉬며 말했다.

"그 사람을 잘 안다는 사람이 있다고 금방 전화가 왔어. 오노키비가 무슨 신사를 집안에서 했다는데. 자기네 집안에서 하던 신사에 신사지기로 있다는 얘기도 하고…"

"신사지기요?"

"무슨 말인가요? 세이코"

김재오는 영어로 세이코에게 물었다.

"이 남자는 일본 사람이 아닌가 봐? 어디 중국 사람인가?"

노인은 김재오를 위아래로 훑어봤다.

"한국 기자 분이랍니다."

"한국 기자? 그럼 조선에서 왔다는 건가?"
세이코는 말머리를 돌렸다.

"오노 키비를 잘 안다는 사람을 우리가 만날 수 있을까요? 그 사람은 어디에 있죠?"

"오늘은 너무 늦어서 못 가. 여기서 가면 세 시간이 넘어 더 걸리는데. 기타큐슈에 있어."

"기타큐슈요? 그래, 그 오노 키비를 잘 안다는 분, 그분은 성함이 무엇인가요?"

"기무라 다케신가? 이름이. 옛날에 주재소 서기로 일을 했는데, 사람 찾는 데는 귀신이지. 원래는 제국 경찰을 하고 싶어 했는데, 신체검사에서 떨어졌어. 다리를 좀 절거든."

"기무라라는 분 주소가 있나요?"

"아 내가 그걸 안 물어봤네. 내가 요새 정신이 없어. 잠깐만, 내가 다시 전화를 하지."

"기무라 상의 전화번호를 가르쳐 주실 수 있을까요?"

"아, 그래요. 내 얼른 물어봐서 오지."
 노인과 세이코는 가게 쪽으로 발걸음을 옮겼다. 김재오도 뒤따랐다.

"그때 나도 조선에서 근무를 했다면 돈도 벌고 출세를 했을 텐데……"

 김재오는 노인이 세이코에게 한 일본말을 들었지만 알아듣지는 못했다. 그는 묵묵히 그들의 뒤를 따랐다.

 노인은 가게 안으로 들어가 기무라와 통화를 하고 전화번호를 적어 나왔다.

"뭔가 급한 일이 있나본데. 하여간 잘 찾아보시오. 기무라라는 사람을 만나면 오노 키비를 찾을 수가 있을 거요."

 김재오와 세이코는 노인에게서 전화번호를 받고 인사를 했다.

더욱 짙어진 노을이 들판에 내려앉아 있었다. 두 사람은 승용차 쪽으로 발걸음을 재촉했다.

세이코는 차를 운전하면서 김재오에게 영어로 설명했다. 가게 노인인 니카이 세이이치의 말에 의하면, 주재소 서기 출신인 기무라 다께시가 오노 키비를 잘 안다고 얘기했고, 오노 키비는 집안에서 대대로 내려오는 가업인 신사(神社)를 지키는 신사지기를 하고 있다는 거였다. 그리고 지금 바로 기무라라는 사람과 전화통화를 해봐야 한다고 말했다.

세이코는 마을을 벗어나자마자 차에서 내려 공중전화 부스를 찾아 기무라와 통화를 시도했다.

"기무라 상이 맞나요? 기무라 상이시군요!"

김재오는 세이코가 전화를 하고 있는 동안에 차 밖으로 나와 기다렸다. 저녁때가 가까워져 왔다. 마을에 일몰이 다가오고 있었다. 건너편 기슭의 대나무 숲이 파랗게 굽이치고 있었다. 노을이 비치는 쪽으로 가정집이며 음식점이며 가게의 간판들이 붉게 물들어 보이고 문 앞에 내놓은 화분들이 가을 햇볕을 쬐고 있었다. 근처 다리 아래로 시원하고 맑은 물이 밝은 청록색을 띠고 흘렀다. 잠시 그 다리 축대 위에 앉았다. 검은 물밑 여기저기서 여린 금빛이 반짝거렸다. 다리 위를 뛰어가는 어린이들의 함성 소리가 싱그럽기 그지없었다. 아이들을 바라보았다. 세이코가 다가왔다.

"내일 오후 한 시에 기무라라는 사람을 만나기로 했어요. 오노 키비를 잘 안다는군요. 여기서 네 시간은 더 가야 해요. 오늘 밤은 여기서 지내고 내일 아침 일찍 떠나야 해요."

"알겠어요. 고마워요. 미스 세이코, 저기 다리 위에 뛰어가는 어린이들 좀 봐요. 참 귀엽군요."

길 가는 어린이들을 보는 김재오의 시선과 밝은 표정의 세이코의 얼굴에도 조용한 미소가 번졌다.

세이코는 시마바라시 하라성(原城) 쪽으로 차를 몰았다. 김재오에게 잠깐이라도 꼭 들러서 보여줄 곳이 있다고 했다.

7.
민중들의 깨움침 그리고 일어남

　아마쿠사 시로(天草四郎 1621년~1638년) 에도시대 초기의 가톨릭 신자이며 농민반란인 시마바라의 난(島原の亂)을 일으킨 지도자. 막부 군의 하라 성 공략으로 재기 불능에 빠지자 자살로 16세의 생을 마감. 본명은 마스다 시로 도키사다(益田四郎時貞), 세례명은 제로니모 또는 프란시스코.

　하라 성터에는 16세의 농민반란군 대장 동상이 있었다. 17세기 중반 가톨릭 신자 농민들의 반란인 시마바라의 난이 일어난 성지가 바로 여기였다. 시마바라의 난은 가톨릭에 대한 탄압과 과도한 부역, 무거운 세금에 반발해 1637년 10월부터 이듬해 2월까지, 약 90일간에 걸쳐 일어난 농민 전쟁이었다. 당시 난을 일으킨 장수는 약관 16세의 독실한 가톨릭 신자인 아마쿠사 시로, 또 그를 따라 난에 참여한 약 3만 7천여 명 농민들도 대부분 가톨릭 신자였다. 하지만 이들은 에도 막부에서 파견한 12만 군사의 공격을 이겨내지 못하고 패하게 된다. 당시 3만7천명의 군사와 부녀자 노약자들이 모두 전투 중 죽거나 포로로 잡혀 목이 잘리는 참수형을 당했다.

김재오는 일본에 민중의 반란이 있었다는 역사적 사실이 너무나 생소했다. 간헐적인 농민의 저항은 있었다지만 이런 대규모의 민중 반란에 대해서는 잘 알지 못했다. 일본 민중의 정체란 자발적인 예속에 길들여진 신민(臣民)으로만 알고 있었다. 그런데 그게 아니었다. 권력에 굴복하고 옹기종기 무리 지어 사는 것만이 일본 민중들 삶의 전부는 아니었다.

간신히 버티는 권력일수록 민중들의 권력에 대한 두려움에 매달려 있다. 이 두려움을 최대한 이용하여 권력은 유지된다. 그러나 민중들이 삶을 산다는 건 상황에 처지에 '낑겨있는' 것이기도 하지만, 때로는 속박으로부터 '뛰쳐나가는 것'이기도 하다. 받아들일 수 없거나 납득하지 못할 때, 또 수긍하기 어려울 때 존재한다는 사실은 격렬해지고 반격하는 것이기도 하다. 그래서 통치자가 가장 무서워하는 건 죽음을 마다하지 않는 피통치자, 바로 민중들의 깨우침이다. 어느 날, 왜? 우리들이 짐승 취급을 당해야만 하느냐고 고함을 지르는 폭도로 변하여 죽음을 각오하고 반격하는 경우, 통치자들도 일정 물러설 수밖에 없다.

남녀노소 가리지 않고 참살을 반복하는 막부의 군대. 불타오르는 예배당의 입구에서 화살에 심장을 맞아 절명한 한 소녀를 가슴에 안고 젊은 지도자는 통곡했다.

'신이여... 왜 우리들을 구원해 주지 않습니까. 왜 신의 자녀들인 우리들이, 당신을 믿지 않는 도쿠가와에 패배해야 하는 겁니까. 신이여, 진정 우리들은 당신의 자녀들이 아닙니까? 신이여! 우리는 당신을 믿기 때문에 목숨을 바쳐 싸웠지만, 당신은 결국 아무것도 해결해 주지 않는군요. 다만 당신은 우리들이 죽는 것을 하늘에서 그냥 보고만 계시나이다. 신이여, 당신은 우리들, 아마쿠사의 백성들을 영원히 버리시는 겁니까. 난, 결단코 당신을 잊지 않습니다!'

16세의 반란군 대장은 자신의 시중을 들다가 죽어간 어린 소녀를 끌어안고 몸부림쳤다.

구마모토 현 시마바라 반도, 온천으로 유명한 운젠(雲仙) 국립공원이 위치한 이 반도의 최남단에 있는 하라 성. 지금은 성터라고 하기에는 버려진 들판 같은 모습이지만 발굴 및 복원 작업이 한창인 하라 성터에서는 발굴되는 유골 대다수가 금속 메달을 입에 물고 있어 놀라움을 주었다고 세이코는 말했다. 쓰다 남은 총탄으로 만든 메달은 대부분 성모 마리아나 십자가 모양이 새

겨져 있었다고 했다. 당시 가톨릭 신자들은 전쟁 중 성체를 모시지 못함을 죄스럽게 생각해 이를 대신해 메달을 입에 물고 전투에 참가했단다. 아마쿠사 시로가 마지막 전투를 앞두고 병사들에게 당부한 말이 비석에 쓰여 있었다.

'성안에서 끝까지 싸우는 자는 하느님의 자비를 받을 것이며 구원의 은총을 얻을 것이다. 또한 우리들의 땅을 흔들림 없이 굳건히 지키는 것도 하느님에게 봉공(奉公)하는 것이다.'

김재오와 세이코는 배를 타기로 했다.

하라 성터에서 뱃길로 30여분을 가니 110여 개의 크고 작은 섬으로 이뤄진 아마쿠사 제도(諸島)가 시야에 펼쳐지기 시작했고, 한 섬의 선착장에 내리니 가까이 순교공원이 있었다.

아마쿠사는 서양문물과 천주교가 일본에서 가장 먼저 들어온 곳이었다. 1581년부터 1614년까지 크리스천 학원이 설치되기도 했다는 이곳은 일본 가톨릭 교회의 뿌리를 엿볼 수 있는 곳이었다. 순교공원으로 들어서자 왼편으로 커다란 무덤이 눈에 띄었다. 순교자 천여 명의 유골을 모아 합장(合葬)한 천인총(千人塚)이었다. 이곳에 묻힌 순교자들은 시마바라의 난 당시 이곳에서 막부 군과 싸우다 순교한 이들이다. 박물관 2층에는 아마쿠사 시로의 진중기(陣中旗)가 있었다. 일본 국보로 지정된 이 진중기는 중앙에 커다란 크리스천 성배와 성체가 그려져 있고 이 성배의 좌우에는 천사가 그려져 있었다. 깃발 맨 위에는 성체를 찬양하는 그림이라고 포르투갈어로 표시되어 있었다. 시마바라의 난 당시 16살 장군의 깃발이었던 이 진중기에는 300여 년이 훨씬 지나 현재까지도 혈흔과 실탄의 흔적이 남아 있어 당시 전투의 격렬함을 그대로 보여주었다.

시마바라의 반란 이후 아마쿠사 섬들과 시마바라 반도 일대에서는 가톨릭 신자의 모습은 찾아볼 수가 없었다고 세이코는 말했다. 박해를 이겨내며 끈질기게 지켜온 잠복 신앙은 260여 년이 지난 1858년에 일본으로 건너온 프랑스인 선교사가 1865년에 세운 나가사키현의 오우라(大浦) 천주당이 건설되면서 비로소 세상 밖으로 나오게 된다고 세이코는 말했다.

3만 7천 명이란 주검에 김재오는 압도되었다. 사방 주변에 음산한 기운이 돈다고 느꼈다. 죽이고 죽은 죽임의 땅이었다. 여기는 지옥이기도 하고 천주교를 믿는 천당이기도 했다. 그러나 엄밀하게 말하면 여기는 천당도 아니고 지옥도 아니었다. 여기는 이 세상에 존재하는 땅일 뿐이었다.

두 사람은 마지막 배를 타고 하라 반도 선착장으로 다시 나왔다. 해안도로를 달렸다. 세이코가 예약해 둔 작은 포구가 보이는 펜션으로 향했다. 날은 저물어 바다가 짙은 남빛으로 빛나고 있었다.

차 안에서 침묵을 깬 건 세이코였다.

"역사는 항상 부유하고 힘 있는 소수 집단인 권력자들에 의해 움직여왔어요. 역사의 사실은 우리가 알고 있는 것보다 훨씬 더 참혹하며 부도덕하다고 보이고요."

김재오는 세이코의 말에 바로 답하기가 쉽지 않았다. 일본 농민들의 처참한 죽음의 현장에서 막 빠져나온 자신이 받은 충격은 의외로 컸다.

"폭력과 무차별 살상 앞에 놓이면 민중들은 무력해지지요. 하지만 나는 부정한 권력을 이긴 사람들이 또한 민중들이라고 생각한답니다."

"그래요. 나도 동의해요. 일본에 삼백 년 전의 민중들이 오늘을 사는 우리 일본인들에게 눈을 뜨고 세상을 바로 볼 것을 말하고 있지요. 하지만 그 당시에는 철저하고 무참하게 밟힌 농민들은 이후 일본의 역사에서는 오늘까지 제대로 등장하지 못했습니다. 일본 역사는 땅을 가진 자들, 채무자에 대하여 일정한 급부를 청구할 권리가 있다고 여기는 채권자들, 사람 목숨을 파리 목숨처럼 여기는 학살자들, 국가 패권 군국주의자들, 군수산업으로 부를 쌓은 거대기업 등, 주로 부유한 소수를 위한 역사였습니다. 동시에 역대 권력이 숱한 거짓말로 민중을 속이고 배신해 온 역사였습니다. 권력자들은 자신들의 이익을 위해서 수시로 사무라이나, 헌병, 경찰을 동원했습니다. 일본 역사가 이러한 것들의 나열만으로 채워져 있으니 절망스러운 겁니다."

"... 그러나 나는 절망하지 않습니다. 하라 성에서 나는 1960년에 일어난 한국의 4.19 혁명을 생각했답니다. 학생들이 당시 대통령이었던 이승만 독재정치를 반대하고 일어났어요. 경찰은 학생들에게 총을 쏘면서 진압을 했지만 나중에는 거의 모든 시민들이 들고일어났어요. 독재정권은 더 이상 버틸 수 없어 무너졌습니다. 나는 조금 아까 본 시마바라 민중반란의 역사에서도 희망을 느꼈습니다. 비록 농민들이 패한 역사지만 역설적으로 농민들이 이긴 승리의 역사입니다. 농민들이 저항하고 함께 모이고 부당한 권력에 맞섰던 경험이 일본 역사에서 민주주의 씨앗을 심은 역사입니다."

"아! 그랬군요. 씨앗이었군요. 민주주의의 씨앗! 민주주의! 아! 민주주의! 이 말은 일본에서는 오랜만에 듣는 말이네요."

차창으로 한동안 열 지어 소나무가 나타났다.

얕은 모래사장에 들어서자 차가 부드럽게 저절로 속도를 줄였다.

소나무 숲이 끝나자 그 앞에는 하얀 백사장이 펼쳐져 있었고 어둠이 밀려오고 있었다. 하늘에는 갑자기 별이 흘렀다.

세이코는 차를 세우고 창문을 열었다. 바다 새소리가 파도소리에 섞여 들려왔다.

두 사람은 차에서 나와 걸었다. 김재오는 고개를 들어 하늘을 올려다봤다. 구름이 흩어지면서 머리 위로 영롱한 별들이 박혀 있었다. 세이코도 하늘을 올려다봤다. 별빛이 직각으로 머리 위에서 빛을 발했다. 세이코가 김재오를 바라봤다. 김재오도 천천히 고개를 돌려 세이코를 마주 봤다. 오랫동안 서로 바라보고 서 있었다. 세상은 조용했다. 파도소리 바람소리 밤하늘에 별빛이 흐르는 소리가 뒤섞이고 있었다.

두 사람은 손을 잡고 천천히 모래밭을 걸었다. 사랑하는 여성과 바닷가에서 하늘의 별이 흐르는 소리와 파도소리, 그리고 바람소리를 듣는 것이 얼마만인가. 김재오는 가슴이 다 뜨거워져 왔다. 갑자기 영어로 시를 읊조렸다. 느릿느릿 앞서 걷기 시작하면서 한 절 한 절 시를 읊는 그의 목소리는 파도소리를 뚫고 단단하게 들려왔다.

"자유, 내 책상과 나무 위에, 모래 위에 눈 위에, 나는 쓴다. 너의 이름을"

"아, 폴 엘뤼아르의 시, 자유군요. 미스터 김, 엘뤼아르의 시를 좋아하는군요. 저도 이 시를 외우고 있어요! 저는 일본어로 할 테니, 미스터 김은 한국어로 하세요!"

"아, 미스 세이코도 이 시를 알고 있군요?"

두 사람은 이내 목청을 돋우어 합창을 하듯이 한국어와 일본어로 시 낭송을 시작했다.
멀리 들판 너머로 까만 숲이 보이는 데까지 시 낭송 소리가 퍼져나가도록 두 사람은 마주 보면서 시를 읊었다.

숲, 그 너머로는 푸르고 낮은 산들이 있었다.
시 낭송 소리에 따라서 산은 안쪽으로부터 점점 푸른색이 짙게 번져나가고 있었다.
두 사람이 걸음을 옮겨 놓는 박자에 따라서 산들은 더 푸르게 변해갔다. 그들의 시 낭송은 바다의 별빛 밤을 흔들어 깨우고 있었다.

"내가 읽는 페이지 위에, 백지 위에, 병사들의 총칼 위에,

밀림과 사막 위에, 나는 쓴다. 너의 이름을.

매일 먹는 하얀 빵 위에, 밤의 경이로움 위에, 나는 쓴다, 너의 이름을.

들판 위에, 지평선 위에, 새들의 날개 위에, 나는 쓴다. 너의 이름을.

바다 위에, 배 위에, 미친 세상 위에, 나는 쓴다. 너의 이름을.

반짝이는 모든 것들 위에, 구체적인 진실 위에, 나는 너의 이름을 쓴다.

뻗어나간 큰길 위에, 넘쳐나는 광장 위에, 나는 쓴다. 너의 이름을.

모든 육체 위에, 건네는 모든 손길 위에, 나는 쓴다. 너의 이름을.

그리하여 그 한마디 말의 힘으로, 나는 내 인생을 다시 시작한다.

나는 태어났다.

너를 알기 위해서, 나는 너의 이름을 부르기 위해서,

자유여!"

그들은 하룻밤 묵기로 한 펜션으로 들어갔다.

하늘은 나에게 마음을 맡기라 했다.

꿈을 꾸는가, 김재오는 아까부터 큰 창에 기대어 밤바다를 내려다보고 서 있었다.

어둑어둑한 먼 수평선에 고기잡이배들이 불을 밝히고 해안 쪽으로 한 참을 지나갔다.

하늘은 하얀빛이었다가 검은빛으로, 총총한 별이 한꺼번에 바다에 쏟아 내리고 있었다.

검은 바다에 수평선은 아주 가늘게 흰 빛을 드리웠다. 흰빛은 밤바다에 잘게 조밀하게 부서지고 있었다. 김재오는 수면에 스치는 빛을 바라보고 있다. 눈이 다 부셨다.

다시, 꿈을 꾸는 것일까.

별빛이 바다에 반사되어 빠르게 소멸되었다.

눈물이 났다. 밑도 끝도 없이 눈물이 뺨을 타고 흘렀다.

김재오는 창에서 돌아서서 세이코를 봤다.

세이코는 큰 탁자 앞에 서서 노트를 펼치고 내일의 일정을 확인하다가 김재오를 봤다.

"여기 이곳은 내가 어릴 때 있던 섬 마을과 비슷한 마을이네요. 어릴 때 외가에서 자랐거든요. 우람한 소나무 숲이 열 지어 있는 보길도(甫吉島)라고 하는, 유명한 섬이지요."

"보길도라고요? 섬 이름인가요?"

"풍광이 아름다운 섬이지요. 나는 여섯 살 때부터 그 섬에서, 국민학교를, 졸업할 때까지 자랐지요."

"국민학교 요? 일본의 소학교를 얘기하나요?"

세이코는 김재오에게 가까이 다가갔다. 창밖 어둠의 백사장에는 잔잔한 파도가 물결치고 있었다.

"11살까지 6년을 그곳에서 살았고, 그 이후 줄곧 서울에서 자랐지만, 자주 그 바닷가를 찾곤 했습니다. 저에겐 고향이나 마찬가집니다."

그들은 창밖의 바다를 바라보다가 입을 맞추었다.
갑자기 후드득, 창을 때리는 빗줄기 소리가 들려왔다. 세이코는 입술을 떼고 창밖을 봤다.

"비가 오는군요. 내일 아침 일찍 움직이려면 이젠 잠을 자야 할 시간이에요."

세이코는 말을 하면서도 김재오의 품에서 스스로 빠져나오지 못했다.

창을 두들기는 빗소리가 더 커졌다. 갑자기 소낙비가 내리기 시작했다.

두 사람은 비 내리는 바다를 보며 서로 껴안고 있었다.

세이코는 김재오의 품에서 빠져나오면서 걱정스러워 말했다.

"갑자기 비가 내리지요. 내일도 비가 올까요? 일기예보를 들어봐야 하겠어요."

"비가 오지 않을 겁니다. 이 비는 지나가는 소나기 같아요."

세이코는 가방에서 트랜지스터 라디오를 꺼내고 다이얼을 돌렸다. 주파수를 맞추는 소리가 어지럽게 들렸다.

바로 그때였다, 창밖을 바라보던 김재오의 얼굴에 무서운 경련이 일어났다. 중늙은이 와이셔츠 차림의 사내가 트랜지스터 라디오 볼륨을 높인다. 발가벗긴 김재오의 몸에 트랜지스터 전극 전선을 갖다 대자 김재오는 몸을 비튼다. 흰 와이셔츠 사내는 트랜지스터의 볼륨을 더 높였다. 트랜지스터에서는 '별이 빛나는 밤에' 라디오 음악프로그램이 흘러나왔다. 까불고 킬킬대는 라디오 MC의 목소리가 높아질 때마다 김의 몸은 더 꿈틀댔다. 라디오 MC의 간드러진 음색이 증폭되어 울렸다.

김재오는 외마디 비명을 지르며 세이코의 손에서 트랜지스터를 황급하게 빼앗았다. 라디오 소리를 끄려 했지만 스위치를 찾을 수가 없다, 그가 안절부절못하는 사이에 세이코가 놀라면서 다가서지만 김재오는 그녀를 뿌리친다. 그는 애써서 트랜지스터의 아웃 스위치를 찾으려고 했지만 좀처럼 찾을 수가 없다. 급하다, 트랜지스터를 벽에 때리고 바닥에 내던져도 소리는 그치지 않는다. 그는 트랜지스터를 들고 욕실로 달려가 트랜지스터를 변기에 집어넣고 변기 뚜껑을 닫았다. 그러나 라디오 소리는 끈덕지게 들려왔다. 세이코는 놀라 소리치면서 달려왔다. 김재오는 다시 변기에서 트랜지스터를 꺼내 욕조의 뜨거운 물에 담갔다. 그제야 라디오 소리가 멎었다.

김재오는 땀으로 일그러진 얼굴을 한 채로 욕조 벽에 기대어 자기 가슴을 싸잡고 허덕거렸다. 양손에 가벼운 화상도 입었다. 세이코는 그를 안타까운 얼굴로 내려다보고 있었다. 그녀의 양볼에 눈물이 가득 넘쳤다. 그녀는 그에게로 다가가 꼭 껴안았다.
김재오는 멍하니 천장을 올려다보고 앉아있었다.

어느덧 비가 멎었다. 유리창 밖으로 바다 위에 솟은 달이 보이고, 흰 시트로 몸을 가린 세이코가 김재오에게 다가와 커피를 건넸다. 그는 침대 위에 누운 채로 멍한 시선으로 창밖을 바라보고 있었다. 세이코가 김재오의 품으로 파고들었다. 그녀의 눈에는 눈물이 고여 있었다.

세이코는 퍼뜩 잠을 깼다. 그녀는 언뜻 옆으로 손을 가져갔다. 바로 옆에 누워 있어야 할 그가 없었다. 그녀는 불안한 얼굴로 침대에서 일어나 실내의 이곳저곳을 찾아다녔다. 그는 어디에도 없었다. 문을 열고 밖으로 나간 세이코는 저 멀리 해안을 따라 걷고 있는 김재오를 발견했다.

김재오는 맨몸인 채로 흰 시트 자락을 어깨에 걸친 채 바닷가를 걷고 있었다.
파도는 하얗게 큰 거품을 일으키며 밀려왔다. 파도에 은빛의 물고기들이 해안으로 수없이 밀려와 모래사장 위에서 파닥거렸다.
그는 바닷가로 떠밀려 올라오는 물고기들을 무심한 얼굴로 내려다보고 서있었다.

김재오는 지금 자신이 있는 곳이 어디인지, 자기가 무슨 말을 듣고 있고 하고 있는 것인지, 아무런 의식이 없었다. 밤사이, 그 모든 것들이 마치 오랜 시간이 흘러가기라도 한 듯이, 먼 과거의 일처럼 밀려나 있었다. 죽음의 공포와 싸움이 오늘까지 여러 날이었다. 죽음과 싸우는 절망적인 순간에는 자신의 내부에서 생에 대한 집착이 무섭게 일어나는 것을 느낄 수 있었다. 무시무시한 격류와 혼란에 몸이 맡겨진 상태에서도, 피가 뚝뚝 떨어지는 어둠 속에서도, 비겁해지지 않아야 하고, 자신의 내부에 깃들인 영성을 죽이지 않아야 하며 명료함과 정당함을 잃지 말아야 했다.

김재오는 구름 사이로 새어드는 달빛을 온몸으로 받고 있었다. 작은 반도의 능선을 따라 나 있는 좁다란 길을 밟으며 바다 가운데로 난 방파제 길을 따라 천천히 걸었다. 끝에 가서 걸음을 멈추고 꼼짝도 하지 않고 부서지는 파도 소리를 들었고 보았다, 바닷바람에 흰 시트 자락을 펄럭이며 바다를 바라보았다. 백사장에는 은빛의 물고기 떼가 떠밀려와 달빛에 반짝거리며 반사되고 있었다.

세이코는 스웨터를 걸쳐 입고 천천히 백사장 모래밭으로 발을 내디뎠다. 마음 깊은 곳에서 슬픔과 분노가 차올랐다.

'김 상은 한국의 박정희 정권으로부터 받은 고문 후유증에 시달리고 있다. 고문의 기억은 여전히 김 상을 고통스럽게 압박하고 있다. 아마 김 상의 아버지를 죽인 일본인 고문기술자, 오노 키비를 찾으면서 정신적인 내상이 더 깊어진 것인가. 이 모든 것이 다 누구 때문인가. 박정희, 반드시 그 자신도 파멸에 이르게 될 것이다.
 김 상, 그는 눈부시다. 나는, 김 상의 눈빛을 사랑하고 있고, 그의 음성을 사랑하며 그의 걸음걸이와 그의 모습, 그의 전부를 사랑하고 있다. 그가 행하고자 하는 일들도 나는 사랑하고 있고, 그가 찾고자 하는 일과 목적도 나는 사랑하고 있다. 나 세이코가, 내가, 김 상을 얼마나 좋아하는지, 얼마나 사랑하고 있는지, 나에게는 김 상이 얼마나 소중한 사람인지, 또한 김 상을 만난 이후부터 나의 삶이 얼마나 명징(明徵)해 졌는지…'

 세이코는 빠른 걸음으로 모래밭을 디뎌나갔다.
 백사장에 쪼그리고 앉은 김재오에게로 다가 간 세이코는 그의 창백한 얼굴과 수척한 표정, 불안해하는 얼굴을 봤다. 그는 달빛을 받아 모래밭에 퍼덕거리는 물고기의 비늘 반사에 얼굴을 찡그리고 앉아있었다. 세이코의 눈에는 이 모든 정경이 눈에 부셨다.

 김재오는 세이코가 다가온 기척을 알아차리자 새로 정신이 퍼뜩 들었다. 이윽고 몸을 일으켜 세이코의 손을 잡았다. 두 사람은 한동안 마주 쳐다보았다. 세이코는 김재오에게 뜨거운 키스를 했다. 세이코는 두 손으로 김재오의 뺨을 끌어안았다. 연두색 스웨터 안에 팽팽한 젖가슴이 부풀어 올랐다. 김재오의 몸을 가리고 있던 흰 시트가 모래바닥으로 흘러내렸다. 투명한 달빛이 생생한 기운으로 넘쳤다. 실오라기 하나 걸치지 않은 채 달빛에 물든 김재오의 몸에 밀착된 세이코의 가슴은 부풀대로 부풀어져 입고 있던 스웨터를 양팔을 들어 올려 벗었다. 열어젖힌 하얀 젖가슴에 김재오는 얼굴을 갖다 댔다. 세이코의 몸이 김재오의 몸에 강하게 밀착되어 왔다.

둘 다 몸을 떨었다. 믿을 수 없는 악력으로 젖꼭지를 빠는 김재오는 눈물을 흘렸다.

두 사람은 백사장에 그대로 스러졌다. 세이코의 다리가 감겨왔다. 그녀의 가슴속에 가득 울려 퍼지는 교접의 소리도 아름답다고 느꼈다.

그녀의 눈동자에 비치는 옅은 채색의 밤하늘 풍경이 마구 흔들렸다.

두 사람은 펜션 안 침대 위에 누웠다. 김재오의 눈을 깨끗한 세이코의 눈빛이 따뜻하게 내려다본다. 뜨거운 별빛이 다정하게 내려다보는 것만 같았다. 세이코는 그의 시선을 받고 미소를 지었다. 김재오도 미소를 띠었다. 그의 입술 위로 세이코의 입술이 다시 내려왔다. 세이코의 입술은 그의 입술을 탐닉했고 그의 마음 깊숙한 곳, 안쪽으로부터의 열정을 솟아오르게 했다. 세이코는 그에게 자신을 발견하도록 부드럽게 몸을 맡긴 채 그를 불타오르게 했다. 애무가 주는 열락은 그들의 몸속에서 피어올라 꺼질 줄 몰랐다. 서로 불꽃을 튀기며 엉켰다.

이윽고 김재오는 세이코의 가슴에 얼굴을 파묻은 채 눈을 감고 누웠다. 말은 한마디도 이어지지 않았다. 세이코는 이제 가만히 앉아 그의 머리칼을 쓰다듬으며 목덜미를 만졌다. 김재오는 다시 잠결에 빠져들었다.

잠에서 깨어난 김재오는 세이코가 침대 맡에 앉아 검은 머리를 빗으로 손질하는 것을 바라보았다. 그는 세이코에게 아무 말도 하지 않았고, 그저 세이코의 벗은 뒷모습만 바라보았다. 김재오는 생각했다. 이제 사랑은 점점 현실이 되었으며 그녀는 이 현실의 전부가 되었고 이미 그의 운명이 된 것 같았다.

차곡차곡 쌓아 올린 말린 전나무가 벽난로에서 타고 있었다. 김재오는 참으로 오랜만에 그의 마음이 너무나 편안해져 왔다.
세이코는 머리카락을 빗다가 돌아봤다. 그녀의 젖가슴이 가볍게 흔들렸다. 그녀는 수줍어하면서 그 흰 젖가슴을 오므리다가 내보였는데, 김재오가 다가가 그녀의 가슴에 키스를 하자, 세이코는 목까지 빨개지면서 침대 위에 가운을 입고 가슴을 감추었다. 김재오가 세이코를 끌어당겼다. 세이코는 그의 옆에 누워 다시 가슴을 두근거리면서 그가 키스를 하는 대로 몸을 내맡겼다. 그가 입으로 손과 발을 애무하자 다시 몸을 떨었다. 그녀는 그의 두 손을 가슴에 가져다 모으면서 그의 눈에다 부드러운 키스를 했다.

아침, 두 사람은 해안가를 따라 달렸다. 울창한 소나무 숲 속 길을 달음박질하는 두 사람의 표정에는 싱그러운 웃음이 넘쳐났고, 공중 햇살에 그 웃음소리는 감돌았다.

8
천황이 다스리는 나라의 신하된 백성이란

 오노 비키를 안다는 기무라 다께시를 만나기 위해 세이코와 김재오는 승용차를 타고 기타큐슈 시(北九州市)로 향했다. 오후 한 시 고쿠라성(小倉城) 입구에서 만나기로 한 약속이라, 아침 9시에 떠났다. 지방 도로를 달리는 내내 차 안에서 김재오는 잠깐 잠깐씩 선잠에 들었다.

 기무라와 만나기로 한 고쿠라성 앞은 오가는 사람들이 많았다. 세이코와 김재오는 성 입구에 서서 지나가는 사람들을 유심히 살폈다. 꽤 많은 사람이 성 안으로 드나들었다. 세이고는 행인들을 살피는 틈틈이 손목시계로 약속시간을 확인했다. 기무라가 온 것은 약속시간 한참을 지나서였다. 기무라는 채소가 잔뜩 든 바구니를 들고 나타났다. 그는 성 안에서 출입문을 나와 오른쪽 다리를 절며 사방을 기웃거리다가 김재오에게 다가와 말을 건넸다.

"혹시 오노 키비를 찾는 기자분이신가요?"

김재오는 일본말을 몰라 영어로 되물었다.

"미스터 기무라?"

떨어져 있던 세이코가 다가와 재빨리 나섰다.

"기무라 상?"

기무라는 채소 바구니를 여성처럼 팔짱에 끼고 답했다.

"내가 기무랍니다."

"반갑습니다. 이렇게 시간을 내주셔서 고맙습니다."

기무라는 우스꽝스러운 복장이었다. 일본 제국군대의 복장을 했고 각반(脚絆)을 발목에 찼으며 군화를 신었고 쓰고 있는 모자인 군모(軍帽)에는 미국 국기인 성조기가 붙어있었다. 거기에 여성처럼 시장바구니를 팔짱에 끼고 있었다. 기무라는 연신 사방을 두리번거리고 살피더니 두 사람에게 손짓했다.

"자, 어서 여기를 빠져나갑시다!"

기무라는 어느 찻집으로 들어가려고 하다가 멈칫했다. 그는 찻집 안을 창으로 살핀 뒤에 고개를 저었다. 그리고는 날카로운 눈빛으로 사방을 경계하듯이 주변을 살폈다.

"자, 이쪽으로!"

김재오와 세이코는 기무라의 뒤를 따라 걸었다. 세이코는 기무라의 기이한 행동에 웃음이 나오려고 하는 걸 겨우 참았다. 기무라는 앞서서 걷다가 느닷없이 어느 파친코 점 안으로 들어갔다. 세이코는 김재오를 보면서 기무라가 좀 이상한 사람이라는 표정을 지었다.

"기무라 상! 기무라 상!"

기무라는 빠칭코 점 실내를 휘휘 둘러보더니 앞서서 중앙 통로로 걸어 뒷문으로 바로 나갔다.
김재오와 세이코는 여전히 그의 뒤를 바짝 쫓았다.
기무라가 그들을 돌아보면서 말했다.

"자, 저기로! 조용한 곳으로 가야 합니다. 워낙 중요한 이야기라…"

그들이 결국 들어간 곳은 거리에 있는 미국식 레스토랑이었다. 레스토랑 안은 시끄러웠다. 기무라는 창 쪽으로 자리를 잡고 먼저 앉더니 두 사람에게 어서 앉으라는 시늉을 했다. 세이코와 김재오는 기무라를 마주 보고 앉았다.

"여긴 좀 조용하구나."

세이코는 그 말에 실내를 둘러보았다. 번잡하고 시끄러웠다. 이상한 노인이었다. 복장도 하는 모습도.
기무라는 갑자기 목소리를 높이면서 말했다.

"이 양반이 기자 양반이신가? 멀리서 오셨다고? 조선에서?"

"조선은 북한의 이름이고요. 지금 남한은 한국이라고 하지요. 이 분은 서울서 오셨답니다."

"한국이라고? 기타 조선은 아직도 조선이라고 부르잖아? 서울? 그럼 게이세이에서 왔군."

세이코는 잠시 난감한 표정이 됐다. 어쨌든 오노 키비를 안다고 했으니 오노만 만나면 된다, 세이코는 자세를 고쳐 앉았다.

"드디어 오노 키비 어른의 진가를 조선사회도 알아주기 시작하는군! 게이세이에서 다 찾아오니!"

세이코는 어리둥절했다.

"오노 키비 선생은 여기서 칭송이 자자한 남자 중에 남자라오. 나도 건강했다면, 오노 키비 선생처럼 훌륭한 제국경찰이 됐을 텐데……."

"오노 키비 상은 지금 어디에 있습니까?"

"내가 아직 밥을 안 먹었소. 우선 밥을 먹읍시다."

"예. 그러시지요."

"헤이! 이봐! 헤이!"

기무라는 일본말도 아니고 영어도 아닌 이상한 말로 웨이터를 손가락으로 불러 몇 가지 음식을 주문했다. 그런 그를 보면서 김재오는 조바심이 났다.

기무라는 자기 손바닥으로 얼굴을 쓱쓱 문지르면서 말을 이어나갔다.

"전쟁이 끝나고 모든 게 변했소. 인간들도 변했소. 아주 나빠졌어. 옛날에는 나라가 시키면 신민들은 다들 알아서 했잖소? 그런데 지금은 아니야. 오노 키비 같은 분들을 이젠 눈을 씻고 찾아보아도 없어. 그분은 자기를 희생한 분이지. 조선서 돌아와서 번 돈을 나라에 바치고 경찰을 떠나 나라를 위해 이 직업 저 직업 전전하셨지."

"지금 오노 상은 어디서 무얼 하고 있습니까?"

세이코는 채근하듯이 다시 물었다.

"신사를 지키고 있어요. 오노 선생의 부친께서 전쟁 전에 급사를 하고, 친형이 신사를 지키다가 친형도 전쟁이 끝나고 갑자기 급사를 했어요. 무슨 묘한 일인지. 형의 정신지체아 아들 하나도 오노 선생이 거두어들였지. 참, 오늘이 10월 26일인가? 그러면 오노 키비 선생의 작은따님이 결혼하는 날이군. 꽃을 사 가야 하는데. 축하를 해야지!"

세이코는 오노를 선생이라고 부르는 기무라의 말투를 보아, 그를 존경하고 있다는 인상을 받았다. 주문한 음식이 나왔다, 기무라는 재빠른 동작으로 음식을 먹기 시작했다. 그는 음식을 씹으면서 소리를 쳤다.

"다 달라졌어. 세상이 변했다고! 시간은 돈이고! 누구든가? 에이브러험 링컨이 그랬나? 시간이 돈이라고! 아니지! 철강 왕 카네기가 그랬지! 아암, 시간은 돈이야!"

세이코는 기무라를 미심쩍게 바라보고 있는 김재오에게 말했다.

"미스터 김, 우리가 오노 키비를 찾긴 찾았나 본데요."

"지금 방금 두 분이 영어로 말했소? 그래. 그런 거지, 뭐. 우리 대일본제국이 전쟁에 이기기만 했다면야, 아마 일본어가 세계어가 되어 세계를 휩쓸었을 거야. 그런데 영어가 지금은 세계 언어지. 당신들 영어로 말하다니! 멋지군!"

세이코와 김재오가 탄 승용차는 기무라의 지프차를 따라 오노가 있다는 곳으로 향했다.
앞서가는 기무라의 차는 낡은 미제 지프였다. 헤드라이트가 있는 위쪽 좌우에는 깃봉과 깃대가 있고 깃대에는 일본 제국시대 해군 깃발인 욱일승천기(旭日昇天旗)와 미국 성조기가 나란히 바람에 까불거리고 있었다.

그들은 시내를 질러 북쪽 산길로 들어섰다. 계곡을 돌아 단풍나무 숲을 끼고 한참을 달렸다. 10월 하순의 숲은 고요하고 평화로운 풍경이었다.

오노가 있다는 신사를 앞에 두고 기무라는 동네 꽃집에서 한 아름 꽃을 샀다.

신사 마당에는 결혼식 하객들이 보였고, 제법 사람들이 붐비고 있었다. 기무라가 지프를 세우고 시동을 껐다. 세이코와 김재오도 차에서 내려 기무라를 따라 걸음을 옮겼다.

신사 안에는, 정신지체아로 보이는 이십 대 청년이 댓 살 먹은 계집아이와 다투고 있었다. 서로 뭔가를 내놓으라고, 뺏기지 않겠다고 실랑이를 하고 있었다. 점잖게 생긴 노인 하나가 둘 사이에서 말리고 있는 모습이 보였다. 그 옆에서는 결혼식 피로연이 한창이었다.

김재오와 세이코의 시야에 기무라가 그 노인에게 가까이 다가가서 공손하게 꽃을 바치면서 무엇인가 열심히 얘기하는 모습이 들어왔다.

 김재오와 세이코는 그 노인이 오노 키비라는 것을 단번에 알 수 있었다.

 김재오는 얼굴이 순간적으로 굳어졌다.

 그렇게 찾던 자, 오노가 바로 저 자란 말인가? 언뜻 보기에는 온화한 성품으로 보이는 저 자가 태연하게 인간을 모욕했으며 사람을 고문으로 죽인 바로 그 인간이라곤 잘 믿기지가 않았다. 어디로 보나 아주 평범한 인간이고 지금은 힘없는 노인의 모습이었다.

 바로 옆에는 오노 일가족의 모습이 보였고 그들은 한 점 얼룩도 없는 행복감에 젖어 결혼 피로연을 하고 있었다.

 김재오는 순간, 비등점에 달한 분노를 격렬하게 발산하고자 하는 무서운 의지가 마음으로부터 솟구쳤다, 똑바로 돌진해 저 늙은이의 가면을 확 벗겨내야 할 것만 같은 심정이었다. 오노를 죽이는 상상, 날카로운 칼을 안주머니에서 뽑아 저 늙은이의 심장에 그대로 박는다.

 '내 아버지를 죽인 자가 지금 저기에 있다. 그 고문기술자가 바로 눈앞에 있다.'

 그러나 일을 그르쳐서는 안 된다. 김재오는 고개를 흔들었다.

가슴에 심한 통증을 느꼈다. 등과 목덜미로 땀이 타고 흘렀다. 디딘 발에 억지로 힘을 주고 몸을 곧추 세우자 제정신이 들었고, 자신의 처지가 어디에 있는지를 알아차렸다. 바로 옆에는 세이코가 초조한 얼굴로 서있었다.

세이코는 김재오가 당장에라도 오노를 두들겨 패서 어딘가로 끌고 갈지도 모른다는 상상이 떠올랐다. 그러나 김재오는 얼음처럼 차가운 얼굴로 신사의 뜰 한쪽에 서있는 노인을 계속해서 주시하고만 있었다.

내 슬픔의 회로를 차단할 수는 없다. 그러나 지금 이 시간에 할 수 있는 건, 아무것도 없다. 해봐야 소용도 없다. 소용이 없기에 보이지 않는 눈물을 머금고 그냥 서 있을 뿐이다. 오노 키비의 둘째 딸 결혼 피로연이라고 했던가? 눈앞에 보이는 밝은 웃음과 표정들, 연극무대를 마주하고 있는 것 같았다.

이 세상에 존재하는 행복이니 고향이니 평화니 하는 것들은 김재오의 손에는 미치지 않는 곳에 있다고 느꼈다. 김재오는 시선을 돌렸다. 고동색의 나무 등걸과 바람에 나부끼는 나뭇가지 사이로 붉은 단풍 색과 녹색으로 빛나는 계곡이 멀리 내다 보였고 그 가운데로 햇살에 부서지는 거울같이 빛나는 넓은 바다가 오히려 선명하게 보였다.

어린아이들의 밝은 표정과 웃음소리가 신사 안에 가득했다. 오노의 작은딸로 보이는 젊은 여인과 사위인 듯한 한 쌍의 젊은 남녀는 화사한 전통 복식인 기모노 차림으로 행복한 표정을 지으며 사진을 찍고 있었다. 하객들의 들뜬 목소리와 웃음소리, 그들의 몸동작이 화창한 가을만큼 풍요로웠다.

오노는 손자의 재롱을 보고 나서 기무라의 얼굴을 쳐다봤다. 기무라는 두 팔을 바지선에 붙이고 부동자세로 오노를 쳐다보고 있었다. 정신지체아 청년과 손녀의 작은 다툼이 다시 일어났고 오노는 웃으며 이들을 말렸다. 오노의 작은딸과 신랑은 나란히 서서 행복한 얼굴로 하객들의 인사를 받고 있었다. 김재오와 세이코는 신사 마당 안쪽으로 조금 더 들어섰다. 가족들의 시선이 두 사람에게 쏠렸다. 가족 중에 큰딸로 보이는 여성이 세이코와 김재오에게 다가왔다.

"오늘은 저희 집안 행사로 신사가 문을 열지 않는 날입니다."

그녀의 공손한 말에 세이코는 당황했다. 세이코는 얼른 김재오의 안색을 살폈다. 그는 아까부터 멀리 떨어져 있는 오노를 쳐다보고만 서 있었다. 오노가 기무라에게 무어라고 몇 마디 하는 모습이 시야에 들어왔다.

오노의 큰딸은 두 사람의 기색을 살피더니 조용히 다시 물었다.

"무슨 일로 오셨습니까?"

세이코가 김재오를 가리키면서 무슨 얘긴가를 하려고 했지만, 김재오가 제지했다. 이때, 어린 여자 아이가 뜰에서 다급하게 우는 소리가 들렸다. 오노의 큰딸은 얼른 뜰로 달려가 우는 어린아이를 안아 들었다.

기무라가 다리를 절면서 두 사람에게로 다가왔다.

"저 사람이 오노키비 상 인가요?"

세이코가 물었다.

"예. 오늘은 둘째 딸이 결혼하는 날이라고, 내일 오후에 만나시겠답니다. 좋은 날씨죠? 좋은 결혼이고요."

"미스터 김! 가서 만나세요! 지금요!"

세이코의 음색이 차고 빨랐다.
그러나 김재오는 저만큼 서있는 오노 키비를 바라보기만 하고 있었다.

"기무라 상! 지금 오노 상을 만날 수는 없을까요?"

세이코가 초조해했다. 기무라는 세이코를 향해 정면으로 몸을 꺾어 딱딱한 어조로 말했다.

"오노 키비 선생은 분명히 내일 오후에 만나신다고 했어요. 내일 만나세요. 보시다시피 오늘은 손님들이 많잖아요?"

김재오는 이쪽에서 뜰을 가로질러 저편의 오노를 뚫어져라 쳐다보고 서있다.
오노는 김재오와 세이코의 시선을 받고는 멀리서 목례를 보냈다.
오노는 큰딸에게 무슨 일로 찾아오신 손님들이냐고 조용히 물어보는 듯했고 큰딸은 고개를 가로로 저었다.

기무라는 자기 일은 끝났다는 표정으로 서 있었다.

"미스 세이코, 내일 다시 옵시다."

김재오는 발길을 돌려 빠른 걸음으로 신사를 나왔다.
세이코는 얼떨결에 오노의 가족들과 기무라에게 급하게 목례를 보내고 그를 따라나섰다.

김재오의 뇌리에는 아득한 시간의 화살이 날아들었다. 불행하고 쓸쓸했던 유년기의 기억이 빠르게 스쳤다. 너무나 외로웠던 그 기억들은 오노 일가족의 화목하게 보이는 눈앞의 정경과 대비됐다. 열한 살 때 김재오는 보길도에서 어머니와 헤어져 서울로 떠나야 했다.

보길도를 떠나 노화도(蘆花島)를 건널 때 선착장에 서서 떠나는 아들을 배웅하던 어머니 모습을 김재오는 평생 잊지 못한다. 어머니는 아들한테 눈물을 보이지 않으려고 아들이 나룻배에 오르자마자 선착장에서 바로 돌아섰다. 어머니는 못내 언덕 위에서 손을 흔들었다. 나룻배를 탄 나는 어머니에게서 멀어져 갔다. 언덕 위에 홀로 서서 어머니는 그대로 서 계셨다. 어머니와 헤어지던 그 서러운 눈물이 기억난다. 눈물이 흘러내리던 그의 여린 어깨가 계속해서 들썩이던 기억은 핏줄과 떨어져 살아야 한다는 잔인한 기억이었다.

세상은 잠이 든다.

세이코의 차는 지방 도로를 무서운 속도로 내달렸다. 세이코는 브레이크를 밟았다. 요란한 급정거 소리가 텅 빈 도로에 밤의 적막을 갈랐다.

"미스터 김, 오노는 내일 여기에 없을 수도 있어요. 피해버릴 수도 있단 말이에요. 지금이 아니면, 오늘이 아니면, 못 만날 수도 있단 말이에요. 미스터 김, 그는 짐승이에요. 사람이 아니란 말이에요. 아무리 오노의 둘째 딸이 결혼한 날이고, 결혼 피로연 날이라고 해도, 오늘 그를 마주하고 맞닥뜨려 만나야만 하는 거예요!"

"미스 세이코, 내일 다시 찾아갑시다. 이제 오노를 찾았으니 내일이면 나는 만나요!"

세이코는 김재오의 표정을 살폈다. 세이코는 어떻게든 오늘 늦은 시간이라도 김재오가 오노를 꼭 만나야만 한다는 생각이 들었다. 그렇게 애를 태우며 만나려고 했던 오노라는 인간을 지척에 두고서도 내일로 미룬다면, 어쩌면 김재오가 오노를 만날 수 있는 기회를 영영 놓쳐버릴 수도 있다는 이상한 불안감이 엄습했다. 지금 김재오는 짐승에게 인간적인 배려를 하고 있었다. 그들 가족들이 화목하게 보내는 시간만은 어떻든 피해 주고 싶었을 것이다. 그러나 오노가 일본 전통 옷인 기모노를 입고 하오리(羽織)에 외장으로 예복인 하카마(袴)를 걸치고 있다고 해서 인격자로 여겨질 수 없듯이, 그는 천성이 악마일 뿐이다. 오노라는 인물의 마음은 절대 인간의 마음이 아니다. 멀리서도 그의 눈을 보면 알 수 있었다. 그는 가면을 쓴 고문기술자였을 뿐이었다.

세이코는 시내 숙소로 예약했던 구모지 미쓰이 구락부(旧門司三井俱樂部) 호텔이 있는 모지코(門司港) 쪽으로 천천히 차를 몰았다. 내일 아침 일찍 오노를 다시 찾기에는 멀지 않은 거리에 있는 호텔이었다. 옆 좌석에 김재오는 잠이 들어 있었다. 겹겹이 쌓인 피로 끝에 드디어 오노를 찾았다는 안도감 때문일까. 세이코는 운전대를 붙잡고 곁눈질을 해본다.
그의 눈가에 마른 눈물 자욱이 보였다. 아마 세이코 모르게 혼자서 눈물을 흘리다가 그는 잠이 들었나 보다.

미스터 김, 김 상이 한국을 떠나 낯선 이곳, 일본 땅에 온 지가 벌써 이레가 됐던가, 아니 여드레 인지도 모르겠다. 그러나 힘이 되지 못하고 있다는 자책감이 들었다. 김 상에게 제대로 도움이 못되고, 어쩌면 김 상에게 아무것도 아닌 존재가 되고 있는 건 아닌지, 자신이 원망스러웠다.

세이코는 자신도 모르게 양 볼에 흐르는 눈물을 팔뚝으로 쓱쓱 닦으면서 핸들을 꽉 붙잡았다. 마주 오는 차의 불빛이 날카롭고 빠르게 지나갔다. 세이코는 천천히 차의 속도를 줄이고 도로 한쪽으로 멈추어 섰다. 세이코는 흐르는 눈물을 손바닥으로 닦았다, 갑자기 차를 회전시켜 유턴하기 시작했다. 오고 가는 다른 차들이 클랙션을 울려댔지만, 그녀는 급하게 핸들을 돌려 왔던 길로 도로 달렸다. 가속기를 힘주어 밟은 세이코의 차는 한밤의 지방도로를 질주하기 시작했다. 오노의 신사로 되돌아가는 것이다.

오노의 신사 입구에 도착한 세이코는 미친 듯이 클랙션을 눌러댔다.

김재오는 그 소리에 놀라 잠을 깼다. 그러나 이내 사태를 알아차린 듯 담담한 얼굴이 됐다.

늙은 여자가 회중전등을 들고서 놀란 얼굴로 나타났다.

"무슨 일로 오셨지요?"

세이코는 성난 얼굴로 날카롭게 소리쳤다.

"오노 씨를 만나러 왔습니다."

"미안합니다. 오노 상은 저녁에 큰딸 집으로 갔습니다. 내일 저녁이나 돌아옵니다. 실례지만 어디서 무엇 때문에 찾아온, 누구신지요?"

세이코는 잠시 늙은 여자를 본다.

"밤늦게 실례를 했습니다."

세이코는 차를 돌렸다. 김재오는 세이코의 옆얼굴을 잠깐 볼 뿐, 말은 없었다.

되돌아오는 길가에 세이코는 차를 세웠다.

차에서 내린 세이코는 길가에 세워진 담배 자판기에서 담배 한 갑을 사서 들고 다시 차에 올랐다. 아무 말이 없는 세이코의 표정은 차가워 보였다. 김재오도 아무런 말을 건네지 않았다.

두 사람은 호텔에 들어왔다. 호텔 방 안에서 김재오는 의자에 앉아 묵묵히 세이코를 바라봤다. 세이코는 담배를 피워 문 채 어두운 창밖을 응시하고 있었다. 담배 한 대가 다 타들어가도록 두 사람은 서로 말이 없었다.

"미스 세이코, 담배를 피우시나요?"

"... 아니에요. 오래전에 끊었지만, 지금은 다시 피우고 싶어졌어요."

"……"

세이코는 창밖으로 바짝 더 다가갔다. 창가의 나무는 나뭇잎마다 호텔 정원에 조명을 한껏 받아 반짝거리고 있었다. 그 나무 아래 어둠 속에 웅크리고 있던 고양이 한 마리가 호텔 창가로 다가와 날렵하게 뛰어올랐다.

난간에 올라선 고양이는 김재오와 세이코가 있는 방 창문 앞으로 다가왔다.

세이코는 고양이를 한동안 바라보다가 재떨이에 담배를 비벼 껐다.

김재오가 의자에서 일어나 세이코에게 가까이 다가왔다.

세이코는 돌아서서 그에게로 다가가 김재오의 가슴에 얼굴을 묻었다.

김재오가 세이코의 얼굴을 양손으로 감싸면서 세이코의 두 눈을 내려다본다,

김재오는 세이코의 목덜미를 휘감고 있던 검은 머리카락을 부드럽게 쓰다듬었다.

미묘하고 조용한 움직임이다.

세이코는 목말라하는 김재오의 입술이 그녀의 입술로 다가옴을 본다, 두 사람은 격렬하게 키스를 나눈다. 난간에 있던 고양이는 어둠 속으로 사라졌다.

1979년 10월 27일, 무너진 마(魔)의 산 박정희

호텔 창문으로 아침 햇살이 한가득 쏟아져 들어왔다. 김재오

는 침대 위에서 잠든 채로 뒤척이고 있었다. 먼저 일어난 세이코가 샤워를 끝내고 목욕 가운을 입고 방안에 텔레비전 수상기를 켰다. NHK 뉴스가 '특종 보도'라는 자막으로 나오고 있었다. 볼륨을 낮게 조절했다. 세이코는 긴장한 얼굴로 텔레비전에 시선을 고정시켰다. 한국의 대통령 박정희가 만찬 중에 측근인 한국 정부의 중앙정보부장에게 총을 맞고 급사했다는 긴급 뉴스가 다급한 아나운서 목소리로 들리면서 박정희 생전 모습이 빠른 연속 장면으로 지나가고 있었다.

세이코는 화급하게 김재오를 깨웠다.

"미스터 김! 미스터 김! 일어나세요! 일어나요!"

김재오는 눈을 뜨고 침대에 일어나 앉았다. 세이코가 보고 있는 텔레비전 뉴스 화면으로 눈길이 갔다. 그는 침대에서 벌떡 일어나 텔레비전 화면 앞으로 다가갔다. 그는 그 자리에 붙박인 채로 서서 텔레비전 화면을 주시했다.

NHK 뉴스 화면에서는 서울의 광화문 거리가 나오고, 박정희의 생전 모습이 연속적으로 쏟아졌다. 볼륨을 올리는 세이코의 손도 떨렸다. 김재오는 놀란 얼굴로 숨소리도 죽인 채 텔레비전을 주시했다.

"한국으로 전화를 해야 해요!"

김재오가 외쳤다.

세이코는 전화기를 끌고 와 김재오에게 건네려다가 직접 다이얼을 돌렸다.

"전화 교환대지요? 긴급 전화를 부탁합니다. 예. 예. 기다리겠습니다."

세이코는 수화기를 내려놨다.

"곧 연결될 거예요."

김재오의 얼굴에 초조한 빛이 감돌았다. 텔레비전에서는 서울발 뉴스를 계속해서 보여줬고 해설자의 긴장된 목소리가 이어졌다. 그때, 전화벨이 울렸다.

"예. 알았습니다. 고마워요. 미스터 김, 서울이에요."

그녀는 김재오에게 수화기를 건넸다.

"김재오입니다. 정치부 데스크 부탁합니다."

곧이어 연결 신호음이 들리고 상대가 전화를 받았다.

"김재오입니다. 어떻게 된 겁니까?"

"김 기자! 아니? 어떻게 된 거요? 연락이 없어서 얼마나 걱정했는데. 소식 들었지? 대통령이 유고야, 유고!"

"어떻게 된 거죠? 피살됐습니까? 총에 맞았다고 여기 일본 텔레비전에서는 계속 보도가 나오는데요."

"김 기자! 빨리 들어오시오! 현장에 안 있고 지금 어디 있어요. 지금 당신은 정치부로 다시 발령이 났다고!"

"네? 정치부로? 그럼? 재 발령이 난 건가요? 제가 지금 비행편을 알아보고 곧 들어 갈게요!"

"빨리 오시오! 빨리! 자, 전화 끊습니다!"

김재오는 큰 충격을 받았다. 도저히 믿기지가 않았다. 꼭 꿈을 꾸고 있는 것만 같았다. 웃어야 할지, 울어야 할지 잘 모르겠다는 얼굴이 됐다. 관공서나 어디서나 박정희 사진은 언제나 김재오를 내려다보고 있었다. 그런데? 이제 김재오의 머릿속에서는 여기저기 붙어있던 박정희 사진이 저절로 바닥으로 떨어져 내리면서 불타기 시작했다.

얼빠진 얼굴로 우두커니 서있는 김재오에게 세이코가 일깨우듯 외쳤다.

"정말인가요? 박정희 대통령이, 박정희가 총을 맞았나요?"

"세이코! 난 한국으로 어서 빨리 돌아가야만 합니다."

"오노 키비를 오늘 만나야 하잖아요?"

"미스 세이코, 오노 키비는 다음에도 만날 수 있어요. 이제 그가 어디에 살고 있는지 알았잖아요? 지금은 빠른 시간 안에 한국으로 돌아가야 합니다. 몇 주일 후에 다시 일본으로 돌아와서 오노를 만나면 됩니다. 빨리, 빨리. 서울 가는 비행기 표가 있는지 좀 알아 봐 주세요."

김재오는 텔레비전 채널을 돌려보았다. 채널마다 텔레비전은 온통 박정희 피살 뉴스뿐이었다. 세이코는 허둥대는 김재오를 보면서 평소에 보았던 김재오와 다르다는 생각이 들었다.

세이코는 교환대에 후쿠오카 공항을 부탁했다. 비행기 표가 있는지 물어보니 다행히 있다고 했다. 전화를 끊자마자 벨소리가 크게 울렸다. 세이코가 얼른 받았다. 상대가 한국어다. 서울에서 전화가 걸려왔는가 보다, 얼른 김재오에게 수화기를 바꿨다.

"김형! 비행기 표가 있대죠? 여기 서울서도 알아봤는데, 있다고 합디다. 어서 들어오세요! 백방으로 당신을 찾았는데, 도대체 요 며칠간은 연락도 없이 일본에 어디를 그렇게 쏘다니고 있었어요?"

서울에 정치 부장이었다.

"자, 갑니다! 가!"

김재오는 웃으며 전화를 끊고는 허둥지둥 짐을 싸기 시작했다. 김재오의 이상한 열기에 세이코도 김재오가 싸는 짐을 거들었다. 김재오는 세이코를 돌아보고 그녀의 양손을 잡고 일으켰다.

"... 한국으로 급하게 오늘 꼭 돌아가야만 하는 건가요?"

세이코는 힘없이 모기 같은 음성으로 물었다.

"그래요. 무너진 겁니다. 이제 무너진 겁니다."

"후지산이 무너진 것과 같나요?"

"하하. 그렇습니다. 비슷합니다. 거대한 산이 무너져 내린 겁니다. 이해할 수 있죠?"

"이해합니다. 하지만... 우린, 우리는 다시 만나게 되는 거죠? 우린 다시 만날 수 있을까요?"

세이코의 음색이 불안했다. 김재오는 세이코의 양손을 다시 잡았다.

"당신의 참을성, 당신의 사랑, 그 모든 것에 나는 감사합니다. 그리고 내 얘기를 들어줘서 고맙고, 나를 믿고 나를 도와줘서 고맙습니다."

"당신은 떠나야 하지요? 지금 가셔야 하지요? 한국으로 돌아가야 하지요?"

"우린 만날 수 있습니다. 만나야 합니다. 나는 당신을 사랑하고 있습니다. 서로 사랑하는 우리는, 다시 만나게 될 겁니다. 무슨 일이 있어도…"

세이코는 눈물을 흘렸고, 김재오는 그녀의 양 볼에 흐르는 눈물을 손으로 닦아주었다.

"나는 당신을 만나러 바로 다시, 여기 일본으로 옵니다. 나는…"

세이코가 손을 뻗어 올려 김재오의 입을 막았다. 김재오는 입을 다물었다. 두 사람은 껴안았다.
서로 어깨를 기대어 나란히 앉았다. 김재오가 세이코의 입술에 입술을 가져다 댔다. 세이코는 깊숙이 키스를 받았다. 세이코가 입을 열었다.

"미스터 김, 꼭 돌아와야 해요. 다시 일본으로 올 수 있죠?"

"그래요, 꼭 돌아올 거 에요."

후쿠오카 공항으로 가는 길 내내 김재오의 오른손은 세이코의 무릎 위에 올려져 있었다.

세이코는 공항 안까지 김재오를 배웅했다.

공항에서 김재오는 출구로 걸어가다가 발을 멈추고 또 발을 멈추어 세이코 쪽을 돌아다봤다. 그러기를 몇 번이나 계속했다. 김재오의 눈시울도 붉어졌다.

세이코는 가만히 서서 김재오가 사라져 가는 모습을 지켜봤다. 그녀의 얼굴에 눈물이 흘렀다. 김재오의 모습이 보이지 않을 때까지, 세이코의 시선이나 몸은 조금도 흐트러짐이 없이 꼼짝 않고 그 자리에 붙박이로 지켜서 서있었다. 세이코는 김재오가 출구 밖으로 완전히 사라졌는데도 한동안 그냥 그 자리에 그렇게 서있었다. 몸을 돌려 돌아서는데 약간 비틀거렸다. 벽을 더듬어 가까스로 몸을 추스르고 공항을 빠져나왔다. 공항 밖은 늦가을의 햇살이 쨍쨍했다. 세이코는 내리쬐는 햇빛 속으로 걸어 나갔다.

김재오가 탄 JAL 327편은 하늘 위 구름을 뚫고 솟아올랐다.

9
일본 제국주의 한국인 황군들

김재오, 김 상이 한국으로 급하게 돌아간 직후, 세이코는 그와 보낸 시간들이 세이코의 생을 송두리째 흔들었음을 이내 알아차렸다.

거대한 빛기둥이 머리를 때렸고 온몸으로 속속들이 빛의 기운이 스몄다.

그의 목소리와 움직임이 세세한 기운으로 세이코의 의식 속에서 반짝이며 빛을 발하고 있었다.

한편으로는 그와 같이 숨 가쁘게 달려왔던 지난 9일간의 생생한 현실들이 도리어 세이코에게는 차라리 몽환(夢幻)과도 같이 느껴지기도 했다.

며칠이 그렇게 지나갔다.

그녀는 무척 바쁘게 보냈다. 작년에 한국 합천에서 찍은 한국인 피폭자 모습의 사진 현상 원고를 사진집 '아시아의 상처'라는 제목으로 출판사에 넘겼고, 밀렸던 광고 촬영도 했다. 그러나 여전히 김재오가 일본을 떠나 한국으로 돌아갔다는 사실은 도무지 실감이 나지 않았다.

세이코는 밤마다 어둠 속에서 큰 새가 날개 짓하며 공중을 날아가는 소리가 들려와 잠에서 깨어나곤 했다. 그때마다 그녀는 목이 타는 갈증을 느꼈다.
세이코의 가슴속엔 그리고 세이코 일상의 의식에서도 김재오란 존재는 이미 깊숙하게 각인(刻印)되어 박혀 있었다.

매일매일 김 상이 걱정됐다.
그는 조잡한 꿈으로 덧없는 목숨을 이어가는 그런 남자가 아니며 일상을 안일하게 자신만 생각하며 보내는 남자는 더욱 아니다. 그러니 더 걱정이 됐다. 뉴스를 자주 들었고 텔레비전 뉴스로 한국 소식을 빼놓지 않고 챙겨봤다. 박정희 피살에 따른 합동수사본부가 차려졌고 수사본부장으로 전두환이란 육군 소장 계급장의 보안부대장이 맡았다는 뉴스는 메모를 했다.

오늘 아침에는 며칠 전부터 가보겠다고 벼르던 국회도서관을 찾았다.

시내 지요다구 나가다초(千代田区永田町)에 있는 국회도서관은 세이코 스튜디오에서 그렇게 멀지 않았다.

일본과 한국에 관계된 근, 현대사 자료들을 닥치는 대로 찾아 읽기 시작했다.

특히 '박정희'에 대해서 많이 읽었다. 샅샅이 뒤졌다. 일본육해군총합(日本陸海軍總合)사전 2판에 소개된 '박정희 한국 대통령의 이력'이란 대목이 눈에 띄었다. 그가 일본 이름으로 창씨개명을 한 사실도 처음 알았다. 박정희의 일본 이름이 두 개란 사실이 놀라웠다. 일주일 전 피살되기 이전까지 무려 18년 동안이나 한국을 1인 통치했던 대통령이란 자가 일본 이름을 두 개씩이나 가지고 있었단 사실... 뭐가 뭔지 어리둥절했다.

일본 이름이 다카키 마사오(高木正雄)와 또 하나의 일본 이름도 있다고 쓰여 있었다.

한국의 경상북도 문경 보통학교, 일본식으로 소학교 교사로 있던 다카기 마사오는 1940년 4월 4일 자진해서 일본 제국의 식민지 만주군관학교 생도생으로 입학한다. 만주군관학교 2기생으로 자원 입학한 다카키 마사오는 당시 나이 23세, 입교 동기생 240명 중에서 조선인 12명이 있었고, 15등으로 입학했다, 그러나 2기 졸업식에서 그는 240명 중 1등으로 졸업한다.

당시 일본어 신문인 만주일보 기사가 눈에 들어왔다.

'다카키 마사오 영광의 얼굴', 다카키 마사오는 졸업식 날 다음과 같은 '선서'를 힘차게 낭독했다.'대동아 공영권을 이룩하기 위한 성전(聖戰)에서 나는 목숨을 바쳐 사쿠라 꽃처럼 훌륭하게 피었다가 죽겠습니다.'

만주일보에는 다카키 마사오가 손가락을 잘라서 쓴 '충성혈서'가 기사로 나와 있었다.
'진충보국 멸사봉공(盡忠報國 滅私奉公)', 이 말은 '충성을 다하여 일본국에 보답하고, 자신을 죽여서 일본 국가를 받들겠습니다.' 라는 일본군 자살공격 부대인 가미가제(神風)나 특공대 인간어뢰인 가이텡(回天) 등이 툭하면 일컫던 그 말이 아닌가.
이 충성혈서는 조선이 일본 식민지로 36년 동안 있으면서 일본 천황에게 충성을 맹세한 공식적인 조선 사람의 혈서 기록으로는 단 한 명, 다카키 마사오라는 해설도 보였다.
만주일보 1942년 3월 2일 자 기사는 "… 빛나는 우등생 오카이, 일계(日系), 고야마, 일계(日系), 다카키, 선계(鮮系-박정희) 등 5명에게 각각 상장의 전달이 있고 폐회식하였다...."
선계란 출신이 한국인, 당시 조선 사람이란 뜻이었다.

세이코는 한숨을 쉬었다. 한국의 대통령이란 자의 과거가 일본제국군대 식민지 만주 관동군 하급 장교였다니. 그는 황국신민 교육 시설인 대구사범학교에서 일본군 장교 양성기관인 만주군관학교와 일본 육군사관학교를 나왔다. 신민지 조선인에서 일본인으로 신분 탈색을 하고 천황주의의 신봉자가 되어 '조센징 토벌과 사냥'에 몸과 마음을 바쳐 젊음을 불태우게 된다?

세이코는 머리가 다 아파왔다.

김재오, 김 상의 분노가 어렴풋이 윤곽이 잡혀왔다.

다카키 마사오는 만주군관학교 졸업식에서 수석졸업의 영광으로 금시계를 선물로 받고 졸업생 대표로 천황 찬양으로 가득한 답사를 읽기까지 했다. 당시 다카키 마사오, 박정희를 지도했던 일본인 장교의 말을 보면, 다카키 마사오가 어느 정도 몸과 마음을 철두철미하게 일본 제국주의에 충성하고자 하였는지 알 수 있었다.

"매년 가을이 되면 군관학교에는 생도 전원이 아침 8시부터 저녁 6시까지 행군 연습을 실시했다. 박정희는 그때 내가 맡은 소대의 제1분대 분대장이었는데, 다른 분대장과는 달리 기합이 들어 있었고, 의욕도 대단했다. 진지 공격 연습 같은 때는 대단히 어려운 임무가 부여되더라도 박정희는 그 임무를 달성하려는 의욕으로 꽉 차 있었다. 박정희는 말수가 적고 속에 투지를 감춘 사나이라는 느낌을 받았다."

만주군관학교를 졸업하고 관례대로 우등생에게 주어지는 일본 육사 입학 특전의 혜택을 누리게 된 다카키 마사오, 박정희는 일본 육사를 3등이란 우수한 성적으로 졸업한다. 조선인 출신으로는 유일하게 일본 육군대신상을 수상한 박정희는 완전한 일본인인 다카키 마사오가 되었다. 대일본제국의 군인이 된 것이다.

당시 일본 육군사관학교 교장 나구모 쥬이치(南雲忠一)가 다카키 마사오, 박정희에 대한 평가가 있었다.

"다카키 생도는 태생은 비록 조선이라고 해도 천황폐하에 바치는 충성심이라는 점에서 그는 보통의 일본인보다 훨씬 일본인다운 데가 있다."라고 평가한 기록도 있었다.

세이코는 퍼뜩 며칠 전에 텔레비전에서 본 뉴스 해설에서 주한 일본대사관에서 근무한다는 한 일본 외교관의 말이 기억났다. 다카키 마사오, 박정희의 죽음은 "대일본제국 최후의 군인이 죽었다."라고 그 일본인 외교관은 말했다.
세이코는 조금 더 자료를 찾았다.

"항일세력의 토벌 110여 회 참가, 대일본 육군 소위 다카키 마사오는 일본 본토의 마쓰야마 제14 연대에 처음 배속을 받았으나 진정한 일본군인임을 참작, 만주 제8연대의 소대장으로 임

명, 모란 강 부근의 닝안(寧安)으로 전출되었다가 화베이(華北) 지방의 청더(承德) 보병 제8군단에 배속된다. 다카기 마사오는 이곳에 임관된 지 1년 만에 중위로 진급, 소대장으로 최전선에 배치된 그는 항일 부대를 토벌했던 공로로 승진이 빨랐다."

그럼? 두 번째 일본 이름은 또 뭘까?

마침 재미(在美) 언론인이라고 소개되어있는 문명자(文明子)라는 한국 사람이 쓴 일본어 기록이 있었다.

"일제강점기 시대에 조선인들은 창씨개명되었다. 박정희도 창씨개명을 하였는데 그 이름은 다카키 마사오이다. 그러나 창씨 개명한 조선인들의 대부분이 그러하듯이 창씨개명에는 조선인의 뿌리가 남아있었다. 박정희의 다카키 마사오란 이름도 마찬가지였다. 다카키 마사오란 이름은 박정희란 조선 이름을 응용한 것이다. 다카키(高木)란 성은 고령 박 씨에서 따온 것이다. 또한 마사오(正雄)란 이름은 정희(正熙)를 변용한 것이다. 그래서 다카키 마사오란 호칭에는 약간이나마 조선민족의 냄새가 남아있다고 하겠다. 박정희는 일본정신으로 머리를 채우고 일본 군복을 입고 일본 사람보다 일본어를 더 잘해도 핏줄만은 바꿀 수 없다는 사실에 절망했다. 그는 조선민족 출신이라는 핏줄을 끊고 싶었고, 없앨 수만 있다면, 없애고도 싶었다.

다카키 마사오, 박정희는 다시 새로운 작명을 했다. 일본군에 자원입대했을 때처럼 스스로 작명 실력을 발휘하여 새로운 이름을 만들어 사용하기 시작한다. 그 이름이 오카모토 미노루(岡本實)이다."

세이코는 경악했다. 오카모토 미노루라는 진짜 일본식 이름으로 개명한 박정희. 이런 이름은 글자 어디에서도 조선 사람의 흔적을 찾을 수가 없다. 일본제국군대가 세운 만주군관학교 시절 박정희의 창씨명은 다카기 마사오였지만 그곳을 졸업하고 일본 육군사관학교에 편입학을 했을 때는 박정희 창씨명이 완전히 일본 사람 이름처럼 보이는 오카모토 미노루로 바꾸어져 있었다. 일본 대백과 사전엔 박정희의 창씨명이 오카모토 미노루로 정확하게 기록돼 있다.

박정희가 일본 육사를 졸업하고 관동군 23사단 72연대에 배속됐는데 거기 연대장의 이름도 오카모토였다.

세이코는 자료 중에서 건너뛰어, 그럼 과연 1945년 일본 패망 이후 다카키 마사오, 오카모토 미노루, 박정희 행적은 어땠을까 궁금했다.

일본이 패망하자 박정희는 일본 이름을 버리고 곧바로 변신을 시도했다. 황군의 군복을 벗어던지고 민간인 옷으로 같아 입고 만주 군의 부대를 탈영하여 피난민으로 가장하고 피난민 대열에 끼어들어 베이징으로 들어가 조선 광복군에 합류한다.

이후 조선(한국)으로 돌아온 그는 한국의 육군사관학교 2기로 들어갔고 한국군 장교가 된다.

그리고 다시 반공주의자로 변신한다.

세월이 흘러 그는 육군 소장이 되고 1961년 쿠데타로 집권을 하고 이후 18년간, 바로 요 며칠 전까지 한국의 대통령이었다.

이 다카키 마사오의 죽음은 일주일 전인 1979년 10월 26일, 자신과 같은 고향 후배로 같은 육사 2기생 출신 동기생인 한국의 중앙정보부장 김재규에게 피살된 것이다. 이 김재규 중앙정보부장은 박정희가 일으킨 5·16 군사 쿠데타 때 쿠데타 진영에 가담하여 박정희의 신임을 받았고 이후 군단장, 건설부장관, 중앙정보부장 등, 핵심 요직을 맡았지만 바로 그가 박정희 대통령 및 차지철 대통령 경호실장을 발터 PPK 권총으로 사살했다.

세이코는 박정희 집권 18년 동안 박정희가 졸업했던 일본군 만주군관학교 출신의 조선인들이 1945년 직후부터 해방된 나라인 '대한민국'에서 대통령, 국회의장, 국무총리, 국방장관, 장관, 군 참모총장, 해병대사령관, 군사령관, 군단장 등 정부와 군대의 요직으로 나라를 이끌어가는 중요 인물이 되었다는 사실이 놀라웠다. 그들은 대략 만주군관학교 1기부터 7기까지 50여 명 정도인데, 이 일본 황군 출신 한국인 만주군 인사들이 대한민국의 중요 세력이 된 것이다.

세이코는 맨 마지막 열람객으로 국회도서관을 빠져나왔다.
무턱대고 걸었다. 그녀는 이방인이 된 것 같았다. 역사를 안다는 것, 그것도 이웃나라의 비극적인 역사를 안다는 것과 그 역사가 일본이 심어 놓은 식민지 후예(後裔)들로 인한 연장선상에 놓인 비극에서 비롯됐단 사실에 큰 충격을 받았고 깊은 죄책감까지 들었다.

시내 공원 돌계단에 멈춰 서서 퇴근길에 지나가는 수많은 사람들을 내려다봤다.
일본인들은 지금 과거를 기억이나 하고 있을까?
불과 40여 년 전, 전쟁에 나갔던 사람들의 죽음, 먹을 것이 없어서 길바닥에서 쓰러져 죽은 수많은 일본 사람들에 대한 기억, 그리고 이웃나라에 얼마나 지독한 짓을 했고, 지금도 계속해서 그 여파가 현실로 이어지고 있는지를, 이들은 거의 하나같이 기억도 못하고 또 잘 모를 것이다.
일본인들은 그 모든 것을 전혀 기억 속에 남겨두지 않고 산다. 저 1억 2천만의 사람들 중에서 과연 얼마나 눈을 뜨고 살아가는 사람들이 있을까? 수만 명? 수천 명? 아니, 수백 명 정도나? 생각이 꼬리를 물고 집요하게 세이코 자신에게 따라붙었다.

미국에 패전하고 연합국의 전쟁 책임 추궁은 일본의 '누가 전쟁을 일으켰는가?'에 모아졌다. 패전 책임 말이다. 일본 패전 직후 내각은 일억 총참회(一億総懺悔)를 들고 나왔다. 군부, 관료 등 전쟁 지도자를 원망하던 일본 민중의 감정에 전쟁 책임을 일반 국민에까지 전가한 것이다. 1억 명이 전쟁에 책임이 있다는 얘기는? 결국 아무도 책임을 지울 수 없다는 얘기가 핵심이었다. 물에 타 희석화(稀釋化)시킨 책임론이었다.

갑자기 세이코의 눈에는 길을 가고 있는 사람들이 다 영혼이 빠진 육체들의 행렬처럼 보였다.

어쨌든 일본은 비참한 전쟁을 일으켰고 전쟁의 패배는 결국 일순간에 모든 것을 뒤바꿔 놓았다. 미군이 일본에 들어오자, 도조 히데끼를 비롯한 군부 관료 집단은 전쟁 범죄자로 체포되었고 천황은 라디오 방송을 통해 자신이 신이 아닌 인간임을 선언해야 했다.

대일본 제국의 광영은 거품처럼 일시에 꺼졌고, 재벌과 제국 군대는 해체됐다.

어제의 지배자들은 민중의 저주를 받았고 산업 시설은 파괴되어 남은 것은 원자 폭탄의 악몽과 전쟁의 폐허뿐이었다.

미국은 일본이 다시는 전쟁을 일으킬 수 없도록 하기 위해 군대를 지니지 못한다는 평화헌법을 받아들이게 했다. 이제 낡은 대일본제국은 흔적도 없이 사라질 운명에 처했다. 그러나 그 직전에 세상은 갑작스럽게 급변했다.

전후의 동서 냉전이 다시 모든 것을 뒤바꿔 놓는다. 이른바 '전후 역코스'다.

중국 대륙에서 장제스 군대가 패주를 거듭했고 동유럽을 밀고 내려온 소비에트 연방은 새로운 사회주의 위성국가를 만들기 시작했다. 일본은 이러한 국제 정세 속에서 공산당과 사회당 등 좌익이 주도하는 총파업과 혁명 운동이 불붙어 오르자, 미국은 일본을 동아시아의 반공산주의 기지로, 미국의 동아시아 대리인으로 키울 정책을 펼쳤다.

맥아더 원수의 미 점령군 사령부는 1948년 말 전범 재판에서 도조를 비롯한 7명을 교수형에, 16명을 종신형에 처하는 것으로 전범자 처벌은 전부 마감한다.

천황제는 그대로 유지되었고 미국의 후원을 받은 전쟁범죄 책임자 요시다 시게루가 수상에 취임했으며 일본의 전쟁책임을 말하는 사람들은 탄압에 직면했다.

여기에 한국 전쟁이 발발한 다음에는 과거 전쟁 범죄자들이 모두 사면되었을 뿐만 아니라, 공직에서 추방되었던 1만여 명 이상의 주모자급 전범들이 모두 공직으로 다시 되돌아온다. 이들은 정치, 경제, 문화, 군사, 교육의 각 분야를 신속하게 장악했다. 해체되었던 재벌 기업들도 재편성되어 다시 살아났다. 경찰예비대가 창설되었고 1954년에는 자위대가 발족함으로써 일본은 실질적인 군사 재무장을 갖추었다.

미국은 일본의 군국주의자, 그들에게 일본의 정치권력을 다시 넘겨주었다.

일본에서의 이러한 사태 진전은 독일의 경우와 비교할 때 엄청난 차이가 있었다.

독일은 전쟁을 일으킨 대가로 뉘른베르크 전범 재판에서 보듯이 거의 모든 전쟁 범죄자들을 철저하게 단죄했으며 전범자들은 권력의 핵심으로 절대 복귀하지 못했다.

언젠가 세이코가 읽은 바 있는 정치학자 마루야마 마사오(丸山眞男)가 쓴 2차 대전 후의 독일 뉘른베르크 재판과 일본 도쿄 재판을 비교했던 글이 기억났다.

뉘른베르크 재판에서는 전쟁 책임자가 분명했다. 나치의 지도자들 중에서는 자기에게 책임이 없다고 한 자도 있었지만 명확하게 책임을 말한 인간도 있었다.

그러나 일본의 전쟁 지도자들은 하나같이 '자기는 전쟁을 하고 싶지 않았지만 분위기가 전쟁 쪽으로 기울었기 때문에 하는 수없이 전쟁에 찬성했다'고 말했다.

이것은 정말 놀라운 일이었다. 일본인 집단의 무책임성이 극명하게 드러난 것이다.

독일에서는 연합국에 의한 뉘른베르크 재판 외에도 독일인 스스로에 의한 전쟁범죄 재판이 계속 진행됐다.

일본에서는 외국인이 강요한 경우 이외에는 일본인에 의한 전쟁범죄 재판이란 단 한 건도 없었다.

세이코는 다시 걸었다. 걷다 보니 긴자까지 걸어왔다.

네온사인이 번쩍이고 사람들은 쇼핑백을 들고 지나갔다.

세이코는 일본의 역사에서 인간이란 무엇인가, 사람은 무엇인가를 생각하며 걸었다. 아니? 역사라고 할 것도 없었다. 지난 과거, 사건의 고비고비마다 죽는 자는 죽고, 떠날 자는 떠나고, 남는 자는 남고, 사는 자는 그냥 살아갈 뿐인가. 그래서? 살아있는 자들은 저마다 침묵으로 일관하면서 그냥 무리를 지어 꾸역꾸역 살아가는 것인가. 어떤 일말의 의심도 가지지 않고서 말이다.

더구나 나 같은 여자는 일체 과거에 대해서는 어떤 질문도 가지면 안 되는 것일까.

그러나 세이코는 생각했다.

깨닫지 않는다면 이건 반드시 다시 되풀이될 수도 있는, 그런 참상이 될지도 모른다는 사실을.

세이코의 발길은 저절로 김 상이 묵었던 제국호텔 앞에까지 이르렀다.
자꾸 간절하게 그가 생각났다. 아, 김 상이 보고 싶다.

한국으로 돌아간 김 상은 절대 다치거나 죽으면 안 된다.
김 상은 가혹하게도 죽음이 가까이 다가왔던 고문까지 받았던 그런 시간도 잘 견뎌냈다.
하지만 이제 더 이상은 안 된다.
물론 인간이란 그렇게 간단하게 죽을 수 있는 존재는 아니다.
특히 김 상은 훨씬 더한 어려움도 이겨냈기에 그렇다.
그러나, 그러나, 더 이상은 그런 상황과 김 상이 마주하면 안 된다.

갑자기 발밑에서 바람이 불어 낙엽이 날아올랐다.
제국호텔 빌딩 모서리를 막 지날 때, 세이코는 불현듯이 생각이 났고 결심을 했다.

'그래, 내가 김 상을 만나러 한국으로, 서울로 가는 거야!'

10
편지

김 상이 한국으로 떠난 지 한 달이 넘었다.

나는 김 상에게 18통의 편지를 부쳤고 김 상으로부터는 모두 10통의 편지가 왔다.

매일 쓰다시피 한 편지를 그는 네 번에 걸쳐서 보내왔다.

타이프로 친 영자 편지였다. 도쿄에서 만났을 때 미처 입으로 다 하지 못한 이야기를 편지에선 하고 있었다. 어릴 때 이야기며 일본에서 있었을 때의 일들도 이야기하고 있었다.

한국의 정치상황에 대해서는 대단히 불투명하다고 했다. 일부 신군부세력이 불순한 행동을 할지도 모른다고 했다. 그러나 한국에서 다시는 군부 쿠데타는 일어나지 않을 거라고 했다. 만에 하나 쿠데타가 일어난다면 편지나 통신도 검열당할 것이며 시민들은 자유롭지 못할 것이라고 했다. 그러나 그런 일은 절대 일어나지 않을 거라고 여러 번 강조했다.

무엇보다도 편지에는 '우리의 사랑'에 대한 이야기가 적혀있었다.
 한국의 사태가 어느 정도 진정이 되면, 곧 다시 일본으로 오겠다고 했다.
 그때 '우리들 문제'에 대해서 서로 얘기를 하자고 했다.
 '우리들 문제', 그건 결혼을 의미했다.
 나도 어젯밤에 김 상에게 편지를 썼고 오늘 아침에 부쳤다.
 '보고 싶은 김 상에게'라고 썼다가 지우고, '사랑하는 미스터 김에게'로 새로 고친 편지를 오늘 아침에 한국으로 보냈다.
 이상하게도 한국으로 편지를 부칠 때마다, 이 편지가 무사히 잘 들어가게 해 주십시오. 하고 하늘에 기도를 드렸다.

 외신 기자 자격으로 한국 총영사관에 한국 입국 비자 신청을 냈지만 한 달이 넘어도 아무런 소식이 없었다. 벌써 네 번이나 전화를 걸었다. 한국대사관 관내 영사관 직원은 기다리라는 얘기만 반복하고 있었다.

11
군사반란

김 상이 한국으로 돌아간 지 벌써 한 달하고 보름이 지났다.

세이코가 운전하는 승용차가 도쿄 시내를 달렸다.

롯폰기(六本木) 스튜디오에서 광고 촬영을 끝내고 자신의 스튜디오가 있는 아오야마로 돌아가고 있었다. 광고 촬영이 하나 더 남아있었다.

머리를 짧게 깎은 세이코는 라디오 뉴스를 듣기 위해 라디오 주파수 채널을 이리저리 맞췄다. 어제 자정 무렵, 서울발 긴급뉴스로 들었던 한국 신군부의 움직임이 걱정됐다. 서울에서 뭔가 큰 사건이 일어났지만 아직 자세한 내용은 보도되지 않고 있었다.

세이코는 지난달인 11월 2일 자 뉴욕타임스 기사가 생각났다. 한국 군부 내 세력다툼이 있고 박정희 피살 사건을 수사하는 전두환 합동수사본부장이 한국 정국에 미스터리한 인물이란 기사였다.

라디오에서는 새로운 소식을 들려주고 있었다. 한국에 육군 참모총장이 합동수사본부에 체포되었으며 지금 수사를 진행하고 있으며, 모든 뉴스는 어제 자정 이후부터 한국 신군부 세력에 의해서 통제되고 있다는 소식이었다.

스튜디오에 도착한 세이코는 서두르고 있었다. 주차를 하고 스튜디오 안으로 허둥대며 들어선 세이코는 서울로 전화부터 걸었다. 전화를 받은 상대는 영어가 서툴렀다.

"신문사가 맞나요? 미스터 김, 김재오 기자를 찾습니다. 네? 취재를 나갔다고요? 언제 돌아오시나요? 네? 예. 알겠습니다. 고맙습니다."

세이코는 힘없이 수화기를 내려놓았다.
사진 촬영 준비를 하고 있던 광고 대행사 여직원이 그녀에게 소리쳤다.

"세이코 상! 준비가 다 됐습니다."

"알았어요."

스튜디오 안에 텔레비전 스위치를 켜면서 카메라를 챙겼다.

여자 모델들은 이미 의상을 입고 사진 찍을 준비를 끝내고 세이코를 기다리고 있었다.

세이코는 여자 모델들을 찍기 시작했다.

이때, 텔레비전 뉴스에서 한국의 12.12 쿠데타에 관한 뉴스가 나왔다. 세이코는 사진을 찍다 말고는 텔레비전 앞으로 가까이 다가갔다.

모델들은 텔레비전 뉴스에는 전혀 관심이 없다는 듯 자기들끼리 떠들었다.

"잠깐, 모두 조용히 해요! 떠들지 말아요! 조용히 해요!"

세이코는 텔레비전 뉴스에 집중했다.

그녀의 긴장된 표정을 본 모델들도 덩달아 화면에 시선을 모았다.

12
아무도 말하지 않는다

세이코는 도쿄 외신기자 클럽 바에 앉아서 영자신문을 막 펼치고 있었다.

그 때 와다가 뉴스위크 도쿄지국장인 버나드 크리셔를 데리고 나타났다. 반갑게 인사를 건넸다.

"세이코 상, 버나드 크리셔 씨에요."

"말씀 많이 들었습니다. 세이코라고 합니다."

"반갑습니다. 한국 소식을 알고 싶어 하신다고요?"

"예. 그래요. 지금 한국 신군부가 뉴스를 통제한다면서요?"

"그렇습니다. 그래서 저희도 통상적인 방법의 취재에는 애를 먹고 있습니다마는 다행히 한국에 있는 미국 정부 기관들하고는 협조가 잘되고 있어서 웬만한 소식은 다 알고 있는 편이지요."

뉴스위크 도쿄지국장의 일본어는 아주 능숙했다.

"한국 신군부의 쿠데타가 앞으로 어떻게 진행될까요? 큰일은 없겠지요?"

"여기 내가 정리한 문서를 드리겠습니다. 비교적 상세하고 정확한 소식일 겁니다."

"고맙습니다."

"미안합니다마는 저는 지금 몹시 바쁩니다. 조금 이따가 수상 관저에서 오히라 수상의 기자회견이 있습니다."

"고맙습니다."

뉴스위크 도쿄지국장 버나드 크리셔는 세 장으로 정리된 일본어 번역문을 세이코에게 건네주고는 바로 자리에서 떴다.

"와다 상, 너무 고마워요. 여러 번 폐를 끼치는군요."

"세이코 상이 보낸 크리스마스 카드와 선물은 잘 받았어요. 고맙습니다."

"그런데 와다 상, 한국 비자가 아직까지 안 나오는데요."

"한국 취재 비자가 갑자기 까다로워졌답니다. 내가 한 번 더 알아볼게요. 참, 미스터 김은 연락이 자주 오지요? 워낙 한국 상황이 지금 안개정국이라…"

세이코는 와다와 헤어지고 주차장으로 걸어가면서 새삼 일본 수상 이름이 오히라 마사요시(大平正芳)라는 게 생각났다. 오히라 라고? 얼마 전에 국회도서관에서 한국과 관계했던 일본 자료를 보다가 그가 외무장관 재직 시, 당시 한국의 중앙정보부장 김종필과 벌인 '일한 국교 정상화 회담'에서 최대의 난제였던 한국의 대일청구권 문제에 합의를 하여 오히라 김 메모라 불리는 각서를 교환함으로써 회담의 실마리를 만들었다던 그 오히라였다.
졸속협상의 대명사인 당시 일, 한 협정은 일본제국군대에 강제 동원된 한국인 군속 또는 징용 피해자 보상이나 일본군 성노예 문제, 사할린 한국인 강제억류 문제, 재일교포 법적 지위 문제, 다께시마(독도) 문제 등에 이르기까지, 오늘날 일, 한 과거사라는 이름으로 제기되고 있는 모든 미해결 현안들을 그대로 남기고 오늘에 이르게 했던 인물, 당시 한국 박정희 군사 정부와 비상식적이고 비정상적인 일괄협상을 한 이가 바로 지금의 일본국 수상인 오히라 마사요시다.

일본이 전쟁에 패한 지 35년이나 지났지만 인물들은 아무도 바뀌지 않았다. 일본이나 한국이나.

세이코는 스튜디오로 돌아와 뉴스위크 도쿄지국장이 준 문서를 차분하게 읽었다.

〈1979년 10월 한국의 남쪽 도시인 부산과 마산에서 시민항쟁이 발생하자 한국의 박정희 대통령은 비상계엄을 선포하고 위수령을 발동하였다. 또 공수부대를 부산과 마산에 투입하여 그 지역의 항쟁을 무력으로 진압했다. 부마항쟁이 무력으로 진압될 즈음인 10월 26일 한국의 KCIA, 중앙정보부 부장인 김재규는 궁정동 안전가옥에서 박정희 대통령을 피격하였다. 박정희 피살은 한국의 정치권력구조에 큰 변화를 가져왔다. 박정희 정권은 박정희 대통령 1인 중심의 체제였다. 그 밑에서 군부와 공화당 그리고 정부 관료가 정권을 떠받치고 있었다. 박정희 피살 이후, 군부와 공화당, 정부 관료들 사이에 권력의 향방을 장악하기 위하여 치열한 암투가 전개되었다.

국무총리 최규하는 헌법에 정해진 권력계승 순위에 따라 대통령에 취임하였다. 외형상 최규하를 대통령으로 하는 정부 체제가 갖추어졌으나 최고 권력을 행사하던 박정희 중심의 권력체계에서 그 핵심이 무너지자 권력구조는 힘의 공백상태에 놓이게 되었다. 한국 정부는 위기상황에 대처하기 위하여 국가비상사태를 선언하고 계엄령을 실시하였다.

그러나 최규하 대통령은 정치적 기반을 갖고 있지 않았다. 이에 계엄령 하에서 힘의 중심은 최규하 정부를 지원한 군부 쪽에 있었다. 군부는 계엄령을 수행하는 물리적 군사력을 갖고 있을 뿐만 아니라, 정보를 장악하고 있었다. 10·26 박정희 피살 직후 군부는 외형적으로 정치적 중립을 취하고 있었으며 평온하였다. 그러나 군부 내에서 국가권력의 향방을 두고서 권력투쟁 양상을 보이기 시작했다. 즉 군단장급 이상의 지휘관들로 이루어진 육사 10기 이내의 진영과 육사 출신의 11기 이하 진영 간에 갈등과 대립이 이것이다.

그런 가운데 합동수사본부에 의한 김재규 사건의 조사가 계속되었고, 박정희 피살 사건을 조사한다는 명목으로 합동수사본부장이자 보안부대 사령관인 전두환은 군 실권을 장악해 나갔다. 드디어 전두환은 12월 12일 정부 각료 개각 하루 전날이자 장군 진급 심사결과 발표일인 이 날을 쿠데타 거사일로 잡았다. 그들은 군대를 동원하여 군사쿠데타를 일으켜 육군참모총장

정승화를 박정희 시해 사건의 공범 혐의로 체포하고, 그 이외 고급 지휘관들을 무력화시켰다.

소장 장교 층들이 이 쿠데타 진영에 합류함으로써 신군부가 군사 쿠데타에 성공한다.

미국 중앙정보부는 박정희의 경호관이었던 전두환 보안사령관을 중심으로 한 신군부의 쿠데타를 예의 주시하고 있다.

한국의 군부 쿠데타에 있어서 1979년 전두환과 1961년 박정희에 대한 비교 -

전두환은 박정희처럼 공산당과 관련된 전력은 없다. 다만 '하나회'로 알려진 군대 사조직을 구성해 그것을 쿠데타의 모체로 삼았다.

박정희 전두환 공히 정보장교로서 경력이 있다. 박정희는 정보장교 출신이고 불명예제대 후 6·25 전쟁 전에도 육군 정보기관에서 정보 문관으로 근무한 전력이 있다.

전두환은 박정희 측근을 맴돌았고 보안사령부나 특전대를 지휘하던 정보통이었다. 특히 박정희 피살 후에는 위에서 이미 언급한 대로 합동수사본부를 장악해 군 정보기관인 보안사령부를 지휘하면서 민간 정보기관인 KCIA(중앙정보부)까지 장악했다.

박정희 전두환의 쿠데타의 전략과 전술을 보자면 -

박정희는 일본제국군대 치하 중국령 만주에서 보낸 군대 시절 인맥을 주축으로 3천여 명의 군인을 동원, 5·16 쿠데타를 일으키고 집권했고, 전두환은 1979년 군 통수체계를 뒤엎은 하극상인 12·12 쿠데타로 계엄 사령관이자 상관인 육군참모총장 정승화를 납치하면서 쿠데타에 성공했다. 이들의 통치 수법은 군사정권의 기본 통치수단인 계엄 등 긴급권 발동과 정보 공작이다. 박정희 정권은 몰락할 당시까지 이를 통해 권력을 연명했다. 한편 전두환은 정보 공안기관이 전국의 기업과 노조, 대학, 전국 각 지역, 심지어는 작은 행정단위까지 거미줄처럼 감시 통제하는 정보정치를 펼칠 것으로 예상된다.

전두환은 정보 공안기관을 통해 모든 국민을 감시하고, 모든 언론을 통제할 것으로 보인다.

전두환은 누구인가? -
쿠데타 주역이자 군부 내 사조직인 하나회 리더, 쿠데타의 핵심 인물로 현재의 한국 정치 연출의 총지휘자이다. 조만간 한국의 입법, 행정, 사법 등의 요직을 자신의 지지자들로 채우고 정당과 언론 등 사회 각계에 대한 조정과 통제, 재편성을 획책할 것으로 보인다.〉

세이코는 뉴스위크 도쿄지국장이 건네준 3페이지 문서를 읽으면서 오싹 소름이 끼쳤다.

한국으로 돌아간 김 상이 그렇게 걱정하던 군사 쿠데타가 다시 되풀이되는 현실이 됐고, 한국은 지금 암흑의 시대로 되돌아갈 수도 있는, 너무나 위험한 시기임을 문서를 읽으면서 알아차릴 수 있었다.

세이코는 한국총영사관으로 전화를 걸어 한국 입국 비자 신청 건을 다시 물었다.

"서류에 이상이 없는데, 왜 입국할 수 없다는 건가요?"

"한국 입국이 갑자기 까다로워졌어요. 그 이상은 여기서도 몰라요."

세이코는 여기저기 전화를 걸어 한국 입국 비자 건을 물어보았지만 대답이 부정적이기는 마찬가지였다.
그녀는 다시 한국의 신문사로 전화를 걸어 김 상을 찾았다.
취재 나가서 아직 돌아오지 않았다고 했다. 늦을지도 모른다고 했다.
서툰 영어 대담이었다. 세이코는 갑자기 초조해졌다.

텔레비전에서는 한국 군부 쿠데타에 관한 해설 뉴스가 나오고 있었다.
그녀는 텔레비전 뉴스를 응시했다. 대머리에, 목깃에는 반짝이는 별 두 개를 단, 험상궂은 전두환 육군 소장이 발표문을 읽고 있었다.
내용은 정승화 육군참모총장을 강제 연행한 이유와 그 정당함을 주장하는 내용이었다.

그날 밤, 한국으로부터 미스터 김, 김재오, 김 상으로부터 반가운 전화가 걸려 왔다.
그러나 불과 3분여, 통화 중에 그만 전화가 끊겼다.
세이코가 다급하게 다시 전화를 걸어봤지만 불통이었다.

다음날 1979년 12월 24일, 텔레비전 뉴스에서는 소련의 아프가니스탄 침공으로 시끄러웠다. 세이코는 텔레비전 뉴스를 보면서 와다의 전화를 받고 있었다.

"한국 비자가 그렇게 많이 밀렸단 말인가요? 외신기자의 입국을 한국 정부가 꺼린다고요? 알겠어요. 기다릴게요."

세이코가 전화를 끊고 돌아서는데 다시 전화벨이 울렸다. 잡지사 아사히 저널 편집장이었다.

"아프가니스탄 취재를 제가 가라고요? 저는 지금 무엇보다도 빨리 한국으로 들어가서 한국 취재를 해야 하는데요. 도대체 언제까지 기다려야만 한국 입국 비자가 나오느냐 말이죠? 이젠 한국 정부가 아예 외국 언론까지 통제하겠다는 얘기 같군요. 한국에 전화를 하면 이젠 통화하기도 어려워요. 제가 이번에 아프가니스탄 취재를 가는 건 어려울 것 같아요. 좀 생각해 볼게요."

세이코는 수화기를 내려놓고 텔레비전 뉴스를 차분하게 시청했다.
채널을 돌려보아도 이제는 한국의 뉴스보다는 아프가니스탄 전쟁뉴스가 꽉 찼다.
한국은 혼돈 정국이었다. 그리고 그런 한국 상황에 대해서 아무도 말하지 않았다.

13
임신

크리스마스 날 세이코는 우에노(上野)에 있는 부모님 집에 들러 가족들과 점심식사를 했다. 가족이라고 해야 세이코와 미치코 언니, 아버지, 어머니, 이렇게 단출한 네 식구지만 언니 미치코가 미국 보스턴으로 떠난 이후부터는 네 식구가 전부 모이기가 쉽지 않았다. 마침 3일 전에 미치코 언니가 올해 겨울 방학은 도쿄에서 보내겠다고 2년 만에 도쿄로 돌아왔다.

어머니는 1주일 전부터 이번 크리스마스 점심식사는 집에서 같이 해야 한다고 여러 번 전화로 강조했다.

세이코가 원래 세운 계획은 어서 서울로 들어가 김 상과 크리스마스를 같이 보낸다는 생각이었지만, 한국 입국 비자는 알 수 없는 사정에 의해 차일피일 미루어졌다.

한국영사관 비자 담당자도 그 이유나 영문을 솔직히 잘 모르겠다고 했다.

외신을 철저하게 통제하겠다는 한국 정부의 의도 같은데, 차라리 취재가 아닌 관광으로 비자 신청을 했더라면 하는 후회도 했지만, 이미 서류를 넘겼으니 손쓸 방법은 없었다.

오랜만에 찾은 집은 그대로였다.

증조부 때부터 살았으니 150년은 족히 넘은 정원 딸린 큰 목조주택이다.

집이 도쿄시 지정 문화재라 마음대로 고치거나 증축을 할 수도 없었다. 낮에도 집 안쪽은 어두컴컴하기가 꼭 굴속에 들어앉아있는 느낌이 들었다.

세이코는 일찍부터 이 집을 어서 떠나야 한다고 다짐을 했고, 23살 때인 대학 졸업 이듬해에 집을 나와 혼자 살기 시작했다.

아버지는 서양사 전공, 어머니는 일본사 전공인 대학교수이고 어릴 때부터 집 안 분위기는 오래된 목조주택만큼이나 차분하게 가라앉은 학구적인 분위기였지만 세이코는 그런 분위기가 싫었다.

돌연변이라고 할까, 세이코는 꼭 사내아이처럼 컸다. 언니 미치코와는 비교되는 성장이었다.

어느 날 얌전한 언니가 미국으로 유학을 떠나겠다고 했을 때 가족들은 모두 놀랐다.

서양 역사를 전공한 아버지는 완강하게 반대했지만 도리어 일본 역사를 전공하는 보수적인 성향의 어머니와 동생인 세이코가 적극 찬성을 해서 언니는 미국으로 공부하러 떠날 수 있었다.

가족 식사는 화목했다. 어머니의 요리 솜씨는 일품이었다. 생선찜 요리인 무시모노와 조림 요리인 니모노, 튀김 요리인 아게모노까지 근사하게 차린 점심식사였다. 그러나 세이코는 이상하게 식욕이 당기지 않았고 자꾸 속이 울렁거렸고 토할 것만 같았다.

어머니는 한동안 못 본 딸들을 보는 게 반가운지 들떠 있었다. 세이코에게도 자꾸 음식을 권했다.

"세이코, 야끼모노도 만들었단다. 좀 먹겠니?"

"저는 됐어요. 많이 먹었어요. 언니한테 더 주세요. 미국에서는 일본식 야끼모노는 자주 못 먹잖아요."

"얘는, 보스턴에도 작년부터 구이 전문 요리 레스토랑이 많이 생겼어."

"그래? 지난번에 갔을 때 보니까, 초밥집이 장사가 잘 안 된다고 그 집주인이 투덜대더니."

"아빠가 가셨던 그 집은 맛이 없기로 유명한 집이었어요. 제가 권해드린 식당은 안 가시고 괜히 일본식 간판이나 치장만 보고 들어가셨다가 낭패를 보신 거예요. 그리고 미국 사람들은 날생선은 잘 안 먹어요. 꼭 익혀서 먹는 다구요."

"미치코, 내가 이번에 가면 아빠가 갔던 그 식당은 피하자꾸나."

"엄마, 걱정 마세요. 그 식당은 장사가 안돼서 지난봄에 문 닫았어요."

세이코는 가족들과 깊은 속마음을 터놓고 얘기하는 식은 아니지만 미치코 언니와는 무슨 얘기든지 마음을 열고 얘기를 나눌 수 있는 사이였다. 세 살 위지만 미치코 언니는 매사가 신중했고 어릴 때부터 입도 무거웠다. 자매는 나이가 들고 철이 들면서 더 다정하게 됐다.
세이코가 부모님이 원하는 학교 선생이 되지 않고 사진작가가 되겠다고 결정했을 때도 미치코 언니가 나서서 아버지와 어머니를 설득해 주었다.

세이코는 식사 도중에 화장실을 세 번이나 다녀왔다.
2년 만에 가족 식사 시간이지만 음식 냄새도 싫었고 헛구역질이 났다. 몸이 오늘따라 무겁고 더없이 피곤했다.

세이코가 촬영 약속을 핑계대어 먼저 일어나겠다고 했을 때, 언니 미치코가 세이코를 마중하고 산책을 다녀오겠다며 세이코를 따라나섰다.

집에서 나와 15분 거리에 우에노 공원이 있다.
우에노역에서 전철을 타자면 공원 측면을 질러가는 길이 빨랐다.
공원 입구에 있는 사이고 다카모리(메이지 유신의 주역으로 조선 정벌론, 정한론(征韓論)을 주장하였다.) 동상을 막 지날 때 미치코가 조심스레 걱정 어린 얼굴로 세이코에게 물었다.

"세이코, 너 무슨 걱정이라도 있니?"

세이코는 걸음을 멈추고 제 자리에 섰다. 어떻게 대답을 해야 할지 망설였다. 걱정은 있지만 한국 남자와 사랑에 빠졌다고 바로 답을 하기도 그렇고, 며칠 전에 테스터를 받았던 임신 반응을 곧이곧대로 말하기도 어렵고, 갑작스런 임신 사실에 언니가 받을 충격이나 특히 아버지나 어머니가 받을 충격을 생각하면 입이 잘 떼어지지 않았다.
너무나 자주 보아왔던 동상인 배불뚝이 사이고 다카모리 동상이 오늘따라 배가 더 나온 것 같아 보였다.

"미치코 언니, 나 사랑하는 사람이 생겼어."

세이코는 망설이다가 불쑥 이 말부터 했다.

"그래? 정말이니? 아! 축하할 일이구나! 축하해! 세이코! 그래? 그 사람은 뭐하는 사람이야?"

"신문사 기자."

"기자? 신문사에?"

"응."

"어디 신문사인데?"

"……"

"도쿄에 살겠지? 그 사람은?"

"아니."

"어디? 오사카?"

"도쿄가 아니고 서울이야."

"서울?"

"응."

"한국? 그럼 일본 신문사 특파원으로 한국에 파견을 나가있구나?"

"아니. 한국인이야."

"한국인? 한국인이라고? 그럼? 한국에 있는 신문사 기자란 말이니?"

"응."

".... 어떻게 만났니? 언제부터?"

".... 언니, 나, 그 사람 사랑해! 진짜 사랑해!"

"......"

"엄마 아빠가 아시면 너무 놀라시겠지?"

"……"

세이코는 미치코 언니의 눈을 보면서 말을 하다가, 그만 눈물을 흘렸다.

미치코는 세이코의 눈물을 손으로 닦아주면서 살며시 어깨를 끌어안았다.

"세이코, 울지 마. 사랑하는 사람이 생겼는데 왜? 울고 그래?"

"언니, 나, 있잖아. 나, 그 사람 만나러, 한국에 가야 돼! 빨리 가봐야 돼!"

"그랬구나. 세이코. 정말 사랑하는 남자를 만났나 보구나. 축하해."

"언니, 그런데 말이야, 언니, 내가 사랑하는 그 사람이, 그 사람이, 다치거나 죽으면 안 돼. 절대 안 돼!"

세이코는 언니 미치코의 품속으로 안기다시피 하면서 엉엉 소리 내어 울었다.

미치코는 세이코를 동상 옆에 벤치로 차분하게 이끌어 앉혔다.

세이코는 언니와 헤어지고 케이세이(京成) 전철 속에서도 울었다. 이번에는 소리 없이 울었다.

스튜디오로 돌아온 세이코가 우편함을 열자, 우편함에는 김 상으로부터 온 편지가 들어 있었다. 한국으로부터 온 김 상의 편지는 세이코에게 큰 기쁨을 주었다.

편지를 들고 스튜디오 안으로 들어서는데, 전화벨이 울리고 있었다.

세이코는 한국에서 걸려오는 김 상으로부터의 전화일 거라는 생각에, 서둘러 수화기를 들었다. 아니었다. 아사히 저널 편집장이었다. 지난번 통화에서 얘기했던 아프가니스탄 취재를 갈 수 있겠느냐고 다시 물었고, 세이코는 아무리 생각을 해봐도 이번 기회는 어렵겠다고 정중하게 거절을 하고는 수화기를 내렸다.

어서 빨리 편지 겉봉투를 뜯고 싶었다.

뜯었다. 영어로 쓴 편지 내용은 짧았다. 그러나 할 얘기는 다 하고 있었다.

'사랑하는 세이코. 전화를 여러 번 하신 걸 잘 알고 있습니다. 답을 빨리 못해서 걱정을 끼쳐드려 미안합니다. 지금 여긴 사정이 너무나 긴박하게 돌아가고 있습니다. 자세한 이야기를 편지로 일일이 전할 수 없어서 저도 유감입니다. 곧 다시 만날 수 있기 바랍니다. 저는 건강합니다. 다시 곧 연락하지요. 춥습니다.

건강에 유의하시기 바랍니다. 나는 당신을 사랑합니다. 한국에서 김재오.'

　세이코는 편지를 외투 주머니에 깊숙이 찔러 넣고 근처 강가로 나갔다.
　한참 동안 강가에서 강물을 내려다봤다. 야경이 강물 위에 아롱거렸고, 세이코의 모습도 강물에 비치고 있었다.
　작은 선박이 지나가면서 강물을 흔들었다.
　물이랑이 일어 강물에 비치던 세이코의 모습이 빛의 물결에 퍼져 부서지면서 물속으로 스몄다.

　스튜디오로 돌아온 세이코는 현상실에 들어가 얼마 전에 찍은 광고사진들을 프린트했다.
　현상 과정을 되풀이했다. 마음이 사진 작업에 있지 않았다.
　여러 번 현상기 렌즈를 바꾸면서 겨우 작업을 이어갔다.
　세이코는 갑자기 헛구역질이 났다. 현상실에서 뛰쳐나와 화장실로 갔다. 수도를 틀어 입안을 헹구었다.

　냉장고 문을 열고 생수를 들이켰다.
　냉장고 불빛에 비치는 그녀의 모습이 불안하게 흔들렸다.
　그녀는 전화기로 다가가 한국으로 전화를 했다. 여전히 김재오는 취재를 나가고 없다는 대답이 돌아왔다. 텔레비전을 켜자 한국 소식이 나왔다. 전두환이라는 보안부대 사령관이 완전히 권력을 잡았다는 뉴스였다.

그녀는 갑자기 스튜디오 천정에 대고 악을 썼다.

"도대체 뭐야? 뭐야? 누가? 왜? 무엇 때문에? 만날 수 없게 하는 거야! 뭐야! 뭐야! 뭐냐니깐!"

전화벨 소리가 울렸다.
세이코는 흥분을 가라앉히느라 한참이 지나서야 겨우 수화기를 집어 들었다.
다른 쪽 팔뚝으로는 흐르는 눈물을 닦았다. 전화를 건 사람은 와다였다.

"오! 와다 상! 미안해요. 전화를 늦게 받았어요. 뭐라고요? 한국 비자가 나왔다고요? 정말이죠? 고마워요, 고마워요. 오! 와다 상! 아! 한국 비자가 나오다니!"

세이코는 기쁜 마음에 수화기를 놓고 소리를 질렀다.

"됐어! 됐어! 이제 난 한국을, 한국을 갈 수가 있어!"

14
잿빛 하늘

흔들리는 비행기 안의 창으로 내려다본 풍경은 을씨년스러웠다. 겨울이라 그런지 온통 잿빛이었다. 김포공항에 내린 세이코는 서울의 냉랭하고 차가운 분위기에 자신도 모르게 위축이 됐다.

김재오에게 미리 연락도 하지 못한 채 출발했다. 내내 불통이던 전화는 겨우 김재오의 신문사 직원과 통화가 됐지만 그의 행방은 알 수 없었다. 전화를 받은 사람은 우물쭈물 제대로 대답을 못했고, 영어도 서툴렀다. 같은 번호인데도 전화를 걸 때마다 받는 사람이 바뀌었다. 팩스를 보내도 묵묵부답이었다. 김재오의 집도 통화가 되지 않았다. 하는 수없이 무작정 다음 날 비행기에 올랐다.

출입국 검색대 주변에는 경찰과 군인들이 서성거리고 있었다. 무표정한 검색요원들을 지나 검색대를 나오는 순간, 양복을 입은 건장한 사내 셋이 짧은 일본어를 하면서 앞을 가로막았다. 세이코는 무척 당황했다. 그들은 한국의 중앙정보부 요원들이었다. 그들은 세이코를 공항 한쪽 구석의 사무실로 데려갔다. 미리 나와 있던 일본 대사관 직원이 세이코를 안심시켰다. 그들은 종이 한 장을 내밀며 서명하라고 요구했다.

"기자가 취재하는 걸 대사관이 나서서 이래라저래라 할 수는 없잖아요."

대사관 직원의 말에 정보부 요원이 일본어로 답했다.

"일본 대사관의 요청으로 일주일만 입국을 허락합니다. 그것도 특별히!"

대사관 직원은 세이코에게 다가와 난처하다는 표정을 지으며 말했다.

"저들이 제시한 문서에 그냥 서명을 하세요. 아무 일도 없어요. 그냥 형식적인 절차니까요. 잘못하면 저네들이 입국을 못하게 할 수도 있어요."

"알았어요."

세이코는 정보부 요원이 제시한 문서를 읽어보지도 않고 서명을 했다.

세이코는 대사관 직원의 안내를 받아 시내 한복판의 조선호텔에 짐을 풀었다. 지난겨울 한국에 왔을 때 묵었던 호텔이었다. 김포공항에서 시내 호텔까지 들어오는 길에 차 안에서 대사관 직원은 이것저것 꼬치꼬치 캐물었다. 왜 왔는지, 김재오 기자와는 언제부터 아는 사이인지, 취재를 한다면 뭘 할 것인지, 사진은 뭘 찍을 것인지를, 마치 피의자를 심문하듯이 캐물었다. 깍듯한 경어체로 대사관이 처한 어려움에 대해 몇 번이나 양해를 구하면서 질문을 해댔다. 세이코는 대사관의 걱정을 짐작할 수 있었다. 그녀는 이번 방문의 목적이 취재가 아닌 개인적인 용무 때문이라고 말했다. 대사관 직원은 혹시 급하게 연락할 일이 생기면 대사관 비상전화로 연락해달라면서 전화번호를 적은 쪽지와 명함을 건넸다. 그리고 지금 한국은 외신기자들의 동태를 일일이 감시하고 있고 사방에 감시자의 눈이 번뜩인다는 것을 한시라도 잊어서는 안 된다고 신신당부를 하고는 호텔 로비에서 사라졌다.

세이코는 호텔 방 안으로 들어오자마자 김재오가 일하는 신문사로 전화를 걸었다. 여전히 그와의 통화는 이뤄지지 않았다. 그녀는 전화를 받는 신문사 직원에게 자신이 김재오를 만나기 위해 일본에서 지금 막 도착했고, 1시간 후에 신문사로 찾아가 겠다고 영어로 말하고 전화를 끊었다. 상대는 감정이 실리지 않은 목소리로 '알겠다'라고 대답했다.

광화문 신문사 건물 안으로 들어간 세이코는 출입구의 수위에게서 김재오는 지금 자리에 없다는 말을 다시 한번 들어야 했다. 그녀가 '그럼 김재오의 동료 기자나 부장은 자리에 없느냐'고 묻자, 수위는 건물 내 지하에 있는 구내 다방을 가르쳐 주면서 거기서 기다리라고 말했다.

세이코는 초조한 마음으로 다방에 들어가 앉았다. 그녀가 기다리는 사람이 누군지는 모르지만 그를 통해 김재오 소식을 들을 수 있기를 간절히 고대했다. 마음속으로 기도도 했다. 제발 아무 일이 없기를, 잠시 자리를 비웠거나 취재를 나간 것이기를, 오늘 저녁이면 반드시 그를 다시 만날 수 있기를 기원했다.

한참이 지나서야 중년으로 보이는 낯선 사내가 그녀에게 다가와 영어로 말을 걸었다.

"혹시 미스 세이코이십니까?"

"그렇습니다."

"김재오 기자와는 같은 부서인 정치부에 있었습니다. 제 이름은 박종세라고 합니다."

"미스터 김이 연락이 안 됩니다. 그는 지금 어디에 있는 거죠?"

"병가 중입니다."

"병가라니요? 어디가 아프단 말인가요?"

"그렇습니다."

"지금 병원에 입원하고 있는 건가요?"

"병원은 아니고, 몸이 안 좋아서…"

박종세는 말끝을 흐렸다. 심약해 보이는 인상의 사람이었다. 세이코는 그가 무슨 얘기를 하는 건지 알아들을 수가 없었다.

"… 어쨌든, 지금은 만날 수 없습니다."

"아니, 왜 만날 수 없는 거지요? 저는 김 상을 만나기 위해 일본에서 바다를 건너왔습니다."

"알고 있습니다. 그래서 제가 이렇게 말씀을 드리는 겁니다."

"그의 집이 어딘지 알 수 있을까요?"

"저도 잘 모르겠습니다."

"집 전화도 받질 않아요. 집 주소는 알 수 있지 않습니까?"

그는 약간 당황하는 눈치였다.

"... 저는 주소를 모릅니다. 미안합니다. 저도 곤란합니다."

세이코는 그의 입에서 나온 '곤란하다'는 말이 불길하게 느껴졌다. 반사적으로 질문을 던졌다.

"혹시, 누군가가 어딘가로 끌고 간 건가요? 경찰, 아니면 중앙정보부, 보안부대?"

"... 대답하기 어렵네요. 먼저 실례하겠습니다."

"……"

사내는 움찔 놀라면서 황망하게 자리를 떴다.
세이코는 망연자실한 표정으로 한동안 자리에 그대로 앉아 있었다.

몇 시간 후 세이코는 아사히신문 서울지사장 후지와라 쇼스케를 만났다. 이제는 누구라도 붙잡고 김재오의 행방을 묻고 싶었다. 지사장의 대답도 신통치 않았다.

"그럼 알 수 있는 방법이 없단 말입니까?"

"세이코 상. 아까 전화를 받고 지금 서울지사 직원들이 모두들 여기저기 알아보고는 있습니다만 한계가 있습니다."

"어떻게 이런 일이 있을 수가 있지요. 멀쩡하던 사람이 갑자기 사라져 행방을 알 수가 없다니요."

"잠시 피신하고 있을 수도 있습니다. 한국에서는 민주화 운동을 하는 사람들은 불가피하게 권력의 힘이 미치지 않는 곳으로 피신을 해야만 하니까요."

"... 피신요?"

"......"

"피신한다면 어디로 숨을 수는 있는 건가요?"

"... 제 생각에는 세이코 상도 위험합니다. 감시를 당하고 있을 겁니다."

"외국기자들도 감시를 당하나요?"

"전화 도청은 물론이고... 늘 경계를 해야 합니다."

"여긴 완전히 경찰 국가군요. 조지 오웰의 소설에서나 나오는 나라 말입니다."

"내가 아는 한국인 기자 한 사람도 2주일 전부터 갑자기 연락이 끊겼습니다. 세이코 상도 일본으로 돌아갈 때까지는 마음을 놓으면 절대 안 됩니다."

"걱정해 주셔서 고맙습니다."

"그럼 나중에 또 호텔로 연락을 드리지요."

그는 걸어 나가려다 문득 세이코를 돌아보고는 걱정스러운 표정으로 말했다.

"세이코 상. 이건 제 생각입니다만 그냥 일본으로 돌아가시는 게 좋을 것 같습니다. 김재오 기자를 위해서도 말이지요. 지금 한국의 전두환 신군부는 아주 예민합니다. 이들의 신경을 거슬리면... 이 사람들은 법도 상식도 없는 깡패들입니다."

"아닙니다. 그냥 돌아갈 수는 없습니다. 저는 김 상을 꼭 만나야 합니다."

세이코의 표정은 단호했다.

세이코는 호텔로 돌아와 샤워기의 물을 틀었다. 몸조심하라는 아사히신문 지사장의 말이 자꾸만 귀에 맴돌았다. 비누 거품을 내면서 온몸을 꼼꼼하게 씻었다. 세이코는 두렵지 않았다. 그보다는 김재오, 김 상이 이런 감시와 통제와 억압 속에 놓여 있었다는 사실이 믿기지 않았다. 한국사회는 도처에 빠져들기 쉬운 수렁으로 가득 찬 것 같았다. 서울은, 아니 이 나라 전체가, 세이코가 경험한 세계와는 전혀 다른 세계였다.

'나는 지금 이 시간, 이런 세계에 존재하고 있고, 이런 세계에 살고 있는 남자를 사랑하고 있다. 내 사랑을 간절하게 찾아서 이곳으로 왔지만, 우리들 사랑을 파괴할지도 모르는 위험이 도처에 도사리고 있는 바로 이곳이 한국이다.' 온몸에 소름이 돋았다.

샤워를 마치기도 전에 전화벨이 울렸다. 혹시 하는 기대감에 타월로 급히 몸을 두르고 전화기를 들었다. 기다리던 전화는 아니었다. 수화기 너머에서는 위협적인 일본어가 흘러나왔다. 조악하고 상스러운 일본어였다.

"이봐, 여긴 너희 나라 일본이 아니야. 뭘 함부로 알려고 돌아다녀 다니길. 넌 쥐도 새도 모르게 죽을 수 있어. 빨리 너희 나라로 돌아가!"

"누구세요, 누구시죠?"

전화는 뚝 끊겼다.
세이코의 머리카락에서 전화기 위로 물이 뚝뚝 떨어졌다. 그녀는 어찌할 바를 몰라 멍하니 그 자리에 서 있다가 고개를 돌려 창밖의 야경을 바라보았다. 충격을 받았다.
지금까지 살아오면서 이런 야비하고 무례한 말을 들어본 적이 없었다. 세이코는 가슴속에 분노가 치밀었다. 창밖의 도로에는 차량들이 꼬리를 물고 지나가고 있었다. 세이코는 자동차 불빛을 오래도록 응시했다.

어째서 인간인 사람들은 똑같은 실수를 무수히 계속해서 범할까? 1961년에 쿠데타를 당해 별별 끔찍한 경험을 18년간이나 경험한 한국인들은 어째서 또 같은 식의 군부 쿠데타를 20세기 후반에 되풀이당할 수 있단 말인가.

사람들은 공포 때문에 제정신이 아니고 어떤 인간들은 먼저 나서서 악랄해지기까지 했다.
한국의 민주주의 문화와 시민의식이 고작 이 수준은 아니지 않은가? 도쿄에서 들은 한국의 여론조작에 관한 얘기가 생각났다. 한국에서 가장 독자가 많은 3개의 신문이 쿠데타 군인들 편으로 재빨리 돌아섰고 여론을 조작하면서 여론 몰이에 나섰다는 얘기기 생각났다.

과연 이 나라의 앞날은 어떻게 되는 것인가? 총칼로 위협을 하고 이익을 챙겨주겠다고 협력을 요청하면 신문들은 하나같이 권력에 빌붙어 여론까지 나서서 조작을 한다? 과연 이게 가능한 일이란 말인가?

세이코는 그날 밤 겨우 잠에 들었다. 예의 일본에서 꾸던 같은 꿈이었지만 배경과 내용은 사뭇 다른 이상한 꿈을 꾸었다.

어둠 속에서 새가 날개 짓하는 소리가 크게 들려왔다. 큰 새는 날지 못하고 있었다.

넓은 강이 보였고 은색의 드넓은 강물 너머로 김재오, 김 상이 강둑에 서서 뭔가 알아들을 수 없는 소리를 이쪽으로 힘껏 외치고 있었다.

그 외침은 단단하게 얼음으로 뒤덮인 강을 깨뜨렸다.

얼어붙었던 강이 그의 외침으로 갈라지더니 얼음조각이 되어 아래로 흘렀다. 깨진 얼음이 둥둥 뜬 강물은 그의 외침에 묵묵히 아래로 아래로 흘러갔다. 그의 목소리는 당당한 외침이었다. 그러나 그가 외치는 소리는 곧 침묵으로 바뀌었다. 힘이 실린 은빛의 침묵이었다.

그는 천천히 강으로 걸어 내려왔다. 강물이 저 멀리로 빠져나간 바닷물 위까지 그는 걸어갔다. 씩씩한 걸음걸이였다.

세이코는 김재오를 애타게 불렀다. 김 상! 김 상!

그리고 잠에서 깼다. 침대에서 몸을 일으켰다. 타는 갈증을 느꼈다.

15
나는 쓴다, 너의 이름을

세이코는 호텔 정문 앞에서 택시를 탔다.
앙상한 나뭇가지들 사이로 햇살이 희미하게 비치고 있었다.

택시가 신문사 앞에서 멎고 세이코가 내렸다.
그녀가 건물 안으로 들어가려고 하자 늙은 수위가 그녀를 일본말로 제지했다.

"세이코 상이시죠? 들어갈 수 없습니다."

세이코는 어리둥절했다. 갑작스럽게 들려오는 일본말도 일본말이지만 '세이코 상'이라고 분명한 일본식 발음으로 자기 이름을 부르고 있지 않는가.

"아, 일본말을 하시는군요. 그런데,.. 저를 아시나요? 제 이름을..."

수위는 불안한 얼굴로 조심스럽게 주위를 둘러보고는 그녀에게 빠르게 귓속말을 했다.

"알고 있습니다. 여기 신문사 사람들은 모두가 다 세이코 씨가 왜 신문사를 찾아오는지를 압니다. 도와드리지 못해서 미안합니다. 김재오 기자가 보름 전부터 보이지 않습니다. 신문사 출근도 안 하고 있습니다."

"어디에 있는지, 어디로 갔는지도 신문사에서는 전혀 모른단 얘깁니까?"

"......"

"정보부에서 잡아갔나요? 아니면, 경찰이나 군 보안부대에서 납치해 갔나요?"

세이코가 단도직입적으로 묻자 늙은 수위는 몹시 당황해했다. 수위는 난감한 얼굴로 주위를 살폈다.

"제가 마지막으로 김 기자를 본 건 한 보름쯤 전인데요. 고향을 다녀오겠다는 얘기를 했던 것 같습니다. 하지만 정말로 김 기자가 고향에 갔는지는 모르겠습니다."

"고향이요? 태어난 곳은 서울이라고 들었는데요. 혹시 외가댁이 아닌가요? 보길도라고..."

그때 건물 정문으로 두 사람이 들어섰다. 수위는 얼른 그 사람들에게 거수경례를 하면서 짐짓 세이코를 외면하는 척했다. 두 사람이 충계 위로 사라지자 다시 주위를 살피면서 세이코에게 다가섰다.

"맞아요! 외갓집 보길도! 전라남도 보길도를 간다고 그랬어요!"

"전라남도 보길도가 어딘가요?"

"여기서 아주 멉니다. 기차를 다고 버스를 타고, 또 배를 타고 가야 합니다. 저도 가본 적은 없습니다."

세이코는 아사히신문사 서울지사 사무실에 전화를 걸어 후지와라 지사장에게 도움을 청했다. 후지와라는 그녀에게 보길도를 찾아가는 방법을 자세히 가르쳐 주었고, 한국인 직원을 통해 민박집까지 소개해 주었다.

빛, 그리고 거짓

세이코는 다음 날 아침 기차에 올랐다. 기차로 목포까지 가서 완도(莞島)행 버스를 타고, 보길도까지 바닷길을 가야 했다. 서울에서 그 섬까지는 열두 시간이나 걸리는 먼 여정이었다.

세이코는 달리는 열차 안에 앉아 창밖을 내다봤다.
몸은 지쳤지만 그녀의 눈빛은 그 어느 때보다도 반짝이고 있었다. 그녀의 머릿속은 오직 김재오를 만나야만 한다는 생각으로 가득 차 있었다. 그녀는 김재오가 외가인 보길도에 갔을지도 모른다는 말을 믿고 기차에 올랐고, 그녀가 할 줄 아는 한국어라고는 '감사합니다'라는 말 밖에는 없었다. 낯선 외국 여인이 이 국땅에서 알지도 못하는 섬을 향해 가고 있다. 그녀는 그곳에 빛이 있을 거라 믿었다. 김 상이 살아만 있다면… 그녀는 지푸라기라도 잡고 싶은 심정이었다.

세이코는 한국의 상황을 이해하기가 어려웠다.
후지와라 지사장의 얘기에 의하면, 한국에서 정치활동은 완전히 금지되었고 일본에서 들었던 얘기대로 한국의 주요 신문들은 전두환을 중심으로 하는 군부세력에 벌써부터 줄을 서기 시작했다고 했다. 이들 신문들은 국민들을 향해 여론비어(輿論蜚語)에 현혹되어서는 안 된다고 떠들면서 오히려 자신들이 여론비어를 만들고 '전두환 영웅 만들기' 괴담(怪談)을 퍼트리고 있었다.

언론의 사명이나 표현의 자유는 이미 사라지고 없었다. 거리에서는 길가는 시민들이 수시로 검문을 당했고, 모든 뉴스는 군사 쿠데타 세력들로부터 통제와 검열을 받고 있다고 했다. 텔레비전은 이런 현실과는 상관없는 드라마와 쇼를 내보내면서 쿠데타 세력을 미화하고 있었다.

뉴스는 쿠데타 집단에 유리한 방송만 쉬지 않고 내보냈다. 세상에 대해서 귀를 바짝 대고 가슴이 타는 열정으로 그 모든 것을 제대로 알아듣고 제대로 말하는 사람들은 슬프게도 어느 구석으로 마구 끌려가고 있다고 했다.

세이코의 눈에는 모든 것들이 회색(灰色)이자 주검으로 보였다. 그녀의 예민한 감각은 이 나라에 넓게 퍼진 불안과 공포를 섬세하게 포착하고 있었다. 사람들은 서로 상대하기를 꺼렸다. 마치 질병(疾病)이 유행하여 시체를 태우는 냄새가 나라 전체를 에워싸고 있는 것만 같았다. 의심이 공기처럼 사방에 퍼져 있고 비명과 죽음이 어느 구석에서 흐느끼고 있었다.

그녀는 불안감을 떨치지 못하면서도 서서히 잠에 빠져들었다. 기차는 빠른 속도로 컴컴한 터널 안으로 빨려 들어갔다.

기차가 종착역인 목포에 도착하자, 세이코는 기차에서 내려 시외버스 터미널을 찾았다. 어렵게 물어물어 완도행 버스를 탈 수 있었다.

그녀는 오후 다섯 시가 되어 완도 선착장에서 배를 탈 수 있었다. 보길도로 가는 배였다.

보길도

보길도 뱃길은 아마쿠사와 비슷한 느낌이었다. 넓은 바다에 작은 섬들이 둥둥 떠 있는 모습은 일본 구마모토현 남서부 쪽의 바다 풍경과 흡사했다. 김재오가 일본에서 그녀에게 말했던 그의 외가가 있는 섬의 풍경이 그대로 눈앞에 펼쳐지고 있었다. 아름다운 모래 해안들로 둘러싸인 작은 섬들은 낙원을 연상시켰다. 배에 탄 사람들의 얼굴도 하나같이 순박해 보였다. 뭍에서 섬으로 생활용품과 양식들을 이고 지고 가는 모습은 일본에 여느 섬에 사는 사람들과 똑같아 보였다.

배는 거칠게 물이랑을 일으키며 앞으로 나아갔다. 세이코는 갑판에 서서 바다 물결을 바라보았고 쌀쌀한 바닷바람을 그대로 맞았다. 노을이 서서히 바다 전체를 붉게 색칠하기 시작했다.

보길도 선착장에는 사십 대 중반의 나이로 보이는 민박집 주인 여자가 나와 있었다.
세이코는 그녀가 김재오 기자의 친구 분 되시느냐고 떠듬거리는 일본말로 물어서 깜짝 놀랐다. 반가웠다. 아사히신문 지국으로부터 연락을 받았다고 했다. 김재오, 김 상의 이름을 말하는 사람을 낯선 섬에서 만나다니, 금세라도 김 상이 나타날 것만 같았다.

작은 화물차 운전석 옆자리에서 앉아 10여분 지나 고개를 넘어서자마자 민박집이 나왔다. 작은 초가집이었다. 120년이나 된 집이라고 했다 세이코는 신기했다. 외딴섬에 떨어져 있어서 기적처럼 형태를 유지할 수 있었는지, 이렇게 작고 아름다운 집이 그대로 사용되고 있다는 건 일본에서는 상상도 할 수 없었다. 황토색 흙으로 담과 벽을 세웠고 볏짚을 엮어 지붕을 올렸다. 역시 볏짚으로 엮어 만든 이엉이 맨 위에 고깔처럼 씌워져 있었다. 마치 일본의 전통 다실(茶室)을 보는 듯했다.

세이코는 역사학자 미요시 사타지(三善貞司)가 쓴 센노 리큐(千利休)에 관한 전기가 생각났다. 센노 리큐는 일본에서 다성(茶聖)으로 칭송받는 인물이었다. 그녀는 2년 전에 한 잡지사의 부탁으로 일본의 다도(茶道)에 관한 사진을 찍을 기회가 있었는데, 그때 읽은 다도에 관한 역사책이 미요시가 쓴 것이었다. 일본의 다도를 정립한 일본차의 선조가 바로 16세기의 센노 리큐였다. 센노 리큐의 다실 구조도 조선 민가와 꼭 닮았으며, 다도구(茶道具) 역시 고려시대의 것이 많았다고 읽은 기억이 있다.

일본 국보로 지정된 세 곳의 다실 중에 으뜸이 바로 센노 리큐가 만든 초가집 다이안(待庵)이다. 세이코는 눈이 내리던 겨울 도카이도 본선을 타고 야마자키(山崎) 오야마 자키초(大山崎町)에 있는 묘키안(妙喜庵)에 갔던 적이 있다. 다실은 겨우 다다미 두 장의 작은 방이었다. 다실 입구는 무릎을 굽히고 몸을 웅그려야만 들어갈 정도로 작았다. 그곳에서 불가(佛家)의 선(禪) 정신이 담겨 있다는 차를 마신 기억이 있다. 400년이 넘은 초가에서 와비차(わび茶, 草庵の茶)의 원조를 맛볼 수 있었던 것은 사진가로서 직업의 보람을 느낄 수 있었던 일이기도 했다. 센노 리큐는 오다 노부나가(織田信長)의 다도 스승이 되었다가 오다가 죽은 뒤에는 도요토미 히데요시(豊臣秀吉) 다도 선생으로 초빙되었다. 그러나 그는 도요토미의 조선정벌에 반대해 도요토미의 미움을 사다 자결을 명령받았다. 자신의 배를 칼로 자르는 할복으로 생을 마감

한 센노 리큐의 최후는 비극적이었다.

세이코는 보길도의 초가에서 오랜만에 깊고 달게 잤다. 김재오가 어린 시절을 보낸 섬이라는 사실 때문인지 그가 가까이에서 자신을 지켜보고 있을 것만 같았다. 김 상이 그녀를 감싸고 지켜주고 있다는 푸근함까지 들었다. 아침 식사도 맛있었다. 된장은 일본 것과 다르게 맛이 진하고 깊었다. 그러나 민박집 주인은 김재오를 섬에서 보지 못했다고 말했다.

식사를 끝낸 세이코는 카메라를 들고 민박집을 나섰다. 먼저 김재오의 외가를 찾아가야 했다. 민박집 주인은 그 집에는 김재오의 먼 친척인 노인이 홀로 집을 지키고 있다고 했다. 세이코는 이 섬에 유일한 기와집이라는 그 집으로 부지런히 발걸음을 옮겼다.

김재오의 외가는 묵직한 기와를 얹은 낡은 기와집이었다.
한 노인이 나와 서툰 일본어로 세이코를 맞았다. 그는 김재오를 마지막으로 본 게 2년 전이라고 했다. 세이코는 목례를 하고 그 집을 나왔다.
김재오는 이곳으로 내려온 것이 아니란 말인가. 다리에 힘이 쭉 빠졌다.
김재오가 이 섬에 오지 않았다는 민박집 주인 여자의 말이 맞는 것인가.

세이코는 섬 이곳저곳을 천천히 다녀보기로 했다.

섬인데도 산세는 깊어 보였다. 아름드리 소나무도 보였고 산언덕 길을 넘어서니 바다가 펼쳐지고 있었다. 아름다웠다. 바다는 아침 햇살을 받아 싱그럽게 빛나고 있었고 바다와 수평으로 뻗은 소나무 숲이 바람에 흔들리고 있었다.

나무들은 방풍림인 듯 해안가에서 백여 미터쯤 떨어져 해안과 나란히 길게 숲을 이루고 있었다.

길게 뻗은 해안에는 검은 색깔의 갯돌이 수북하게 쌓여 파도가 칠 때마다 서로 몸을 부딪쳐 댔다.

김재오, 김 상이 일본에서 말했던 그대로의 풍경이었다.

세이코는 카메라를 들고 갯돌이 깔린 해안가로 나갔다.

바닷가에는 어린이들이 뛰어놀고 있었다. 아이들은 해안가를 따라 뜀박질을 하며 놀고 있었다. 강아지가 꼬리를 치며 아이들 뒤를 따랐다. 아이들 모습을 카메라에 담는데 갑자기 헛구역질이 났다. 아이들이 보고 있을 것만 같아 간신히 구토를 참았다.

파도가 갯돌 위에 흰 포말을 남기며 부서지는 모습을 카메라에 담았다. 천천히 몇 커트를 더 찍자 속이 진정됐다.

문득 세이코는 일본 시마바라 해안에서의 추억을 떠올렸다.

김재오, 김 상과 함께 해안가를 달리던 아침이 생각났다.

갯돌 부딪치는 소리가 다시 들렸다.
자잘한 갯돌 위에 흰 물결이 부서졌다.
김 상은 없다. 여기 이 섬에 김 상은 없다. 그는 지금 어디에 있는 것일까.

세이코는 홀로 김재오의 섬에 버려진 것만 같았다.
그는 어디로 갔는가, 어디에 있는가 말이다, 미스터 김, 김 상.

'기쁨은 언제나 고통 뒤에 온다고 했는데 이 고통은 언제 끝이 나는 건가요.'

빛의 사랑

보길도의 소나무 숲 너머로 해가 저물고 있었다.
나무 가지마다 빨간빛이 물들어 불타고 있었다.
세이코의 뺨에도 저녁 해가 발그스름하게 물들었다.
검은 숲 속으로 이어지는 희미한 산길로 나섰다.
숲 위로는 새들이 푸드덕 소리를 내고 날았다.
어느 집 돌 벽 앞에서 세이코는 걸음을 딱 멈추었다.
돌 벽 그 너머로 서쪽 하늘을 물들이고 있는 저녁 해의 노을빛이 계절을 넘긴 빈 논바닥을 빨갛게 물들이고 있었다. 논에서 새 떼가 일제히 순간, 공중으로 날았다. 세이코는 깜짝 놀라 새 떼를 바라보고 섰다.

바로 앞에 돌 벽에는 마른 나무 덩굴이 벌거벗었고 한두 잎의 노란 잎 새만이 바람에 흔들렸다.

민박집에 밤은 깊어가고 있었다.
세이코는 밤이 깊도록 뜬눈으로 누워있었다.
이불로 머리를 덮어도 바닷물 소리가 들려왔다.
먼 데서 바람 소리도 들렸고 심벌즈 소리처럼 파도가 갯돌에 부딪치는 소리가 규칙적으로 들렸다.
세이코는 눈가가 촉촉해졌다.

김재오, 김 상, 왜 나는 그의 운명 속으로 파고들었는가, 왜? 나는 그의 손을 잡았는가.
나는 김 상을 위해서 무엇을 할 수 있었던가? 아무것도 할 수 없었다. 김 상은 돌연 행방을 알 수 없는 곳으로 사라졌는데도 나는 아무것도 할 수 없고, 또 어제도 오늘도, 나는 그를 위해서 할 수 있는 것이 없다.

김 상은 무기력하게 끌려가 권력에 굴종할 사람이 아니다. 그 냥 이대로 끝날 사람이 아니다. 무엇보다도 그는 비굴한 아첨이나 흘리는 말로 이 부조리한 현실을 받아들이는 그런 인간이 아니다. 그는 곧장 앞으로 진격하고 돌진할 사람이다. 그러나 이런 사실들이 무엇보다 무섭다. 무엇을 위한 무엇을 향한 돌진인가.

내게 있어서 김 상, 그는 삶으로 이어지는 길이며 내 삶의 의미이기도 하다. 그러나, 그러나 말이다. 어쩌면 오랫동안 그와 떨어져 있을지도 모른다면? 그의 소식을 듣지도 못하고, 그의 목소리도 못 듣고, 그의 눈을 쳐다볼 수도 없다면?

세이코는 외롭고 무서웠다. 그러나 세이코는 생각했다. 그리고 마음에 기필코 다짐할 말이 있다고 스스로 새겼다.

'그는 분명히 살아있다.'

다음 날 해가 뜰 무렵 새들의 지저귐 소리에 아침을 맞았다.

세이코는 아침 일찍 민박집에서 나와 해안가를 따라 걸었다.

어부들은 배를 타고 바다로 나가기 시작했고 그녀는 간간이 바다 새를 카메라에 담았다.

발길 닿는 대로 걸었다. 바닷바람이 불었다.

한걸음 디딜 때마다 더 세지는 파도소리와 더 짙은 소금기가 가까이 다가왔다.

그녀는 해안가 갯돌 위를 걸었다. 날씨는 매웠다.

저 멀리 안개처럼 피어있는 완만한 능선 넘어서 멀리 산등에는 잔설(殘雪)이 햇살을 받아 반짝거리고 있었다.

세이코는 해안가 산기슭 길로 들어섰다. 한 참을 걸었다. 걷다가 서서 바다를 보고 다시 걸었다. 그날은 하루 종일 파도와 같이 보냈다.

세이코는 나흘째도 섬을 떠나지 못하고 있었다.
나흘째 저녁, 해가 뉘엿뉘엿 질 무렵이었다.
세이코는 부둣가 조그만 식당에서 늦은 점심식사를 하고 있었다.
이빨이 다 빠진 밥집의 주인 할머니는 큰 솥에서 김이 모락모락 나는 국밥을 국자로 퍼 세이코에게 내밀었다. 할머니는 솥뚜껑을 덮고 부뚜막에 앉아서 생선 한 마리를 가시를 발라가며 날름날름 먹고 있었다.
식당 창문에는 고양이 한 마리가 아까부터 이빨 빠진 할머니가 먹고 있는 생선가시에 홀려 있었다.
세이코는 할머니 모습과 고양이를 번갈아 슬쩍 쳐다보면서 카메라 셔터를 눌렀다.
할머니는 생선을 다 먹고는 뼈만 남은 생선을 바닥으로 던졌다. 그러자 지켜보고 있던 고양이가 몸을 날려 생선뼈를 챘다.

바로 그때였다,

식당 바깥에서 무어라고 외치는 사람들 소리가 들렸다.
그리고 사람들이 어딘가로 몰려서 뛰어가고 있었다.

"사람이 죽었다!"

섬사람들은 일제히 해안으로 달려갔다.
세이코도 얼결에 카메라를 들고 사람들의 뒤를 쫓았다. 숨찼다.
해안가에 도착하자, 섬사람들이 해안 모래밭 위로 물결에 떠밀려온, 곶의 해변 쪽으로 떠 올라온, 한 익사체를, 양복을 입고 있는 한 남자의 주검을 둘러싸고 있었다.
세이코는 사람들을 헤치고 황급하게 안으로 파고들었다.
김재오였다.
그는 바로 김 상이었다.

세이코는 더 자세히 보기 위해 다가갔다.
세이코는 둘러 서있는 사람들을 밀치고 가까이 다가갔다.
왼발에는 콘크리트 조각과 철사조각이 매달려 있고, 철사로 손과 팔을 묶인 상처가 있었다. 양복 상의는 찢어진 채고 흰 와이셔츠는 바다풀이 엉켜 있었다.
한쪽 발은 양말을 신었고 한쪽 발은 구둣발인 채, 얼굴에는 타박상 흔적이 보였다.

그는 그렇게 죽어 있었다.

그녀의 넋은 소리를 질렀다. 온몸으로 온 힘으로 비명을 질렀다. 슬픈 오후의 세계는 여전히 햇살을 비추고 있었지만 김 상, 그는 그렇게 죽었다.
울거나 슬퍼하지 않고 소리도 없이 영문도 모르게 죽어 있었다. 그는 호흡이 멎었고 바닷가에 몸이 부풀어 누워있었다. 그는 들을 수도 없다, 말할 수도 없다, 그는 그의 모든 것과 이별을 했다.

세이코는 울부짖었다.

"이럴 수가! 이럴 수가! 오! 어떻게? 어떻게! 이럴 수가! 김 상! 김 상!"

그녀는 일본말로 소리치며 김 상의 주검 앞에 무릎을 꿇었다. 세상은 느리게 슬로모우션처럼 수평으로 지나갔다.

세이코의 울음은 흐느낌도 없는 처절한 울음이었다.
섬사람들은 하나같이 이상한 표정으로 낯선 일본 여자를 바라보고 서있었다.
세이코는 일어나 섬사람들에게 말하기 시작했다.
섬사람들은 세이코의 일본말을 알아들을 수가 없었다.

"왜? 무엇 때문에 김 상이 이렇게 죽어야만 하는 겁니까? 왜 당신들 한국인들은 당신들끼리 계속해서 사람을 죽이는 겁니까? 왜? 무엇 때문에? 왜? 무엇 때문에 김 상을 죽이 나요? 왜? 김 상이 이렇게 죽어가도록 당신들은 아무것도 하지 않고 있는 겁니까? 왜? 왜?"

세이코는 일본말로 피 같은 고함을 토해내고 있었다.
섬사람들은 갑작스런 일본 여자의 외침에 하나같이 어리둥절해하는 얼굴들이었다.

세이코는 침착하게 일어나 김 상의 주검을 카메라에 담았다.
파도의 잔물결이 죽은 김 상의 발목을 적셨다.
섬사람들이 모여 쑤군거렸다.
저녁노을이 낮게 깔리고 있었다.

세상은 슬로모우션처럼 지나가다가 툭하고 테이프가 끊기듯이 멎었다.

16
1980년 6월 10일, 일본 도쿄

'이 세상에는 사랑이 정말 무엇인지를 제대로 알고서 살고 있는 사람들은 많지 않을 거라는 생각이 들었습니다. 다 세상에 휩쓸려서 그냥 살고 있을 뿐이라는 생각이 들었습니다. 어쩌면 저도 그중에 한 사람이고요. 그러나 분명한 사실은 나는 한 남자를 사랑했습니다. 한국인인 그 남자는 자기 조국의 사람들을 생생하게 떠올리고 여기 일본에서 한국으로 돌아갔습니다. 뉴스에서는 다루어지지도 않는 죽음으로 그는 서른넷에 최후를 맞았습니다. 또 한 번 더 생각하고 말하게 됩니다. 깨닫지 않으면 비극도 비극이 아닙니다. 나는 그를 존경합니다. 사랑합니다. 내 영혼 속에서 그는 영원한 존재가 되어 있습니다. 한국에서는 불길한 소식이 계속 들려왔습니다. 유력한 대통령 후보였던 김대중 씨를 비롯한 많은 지식인들이 쿠데타 군인들에게 체포당했다는 뉴스가 들려왔습니다. 사악한 마음을 품은 일부 정치군인들과 무엇이든 이권을 챙기려는 자들이 서로 결탁하여 한국을 송두리째 집어삼키려 하고 있었습니다. 그들은 피에 굶주려 있습니다. 지난 5월엔 전라남도 광주에서 무장한 특수부대 군인들이 데모하는 민간인들을 향해 총을 쏘았고 민간인들도 예비군 무기고에서 총을 꺼내 총을 들고 대항했다는 뉴스까지 들었습니다. 나는 김 상의 죽음이 벌써 이 사태를 예고하고 있었다고 생각합니다.'

세이코는 인파 속에서 도쿄 시내를 걷고 있었다.
배가 부풀어 아이 낳을 달이 찬, 만삭(滿朔)의 몸이었다.
그녀는 빨간 신호등을 앞에 두고 횡단보도에 멈춰 섰다.
양손에는 책이 든 봉투와 가방을 들었다.

스튜디오로 돌아온 세이코는 텔레비전을 켰다. 뉴스가 나왔다. 한국의 광주에서는 전두환 군대가 민간인들을 학살하는 영상이 나오고 있었다. 독일어 자막을 일본 글자로 처리했고 일본어로 해설을 내보내는 화면이었다.
그녀는 냉정한 얼굴로 스튜디오 한가운데 서서 텔레비전을 봤다.

독일의 공영방송인 ARD(Allgemeine Rundfunkaustalt Deutschlands)의 북부지역방송인 NDR(Norddeutsche Rundfunk)의 도쿄 특파원 유르겐 힌츠페터(Juergen Hinzpeter)가 한국으로

들어가 광주를 취재했던 이 영상은 세계로 송출된 유일한 광주 현장 화면이라는 설명도 자막으로 있었다. 희생자는 공식적으로 2백 명 정도, 비공식적으로 2천여 명으로 추산된다는 멘트가 흘러나왔다.

힌츠페터의 인터뷰가 나왔다. 그는 도쿄에서 한국의 전라남도 광주에서 소요가 있다는 라디오 뉴스를 듣고 19일에 도쿄를 출발하여 서울을 거쳐 광주로 향했다고 했다. 서울과 한국의 지방에서는 사람들 아무도 광주의 긴박한 사태를 전혀 모르고 있었다고 했다. 전두환이 계엄군을 통해 언론을 철저하게 통제하고 있었기 때문이었다. 힌츠페터는 5월 20일 택시를 타고 처음으로 봉쇄된 도로를 뚫고 광주로 진입하는 데 성공했단다. 그는 군인들에게 심문을 당하면서 '다리가 후들거렸다.'라고 말했다. 그러나 당시 외국인들은 광주시내로 진입할 예외적인 권리를 가지고 있었다고 했다. 군인들로부터 검문을 당할 때 자기 가족을 찾으러 왔다고 핑계를 대면 들어갈 수가 있었단다.

그가 광주에 들어가자 시민들과 학생들은 외국인이 왔다고 기뻐하고 환호했다. 그가 광주에 도착한 5월 20일 이전, 이미 18일과 19일, 공수부대에 의한 잔혹한 진압 사태가 지나간 다음이었다. 그는 광주 사람들의 서툰 영어와 국제사면위원회 소속의 젊은이들로부터 그간의 사건들에 관하여 설명을 들을 수밖에 없었다.

21일 새벽 다시 총성이 들렸고 사망자가 늘어났다. 그가 찍은 영상에는 군인의 곤봉에 맞아 머리가 함몰된 된 채 피를 철철 흘리는 청년이 보였고, 태극기에 싸여 길에 누워 있는 시신들이 있었고, 아들딸의 주검 앞에서 오열하는 부모들의 모습이 담겨 있었다.

허리춤에 대검을 꽂고 트럭에서 내려 행진곡을 부르는 공수부대원들의 모습도 고스란히 기록되어 있었다.

힌츠페터, 그는 즉각 광주항쟁의 의미를 이해했다고 말했다. 그는 '사태가 너무나 엄중하고 비극적이라 찍은 그대로 즉각 영상을 송출해야만 했다.'라고 얘기했다.
그는 특히 한 줄로 결박당한 콘크리트 바닥 위의 시체들을 촬영했다. 한때 의학을 공부한 그는 '머리에 총상을 입은 18세에서 25세 사이의 젊은이들을 발견하고 이것은 의도적인 사살임을 확신한다.'라고 말했다.

그는 촬영한 필름을 해외로 빼돌리는 것이 목숨을 걸 정도로 위험한 일임을 알고 있었지만 다음날까지 이틀간 광주시내 전역을 돌며 찍은 이 위험한 필름을 숨겨 군대의 검문을 뚫고 광주를 빠져나와 쿠키 통에 필름을 숨겨서 도쿄 공항에서 독일로 필름을 전송할 수 있었다고 말했다.

그리고 5월 22일 저녁 8시, 필름은 독일 전역에서 방송되었고 바로 다음날 유로비전과 외국 방송사들을 통해 전 세계에 방영됐다. 미국 CBS 전파를 타고 광주의 비극은 한국을 제외한 세계 모든 사람들이 비로소 알게 됐다. 오직 사건의 당사자들이자 주인공인 대한민국 사람들만 몰랐다.

그 와중에 힌츠페터는 놀랍게도 다시 광주로 돌아갔다. 그는 다시 상무대 체육관에 즐비한 관들과 오열하는 가족들, 그리고 수습대책위원회와 무장한 청년들, 참혹한 모습의 시신들을 다시 카메라에 담았다고 했다.

그는 광주에서 들었던 유족들의 오열이 너무나 생생하며 진실을 외면할 수 없었다고 말했다. 그는 전두환 등의 학살자들이 영원히 숨기고 싶었던 참상이지만 세계에 알려야만 했었다고 말했다.

세이코는 텔레비전 스위치를 껐다.
책이 든 봉투에서 몇 장의 종이를 꺼내 들었다. 낮에 만났던 뉴스위크 도쿄지국장 버나드 크리셔로부터 받은 특파원 리포트였다. 의자에 앉아 천천히 읽었다.

〈테리 앤더슨 AP통신 기자

5·18은 사실상 군인들에 의한 쿠데타였다. 놀라움과 분노로 가득 찬 시민들 앞에서 시위대를 추격하며 곤봉으로 때리고 최루탄은 물론 총까지 쏘았다. 공수부대원들은 상점과 시내버스 안까지 쫓아가서 젊은이들을 잡아 끌어냈다. 광주는 분노로 일어섰다. 시민들은 세무서와 KBS 방송국을 불태웠고, 무기고를 습격해 군인들과 전투를 벌이기 시작했다. 그러자 전두환은 상황을 진정시키기 위해 경찰과 군대 병력을 광주 밖으로 철수시켰다.

언론인으로서 우리는 중립을 지키고 최대한 객관적 자세를 견지해야 한다. 그러나 이것이 옳고 그른 것을 몰라도 된다는 말은 아니다. 압제자와 피해자를 구분할 수 없다는 것은 더욱이 아니다. 나는 독자들에게 광주를 확실히 알리려고 한다. 내 개인적인 견해가 아닌 진실로서 말이다. 나는 이 일을 할 수 있어야만 한다.

헨리 스코트 스톡스 뉴욕타임스 서울 특파원

광주에서 5월 18일과 19일, 사건들이 터진 직후에 글라이스틴 서울 주재 미국 대사는 워싱턴에 한국 군대가 길거리에서 시민들을 총검으로 찔러 죽였다고 보고했다. 정확한 보고였다.

그럼에도 며칠 안 가서 광주에 대한 정책결정을 위해 5월 22일에 열린 백악관 회의 바로 직전에 글라이스틴은 보고의 전체적인 개요를 뒤바꾸어버렸다.'15만 명의 사람들이 제멋대로 날 뛰고 있다', '소중한 재산이 파괴되고 있다.' 이런 미국대사의 보고서는 나를 위시한 외신 언론인들이 그곳에 내려가서 직접 목격하고 내렸던 판단과는 너무나 달랐다. 터무니없이 광주의 모습을 왜곡한 것이었다.

심재훈 뉴욕타임스 서울 주재기자
광주시민들에게서 느낀 첫인상은 폭동이 아니었다. 봉기였다. 나의 판단은 광주 시내를 여기저기 돌아보면서 더욱 확신으로 굳어졌다. 시민들의 봉기는 철저히 외부 세계와 단절되어 있었다. 광주는 대한민국이라는 바다에서 외로이 떠있는 고도(孤島)였다.

샘 제임슨 AP통신 기자
한국전쟁 이후 한반도에서 1980년 5월의 군대 만행으로 빚은 희생보다 더 큰 것은 없다. 군대의 만행은 이내 7일간의 광주사태로 치달았다. 한국의 거대 신문들은 광주 소재 한국화약 창고의 다이너마이트 탈취 같은 시위자들의 과격한 행동을 강조했고 군대의 잔인한 행동에 대해서는 침묵했다.

유르겐 힌츠페터 독일 NDR.ARD TV 기자
병원 안에 줄줄이 놓여 있던 많은 관을 열어 그들의 사랑하는 친구와 친척들을 광주 시민들은 내게 보여주었다. 대부분 어린 학생들의 시신이었는데 몽둥이에 맞아 죽었다는 것을 알 수 있었다. 그들의 머리는 온통 상처투성이였다. 치밀어 오르는 울음을 간신히 참으면서 이 비참한 광경을 나는 필름에 담았다.

내 생애에서 이런 비슷한 상황을 목격한 적은 없었다. 심지어 베트남 전쟁에서 종군기자로 활동할 때도 이렇듯 비참한 광경을 나는 본 적이 없었다. 가슴이 너무 꽉 막혀서 영상을 찍는 것을 잠시 중단할 수밖에 없었다. 나는 진실이 얼마나 위험한 것인지를 안다. 하지만 이건 진실이기 때문에 나는 알려야만 했다.

블래들리 마틴 미국 볼티모어 선 서울 특파원
나는 지난 25년 동안의 기자생활 중 소련의 아프가니스탄 침공, 중국의 장칭(江靑) 등 4인방 재판, 그리고 인도의 인디라 간디 수상 암살 이후 폭동과 살인사건 등을 취재해왔다. 그러나 나는 '광주의 참상'은 영원히 잊지 못할 것이다. 어떤 사건이 나의 기억 속에 가장 뚜렷하게 남아 있느냐고 누가 물어보면, 한 마디로 나는 '광주'라고 대답한다.

광주항쟁 기간 동안 나는 단 하루밖에 광주에 머물지 않았지만, 죽음을 걸고 폭압에 맞서 투쟁했던 용감한 광주시민들의 모습이 나의 뇌리 속에서 지워지지 않는다.〉

세이코는 특파원 기자들의 리포트를 책상에 올려놓고 의자에서 일어났다.

스튜디오 창으로 천천히 다가갔다.

창을 가렸던 블라인드를 활짝 열었다.

햇살이 쏟아져 들어왔다.

격류(激流)

세이코는 아사히 저널의 포토저널리즘 부문 수상을 위해 연단에 올라섰다. 만삭의 세이코는 수줍은 표정으로 사진기자협회장으로부터 트로피를 받았다. 세이코가 마이크 앞으로 다가서자 박수소리가 실내에 가득 찼다. 세이코는 수상 소감을 위해 마이크를 끌어당겼다.

"감사합니다. 제 사진집 '아시아의 상처'에 깊은 관심과 격려를 해주시니 송구스럽습니다. 오늘 저는 저 자신을 끊임없이 움직이게 하는 것은 과연 무엇인가를 생각해 봅니다. 도대체 사진이란 무엇이고 저는 무엇 때문에 사진을 찍는 것일까 하는 물음 말입니다. 물론 저도 돈벌이를 위해 사진을 찍고 있습니다."

사람들은 세이코의 말에 박수를 치며 기분 좋게 웃었다. 다시 박수와 환호를 보냈다. 세이코는 말을 이어나갔다.

"그러나 때때로 제가 사진을 찍을 수 있다는 사실 앞에서 긴장을 느끼기도 합니다. 무엇을 찍는가, 왜 찍는가, 어떻게 찍는가. 이 당연한 질문들 앞에서 저는 때때로 해답을 찾지 못할 때도 있습니다. '아시아의 상처'에 실린 사진들을 찍을 때도 바로 그러했습니다. 많은 일본인들이 과거의 일일 뿐이라고 잊어버려야 한다고 말했습니다. 우린 벌써 많은 것을 잊어버리기도 했습니다. 과거를 잊고 우리는 일본만의 평화를 구가하고 있습니다. 과거 우리 일본인들에 의해 저질러진 아시아인의 고통은 아직도 계속되고 있음에도 불구하고, 우리는 그 모든 것이 다 지나간 과거의 일이라며 애써 도망 다니고 있었습니다. 그렇습니다. 우린 비겁하게 도망을 다닌 겁니다. 아직 반세기가 지나지 않은 일인데도 말입니다.

독립국가의 국민으로서 가진 자존심과 영혼은 일본 군국주의 앞에 봉쇄되고 짓밟혔습니다. 여기 하나의 증거가 있습니다. 한국의 교육가이자 독립운동가 김형호 선생은 일본 경찰의 고문기술자에게 처참하게 고문을 당하고 차디찬 구치소 바닥에서 죽어가야만 했습니다. 대일본제국의 고문기술자는 전쟁이 끝난 후 고향으로 돌아와 가족들과 안락한 인생을 살아가고 있습니다.

한국의 독립운동가의 가족은 정처 없이 뿌리 뽑힌 채 가난과 질곡의 삶을 살아야만 했습니다. 전쟁이 끝나고 우리의 이웃 나라 국민들은 새로운 고통에 직면해야 했던 것입니다. 가장 가까운 이웃인 한국은 남북으로 국가와 민족이 갈려 분단되고 말았습니다. 전쟁이 끝나고 우린 우리 살길에 바빴지만 그들은 세계 패권전쟁에 휘말려 동족끼리 총부리를 겨누는 참혹한 전쟁을 치러야만 했습니다. 그 이후 남쪽이나 북쪽의 현대사는 그들의 체제를 공고히 하길 바라는 자들의 의도대로 진행되었습니다. 두 곳 모두 악랄한 고문과 박해, 추악한 밀고가 이어졌습니다. 남과 북의 체제는 수많은 사람들을 나약하고 어리석게, 때로는 우둔하게 만들기도 했습니다.

저는 2년 전 취재차 한국을 방문했을 때, 한 한국인 남자 김재오를 만나게 됐습니다. 취재 가이드를 해준 그는 한국의 독립 운동가이자 교육자인 김형호 선생의 아들이었습니다. 그는 아버지의 얼굴도 모르는, 태어나기 전에 아버지를 여읜 자식으로 유복자로 태어나 어머니의 손에 홀로 자랐습니다. 그는 신문사 기자였습니다. 기자로서 사건의 현장에서 시대의 진실을 알리기 위해 애를 쓰고 있던 사람이었습니다. 박정희 정권의 언론통제는 악명 높은 것이었습니다. 그러나 그는 자기 조국과 국토를 눈물겹게 사랑하고, 조국의 민주주의를 위해서 싸우고 있는 전사들과 연대하고 있었습니다. 저는 그만 그런 남자를 알게 되었고,

그 사람과 사랑에 빠졌습니다. 그러나…"

세이코는 말을 잇지 못했다. 가슴에서부터 뭔가 치밀어 올라 눈물이 맺혔다. 차분히 마음을 가라앉혔다.

"그는 지난 1월 초 한국의 남쪽 바닷가에서 시체가 되어 발견되었습니다. 저는 그가 전두환 쿠데타 세력에 의해 고문 타살을 당한 것이라고 믿고 있습니다. 군부에 강제 연행되어 악랄한 고문을 당할 때 과연 그는 무슨 생각을 하고 있었을까요? 아무도 모릅니다. 그는 고문 끝에 어느 깊숙한 산 계곡에 묻히거나 바다에 던져 가라앉혀질 수도 있었을 것입니다. 다행인지 불행인지 그의 시체는 바다 위로 떠올랐습니다. 모든 언론이 통제당하고 있는 지금 한국에서는 그의 죽음에 관한 뉴스는 단 한 줄도 찾아볼 수 없습니다. 한국 정부는 이 시간까지 이 의문의 죽음에 대해 침묵하고 있습니다."

세이코는 흐르는 눈물을 손으로 닦았다. 객석도 숙연해졌다.

"바로 여기에 내가 말하고 싶은 비극이 있습니다. 역사의 지독한 아이러니입니다. 피식민지 지식인이었던 아버지는 식민지 세력인 일본 군국주의에 대항하다 일본인 특수임무 고등경찰 고문기술자에게 고문을 당하여 죽었습니다. 그 아들은 비록 식민지에서 해방된 나라라지만 또 다른 군사 압제와 싸우다가 일본인 고문기술자들에게 고문기술을 전수받은 한국 경찰로부터 고문을 당해 죽임을 당하고 말았습니다."

세이코는 연설을 멈추었다. 잠시 천정을 보다 고개를 숙였다. 그리고는 고개를 들어 다시 천천히 말을 이어나갔다.

"그는 자신이 태어난 나라를 사랑했습니다. 이 세계를 경멸하지 않았습니다. 세상을 미워하지도 않는 사람이었습니다. 한국인 기자 김재오. 저는 이 남자를 진정으로 사랑하고 있습니다. '아시아의 상처'라는 이 사진집도 그 사람으로 인하여 세상에 나올 수 있었습니다. 진실이 무엇인가를 일상의 삶으로 웅변하고 있었던 이 한국인 남자에게서 저는 삶을 배웠고, 세상을 반듯하게 보는 법을 배웠습니다. 그리고 사진을 찍는다는 것이 무엇인지, 그에게서 다시 배우게 된 것입니다."

그녀의 눈에 맺혀있던 눈물이 뺨을 타고 흘러내렸다.

"저는 김 상의 죽음이 결코 헛되지 않음을 확신할 수 있습니다. 전두환 군사독재정권이 일시적으로 한국의 민주주의를 후퇴시킬 수 있을지언정, 김 상의 저항 정신은 한국인 시민들의 가슴속에 불꽃처럼 피어날 것이라 믿습니다. 민주주의에 대한 염원이 불꽃처럼 피어오르리라 믿는 겁니다. 그렇게 그는 죽지 않고 살아있습니다. 그는 지금 죽음의 시간을 뚫고 시퍼렇게 살아있는 것입니다. 그의 육신은 지상에서 찾을 수 없어도 그가 남긴 생명은 여기 제 뱃속에, 자신의 대를 잇는 생명으로 꿈틀거리고 있습니다."

객석에서 탄성이 들렸다. 사람들은 모두 일어나 기립박수를 치기 시작했다. 세이코는 흐르는 눈물을 닦고 다시 연설을 계속했다.

"그가 지핀 생명의 불씨가 조금씩 타오르기 시작했습니다. 그는 자신의 아이가 태어난다는 것을 알 것이라 믿습니다. 매일같이 우리는 서로 얘기를 나누고 있기 때문입니다."

박수소리가 터졌다. 세이코는 차분하게 사람들을 응시했다.

"오늘 저는 이 자리를 빌어서 말씀드리고 싶은 것이 있습니다. 그것은 바로 인간에게 있어서 진정한 자유란 과연 무엇인가 하는 물음입니다. 이 물음은 한국인 김재오, 김 상이 저에게 일러주고 가르쳐준 물음이기도 합니다. 진정한 자유는 자유를 위협하고 민주주의를 위협하는 두려움에 대한 정체를 먼저 알아야 한다는 것입니다. 그리고 진실에 대한 무관심에 대해서 주의를 기울여야 하고 경계해야 함을 우선으로 합니다. 진실에 대한 무관심이야말로 인간 인격의 가치와 존엄을 해치는 것이고 인간의 자유로부터 멀어지는 것이기 때문입니다.

오늘 저는 특정한 정치적 신념에 대해서 말하고자 하는 건 아닙니다. 정치는 저에게는 관심 밖의 일이었습니다. 그러나 이 사진집 '아시아의 상처' 사진을 찍으면서 인간의 정치에 대해서 알았고, 정치에 있어서 민주주의의 중요성을 새삼 더 알아야 한다는 자각도 하게 되었습니다. 인간의 생명과 자유, 민주주의, 오직 하나뿐인 개개인의 생명의 귀중함이 어떤 그럴듯한 폭력이나 국가적 강제에 의해서 함부로 취급당하고 빼앗겨서는 안 된다는 생명의 진리와 인간의 자유, 오늘 저는 이것의 중요성을 새삼 말하고자 하는 것입니다. 감사합니다."

세이코는 긴 연설을 마치고 내려왔다. 시상식장 안에 있는 모든 사람이 일어나 박수를 보냈다. 사인을 부탁하는 사람들도 있었다. 와다는 세이코를 왈칵 껴안았다.
흐르는 눈물을 닦으며 함박웃음을 짓던 세이코는 볼록한 자신의 배를 어루만졌다.

고문기술자 오노 키비(小野吉備)

세이코는 단단한 표정으로 차를 몰았다. 배가 조금 더 불러 있었다. 차들이 도로를 가득 메우고 있었다. 정체는 쉽게 풀릴 것 같지 않았다. 세이코는 손목시계로 시간을 확인하고는 갑자기 핸들을 돌려 반대편으로 차를 돌렸다.

도쿄역 주차장에 차를 세우고 카메라 가방을 어깨에 메고 신칸센 승차장으로 향했다. 만삭인 상태지만 걸음은 당당하고 씩씩했다.

하카다 역에서 내린 그녀는 렌터카를 빌려 오노의 신사가 있는 마을로 향했다. 눈빛은 정면을 응시했다.

신사 입구에 도착한 그녀는 요란하게 급브레이크를 밟으며 정차했다.
세이코는 차에서 내려 신사 안으로 거침없이 걸어 들어갔다.

오노는 하카마 차림으로 한가롭게 꽃나무에 물을 주고 있었다. 오노는 갑자기 마당 안으로 들어오는 씩씩한 임산부를 보고 놀랐다. 정면으로 거침없이 걸어오는 걸음걸이였다. 그는 멍하니 서서 다가오는 임산부의 얼굴을 바라만 보았다.

오노는 그녀를 신사 내부의 한 방으로 안내했다. 두 사람은 차를 앞에 두고 마주 앉았다.

세이코는 녹음기를 꺼내 스위치를 눌렀다. 그리고 카메라를 다잡았다. 마치 전쟁터에 나간 전사(戰士)가 장검을 일격(一擊)으로 적에게 찌르겠다는 듯했다. 눈빛은 단호했다.

빠가야로, 빠가야로

오노는 오래도록 자신의 과거를 자랑스레 늘어놓았다. 식민지 조선에 근무할 당시의 고생담과 일화부터 대일본제국경찰의 활약상, 일본의 미래와 젊은 세대의 역할에 대해서도 장황하게 떠들어댔다. 그의 얘기는 제국주의에 대한 망상과 향수가 가득했고, 오욕의 역사가 찬란한 영광으로 뒤바뀌어 있었다. 그의 혀는 뱀처럼 매끄럽게 움직였다. 몸의 사위는 비늘로 기어 다니는 독사(毒蛇) 같았다.

오노는 느긋하게 찻잔을 들며 세이코에게도 차를 권했다.

"자, 차를 드시지요. 나한테서 들어야 할 이야기가 더 있습니까?"

세이코는 오노 앞으로 녹음기를 바짝 가져다 댔다. 그리고는 카메라를 들어 눈가에 댔다.

"몇 장 찍어도 되겠습니까?"

오노는 거드름을 피웠다. 눈빛이 기묘하게 반짝거렸고 입가에서는 미소가 번졌다.

"뭐 이젠 늙어서, 인물이 옛날 같이는…"

세이코는 몇 컷을 찍다 카메라 렌즈를 갈아 끼웠다. 그리고는 찬찬히 오노의 얼굴을 바라보았다. 그는 세이코의 눈길을 피했다. 오노는 그녀의 눈길이 왠지 부담스러웠다.

"사진을 찍혀 본 지가 워낙 오래돼서…"

세이코는 차분하게 물었다.

"당신은 특수임무를 띠고 일했던 경찰 특무대 출신이지요?"

오노는 눈을 감았다. 이마에 주름이 깊게 파였고 미간이 신경질적으로 좁아졌다.

세이코가 빠르고 강하게 질문했다. 낮춘 말이고 반말이었다.

"당신 오노 키비는 1944년 12월, 그 당시 조선의 게이세이, 지금의 서울, 종로 경찰서에서 당신 손에 고문을 받다가 죽은 한국의 교육가이자 독립운동가 김형호 선생을 기억하는가?"

오노는 뒷머리를 해머로 세게 얻어맞은 듯 뒤로 물러났다. 황당하다는 표정을 짓더니 기겁을 했다. 그는 우물쭈물하더니 갑자기 소리를 질렀다.

"뭐야, 당신 누구야? 내가 뭘 했다고? 이 여자가, 당신 빠가야로 아니야? 빠가야로! 빠가야로!"

세이코는 침착하게 오노의 얼굴에 카메라 렌즈를 들이댔다. 연속 샷으로 오노를 찍었다. 조리개가 철컥, 철컥, 천둥소리를 냈고 플래시가 눈부시게 번쩍거렸다.

세지마 류조(瀨島龍三)

세이코는 한 무더기의 책과 잡지를 사들고 스튜디오로 돌아왔다. 도중에 들른 산부인과에서는 배 속에 아기가 건강하게 잘 크고 있다고 했다. 지금 상태로는 일주일 후에는 걱정 없이 순산할 테니 염려하지 않아도 된다는 의사의 말은 세이코를 안심시켰다.

결혼하지 않은 여자가 아이를 낳는다는 사실은 일본에서도 주변의 눈총이 따가운 일이었다. 세이코의 부모가 딸의 결정을 현실로 받아들이기까지는 네 달 이상의 시간이 걸렸다. 별난 둘째 딸이라 그러려니 했어도 아이를 가졌다는 고백은 그녀의 아버지에게는 커다란 충격이었다. 어머니는 조마조마한 얼굴로 자주 딸을 찾아왔다. 어느 날 그녀의 어머니는 아버지가 갖다 주라고 했다며 임산부 전용 비타민제를 건네주었다. 세이코는 왈칵 눈물을 쏟을 뻔했다. 그녀가 외국인, 그것도 한국인 남자의 아이를 가졌고, 그 남자조차 이미 저 세상 사람이 됐다는 현실을 부모로서는 받아들이기가 어려웠을 것이다.

아버지가 보내온 약상자에는 용기를 잃지 말라는 편지가 담겨 있었다. 세이코는 아버지의 마음 씀씀이에 눈물을 흘렸다.

세이코는 의사의 충고대로 모든 사진 촬영 작업을 출산 이후로 미루었다. 자잘한 일이건 큰일이건 당분간은 뱃속의 아이만을 생각하고 싶었다. 아이와 한 몸으로 연결된, 말 그대로 일심동체이고 싶었다.

스튜디오 바닥에서 임산부 요가를 끝낸 세이코는 따뜻한 물에 샤워를 하고 서점에서 사 온 책과 잡지를 뒤적거리는데 요미우리 매거진에 난 기사 하나가 시선을 붙잡았다.

〈1980년 3월, 일본 재벌기업 이토츄 상사(伊藤忠商事) 회장이자 일본상공 회의소 특별고문 세지마 류조는 한국의 재벌 이병철 삼성그룹 회장으로부터 전화를 받았다.

"한번 은밀히 한국에 와서 군의 선배로서 전두환, 노태우 두 장군을 격려하고 어드바이스도 좀 해주시게. 사업관계 문제도 있으니 도큐 건설 사장 고토씨도 동행해서 오시게나."

세지마에게 이병철 회장은 '진심으로 경애하는 선배이자 형님이며 또한 교사'였기에 그의 부탁은 바로 3달 후에 실행으로 옮겨졌다.

3개월 후인 지난 6월 초, 세지마와 고토는 서울로 가서 전두환 국가보위비상대책위원회 상임위원장 그리고 노태우 국군보안사령관을 만난다. 그들의 안내를 맡은 사람은 당시 삼성물산 상무이자 전두환 노태우 육사 11기 동기생 출신인 권익현 씨였다. 세지마는 전·노 씨의 첫인상을 두고 '50살 전후의 젊은 장군으로 모두 온후관대하고 시야가 넓은 사람'이라 말했다.〉

세이코는 심장이 뛰었다. 쿠데타를 일으킨 전두환 노태우를 '온후 관대한 인물'이라고 얘기하는 세지마 류조란 인물은 과연 누구인가. 바로 일제가 세운 괴뢰국인 만주국에 주둔했던 관동군 출신의 핵심인물이 아닌가. 박정희와 연결된 인물이자 일본 우익의 대표적 인사로 한국과 일본 간에 밀사 역할을 했던 책사(策士)가 아닌가.

세이코는 세지마 류조에 대한 기억이 떠올랐다. 어느 잡지에선가 읽었던 기사였다. 1911년에 태어난 세지마는 일본 육사를 졸업했다. 태평양전쟁 당시 일본 대본영 육군부 작전과 참모, 연합함대 참모로 있다가 패전 직전인 1945년 7월 일본이 세운 만주국에 관동군 참모로 부임했다. 패전과 함께 소련군에 의해 11년간 시베리아에 억류됐다가 귀국한 그는 이토츄 상사에 항공기부 촉탁사원으로 입사했다. 이후 이토츄 상사 부사장, 국토청 수도권정비심의회위원, 이토츄 회장, 총리실 임시행정개혁추진심의회 회장대리, 일본문화예술재단 회장까지 지낸 극우익의 대표적인 인물이었다.

그를 모델로 '불모지대'라는 소설까지 나와 그의 인생은 신화로까지 윤색됐다. 이런 인물이 한국의 재벌 삼성 이병철을 통해 전두환과 만난다는 것은 군부 쿠데타를 일본 정부가 은밀하게 승인하겠다는 얘기가 아닌가. 세이코는 기사를 계속 읽어 나갔다.

〈'국가·사회에 대한 헌신 속의 일한관계의 중요성을 말하는

1980년 6월 10일, 일본 도쿄

세지마' "국방 국가인 한국의 경제안정에 일본이 협력해야 한다"라고 그는 강조했다. 이어 "소화 40년(1965년) 일한 국교수립 이래 나는 수십 번이나 한국을 방문했다. 그때마다 한국의 우인, 지인들, 그리고 다른 많은 사람들과도 만났다"며 "그들 모두가 신사였으며 일한관계의 중요성을 깊이 인식하고 있었다"라고 말했다.〉

요미우리 매거진의 기사는 기가 막혔다. 그가 말한 '국방 국가 한국'은 어떤 의미인가? 한국을 일본의 전방기지쯤으로 이해하는 인식이 아닌가. 또 '협력'과 '일한관계의 중요성'은 어떤 것이며 '신사'들은 어떤 누구를 말하고 있는가.

세지마는 자신이 박정희 대통령 시절부터 이 나라와 관계했고 일한 우호를 다지는데 최선을 다했다고 거들먹거리고 있었다. 학살자 전두환과 그의 부하를 '온후 관대한 인물'이라고 표현하니, 결국 일본 관동군 출신의 한국 군부와 일본 육사 출신이 서로 긴밀하게 관계하고 있다는 얘기가 아닌가.

"한국에는 일본 육사를 졸업한 유능한 인재들이 적지 않고 대다수가 내 후배로, 그들과도 친하게 교제했다. 총리가 된 김정렬 대장, 국방장관 유재홍 대장, 참모총장이 된 박원석 대장 등, 물론 박정희 대통령도 마찬가지다."

세지마가 얘기한 '신사'들이란 자신과 특별한 관계임을 줄곧 강조하고 있는 전두환 노태우, 권익현 등 한국의 육사 11기 동기생들이었다. 그들의 직계 선배가 일본 관동군 혹은 일본 육사 출신들이니 결국 그들은 같은 뿌리를 공유하고 있는 셈이었다. 삼성의 이병철 회장이 세지마에게 전두환 노태우를 만나 달라며 말한 "군의 선배로서 어드바이스"는 일본 황군의 한국인 출신들, 한국의 입장에서는 민족반역자들에게 일본의 군국주의 사고와 의식을 다시 심으라고 말한 것이었다.

세이코는 분노가 치밀어 올랐다. 세지마가 전두환 노태우를 처음 만나 "온후 관대하고 시야가 넓었다"라고 평한 그날로부터 바로 20일 전에 한국의 광주에서는 시민들이 무참하게 전두환의 반란 군대에 의해 학살당하지 않았던가.

일본의 군국주의 세력과 한국 신군부세력의 대를 이은 밀착, 이는 결국 한국을 망친 것이고 장차 일본을 위험에 빠트릴 것이며 일본과 한국의 미래를 어둡게 하는 것이 아닌가.

17
딸, 미아(美雅)

어머니가 오전 중으로 찾아오겠다는 연락이 왔다.

세이코는 아침 요가를 끝내고 바흐의 무반주 첼로 조곡을 턴테이블에 올렸다. G장조의 저음이 스튜디오 안으로 퍼졌다. 세이코는 카잘스가 연주하는 이 음악을 자주 들었다. 같은 음악을 요요마의 연주로 듣기도 했지만 카잘스에게서는 묵직한 고전의 깊이가 느껴졌다. 첼로의 저음과 차분한 음색은 세이코의 마음을 편안하게 해 주었다.

연주가 2악장으로 들어서고 D단조의 음색이 실내를 꽉 채울 무렵, 갑자기 세이코는 아랫배에서 찢어지는 듯한 통증을 느꼈다. 이런 아픔은 처음이었다. 엉금엉금 기어서 전화기 쪽으로 가는데 스튜디오 현관 벨이 울렸다. 어머니가 온 것이다.

딸이었다. 세이코의 품에 안겨 잠을 자고 있는 아기를 보니 여자 아이다운 고운 생김새가 완연했다. 어머니와 아버지가 병상 옆에서 웃고 서 있었다. 아버지가 메모지를 내밀었다.

"딸애 이름을 미아라고 하면 어떻겠니? 아름다울 '미(美)' 자에' 곱고 바르다'는 뜻의 '아(雅)'를 붙여서 말이다.' '아'는 우아하다, 아름답다라는 의미도 있고 말이야."

어머니까지 거들었다.

"여기서 '아'는 시경(詩經)에 나오는 시의 묶음집 제목이기도 하고 말이다."

태어난 딸아이의 이름은 '미아'라고 정해졌고 일본어 한자로는 美雅, 영어 표기는 MIA라고 했다. 미아가 태어난 것은 1980년 6월 20일이다.

18
2016년 10월 29일 도쿄

세이코는 아버지가 10년 전에 세상을 떠났고, 그녀가 우에노 친정집으로 돌아와 아흔이 넘은 어머니와 같이 살기로 마음을 정했을 때, 맨 처음 한 일은 목조 건물 내부를 수리하는 것이었다. 집의 원형을 하나하나 고증하면서 차분하게 수리를 하다 보니 옛사람들의 집 짓는 지혜를 알 수도 있을 것 같았다. 덧문인 아마도(雨戶)를 새로 단장하는 것만으로도 단열과 통풍에 대한 옛사람들의 세심한 배려를 짐작할 수 있었다. 방과 방의 경계를 나누었던 붙박이 후스마(襖)를 걷어내니 답답했던 집이 한결 넓고 시원했다.

세이코는 옛집을 세심하게 돌봤다. 세이코의 손길 덕에 낡은 집은 150년 만에 윤기를 되찾았다. 정원 손보는 일에도 재미를 붙였다. 미국에서 언니 미치코가 가족들과 집을 찾았을 때 깔끔하게 옛 모습을 찾은 집을 보고 무척이나 놀라워했다. 딸 미아도 '일본 주택 정원의 교과서가 엄마의 손길이 묻은 여기 우에노 집에 있는 것 같다'고 칭찬을 아끼지 않았다. 보스턴 대학에서 동북아시아 고대 문화사를 전공하고 같은 대학에서 조교수로 있는 딸 미아의 안목은 가히 놀랄만한 수준이었다. 교목과 관목의 구분뿐 아니라 바위, 모래, 인공 언덕, 연못, 흐르는 물인 유수(流水)의 의미까지 제대로 읽어 낼 줄 알았다. 서양식 정원의 기하학적 배치와 달리 일본 정원은 인공으로 자연을 차용하는 방식으로 구성돼 있는 전통 정원 조경 방식을 미아는 깊이 이해하고 있었다.

"마마, 오늘 세 번째 이메일이에요. 한국을 올 수 있어서 너무 기뻐요. 저는 한국인이 중국인이나 일본인에 비해 더 자유로운 사람들이라는 생각이 들어요. 보다 자연에 가까운 사람들이라고 할까요? 여기 사람들은 아주 솔직하고 자기감정에도 충실한 것 같아요. 하고 싶은 말이 있어도 할 말을 숨기고 사는 일본 사람들과는 한국 사람들은 많이 달라요.

마마, 내가 미국에서 동아시아 역사를 공부하고 특히 고대 문화사를 공부할 때, 항상 나는 일본문화의 근원으로서 한국문화의 존재를 생각하지 않을 수 없었어요. 가야(伽倻)가 한국의 역사 교과서에서 제대로 기록되어 있지 않고 제대로 가르치지 않는다는 사실은 이번에 처음 알았어요. 일본이 가야를 한 때 지배했다는 조작된 일본 역사의 영향 때문인 것 같아요. 제대로의 역사적 사실은 가야 부여족이 일본을 정벌했다는 것이지요. 그런데 일본에서는 완전히 거꾸로 역사를 가르치고 있잖아요? 아직도 말이에요. 여기 한국에서도 일본 제국주의 식민역사교육의 영향을 받았던 사람들의 역사관이 그대로 이어지고 있는 거 같아요. 한국 역사에서는 고구려, 신라, 백제, 이렇게 3국 중심으로 시대 역사가 서술되어있고, 중요하고 큰 나라인 제4국 가야는 연구가 많이 부족한 것으로 보였어요. 과거 36년간 일본의 식민지를 당했다는 것이 참으로 무섭다는 걸 이번에 실감했어요. 마마, 저는 이번에 옛 가야국이 있었던 김해, 부산, 대구도 둘러보고 신라의 수도 경주도 가 볼 예정이에요. 백제의 터인 부여와 공주도 가봐야 하겠어요. 마마 어제 말씀드렸듯이 예정보다 일주일 더 이곳에 머물러야만 할 것 같아요. 언젠가 마마가 미국으로 부쳤던 편지에서 얘기한 전라남도 보길도도 꼭 이번에 가보고 싶어요. 일정이 너무 타이트할까요?

참, 어제는 용산에 있는 국립중앙박물관에 가서 한국의 국보 83호 금동미륵보살반가사유상(金銅彌勒菩薩半跏思惟像)을 봤어요. 이 금동미륵상과 쌍둥이처럼 똑같은 불상이 일본 교토 서북쪽 우즈마사(太秦)에 있는 고류지(廣隆寺) 목조미륵반가상(木造弥勒菩薩半跏像)이지요. 일본 국보 1호 불상 말이에요. 오랫동안 일본은 이 불상을 '아스카 시대(6세기 후반부터 8세기 초반의 일본 역사 시기)의 걸작'이라고만 말했지, 그 불상의 재료인 목재가 일본에서는 나지 않는 나무인 붉은 소나무 적송(赤松)으로 한반도에서 건너온 불상이란 설명은 없었지요. 언젠가 마마와 같이 고류지에 가서 불상을 봤을 때, 한반도에서 건너온 불상이란 설명을 붙이기까지 수십 년이 걸렸지요. 일본의 역사서인 일본서기(日本書紀)에 623년 신라에서 금불상을 일본에 보내왔다는 역사 기록이 있지만 일본인들은 애써서 일본의 역사기록까지 외면하려고 했지요. 일본서기에는 분명하게 이렇게 기록되어 있지요. "봄에 서거한 태자를 기린 금부처가 7월에 신라에서 도착했다."

금칠이 벗겨졌지만 한반도의 소나무로 만든 고류지에 목조미륵반가상은 머리에 쓴 삼산관, 귀, 손과 몸짓, 오른손 가운데 손가락을 뺨에 대고 생각에 잠긴 모습 등이 한국의 국립중앙박물관에 있는 금동미륵보살반가사유상과 똑같은 모양이지요. 고류지의 일본어(日本語) 불상 안내서에는 독일의 실존주의 철학자 칼 야스퍼스가 한 말 "진실로 완벽한 인간 실존의 최고 경지를 조금의 미혹(迷惑)도 없이 완벽하게 표현해냈다"라고 썼지요. 이렇듯 일본문화의 뿌리는 한반도에 있지요. 이 엄연한 역사의 영향을 무시하고 한국의 미술품이 일본 미술사의 범주로 이해하는 일본 역사학의 논리는 허구지요. 심지어 '목조미륵반가상이 한국에서 건너온 나무가 아닌 일본에서 나는 녹(綠) 나무로 만든 것이다'라는 엉터리 학설로 우기기도 하지요. 국보 1호라고 정해놓고는 그것도 '별 의미가 없이 쭈욱 늘어놓고 순서를 그냥 정한 것이다.'라고 말하기도 하지요. 그러나 일본 문화의 근원으로의 한국 문화는 흔들릴 수 없는 역사지요. 마마 이번에 도쿄로 돌아가면 마마와 같이 다시 교토 여행을 하고 싶고, 고류지에 그 불상을 다시 보고 싶어요.

박물관에서 나와 광화문 광장으로 갔어요. 서울 광화문 광장에서 열리는 촛불 시위에 나갔어요. 쌀쌀한 가을 날씨인데도 많은 사람들이 일제히 거리로 나왔어요. 마마 한국 뉴스를 보고 있지요? 나는 이렇게 많은 사람들이 거리에 나와 평화적으로 노래를 하고, 어린 학생들, 아저씨, 아주머니, 아기를 안은 주부, 샐러리맨, 여러 사람들이 마이크를 붙잡고 민주주의를 말하고 박근혜 대통령 퇴진을 외치는 모습은 놀라웠어요. 한국 사람들은 참 용감한 사람들인 거 같아요. 참, 저도 반쯤은 한국 사람이죠? 마마 너무 걱정하지 마세요. 한국 경찰들한테 붙잡혀 가지는 않을게요. 내일 여기 아사히신문 하사바 상과 부산으로 내려가기로 했어요. 참, 하사바 상이 마마에게 인사를 전해 달라고 했어요. 오늘은 여기까지 쓸게요. 마마 사랑해요. 딸 MIA"

19
촛불

　세이코는 딸이 보내온 이메일을 읽다가 기쁨도 있었지만 막막한 슬픔에 빠져들었다. 세이코는 뜬눈으로 가슴을 조이며 밤을 하얗게 지새운 36년 전 한국에서의 날들을 다시는 떠올리고 싶지 않았다. 그러나 한편으로는 한국의 시민들이 광화문 광장에서, 그리고 전국의 광장에서 외치는 박정희의 딸 '박근혜의 대통령직 탄핵'은 한국인의 민주주의 저력을 엿보게 했다. 세이코는 한국 소식을 시시각각 전달하는 T.V. 뉴스에 온통 시선이 갔다.

　오래전에 김재오를 만나게 된 이후 세이코는 한국의 현대사를 시간 내어 간간이 공부했다. 그것은 한국의 민주주의 과정의 역사였다. 한국이 1960년 4·19 때 독재자 이승만을 대통령직에서 끌어내린 4.19 민주혁명은 1961년 5·16 박정희 군사반란으로 틀어졌고, 박정희 피살 이후 1980년 한국의 민주화는 광주시민 학살, 전두환 군사반란으로 또 무너졌다. 1987년 한국 시민들의 6월 항쟁은 한국에서 대통령 직접선거 선출 제도를 마련했지만, 야당의 유력한 대통령 후보자였던 김대중 김영삼의 분열로 군사반란 2인자 노태우에게 정권을 빼앗겼다. 이후 갖은 고난 속에 김대중 노무현 정부를 세웠지만 지리멸렬했고, 정체를 알 수 없는 오사카 태생 이명박과 심지어 박근혜라는 박정희의 딸이 대통령이 되는 터무니없는 시대로 되돌아갔다. 수많은 한국의 시민들과 양심적인 지식인들, 학생들과 노동자들의 희생과 투쟁을 통해 간신히 민주정권을 세웠지만 반동(反動)을 맞은 것이다. 그래서 말이다, 10년 만에 떨치고 다시 일어나 광화문 광장으로 나온 2016년의 한국인들이 이번에는 기필코 민주주의를 실현시키는 역사를 만들어내기를 바랐다. 세이코는 일기에 이렇게 썼다. 그리고 간절하게 빌었다.

'사랑하는 한국인 여러분, 여러분은 오늘날 일본 사람들은 도저히 이룰 수 없었던 민주주의를 진전시켰던 분들입니다. 그 소중한 민주주의를 여러분은 이번에는 꼭 지켜내시리라 믿습니다. 여러분의 일본인 친구 세이코는 간절하게 빌고 응원합니다. 2016년 10월 29일'

20
산다화(山茶花) 꽃

세이코는 저녁 어스름이 밀려오기 시작하는 집 정원을 천천히 거닐었다. 나무 담장 밖으로 뛰어가는 아이들의 목소리가 들려왔다.

세이코는 정원 나무에 물을 뿌렸다. 나무에 물을 줄 때마다 항상 마음속 깊은 곳에는 미아의 아빠를 생각한다. 김재오. 김 상과 헤어진 지 긴 세월이 지났다. 한 시도 그를 잊은 적이 없다. 나무에 물을 줄 때는 더 간절했다. 도쿄 요요기 공원에서 나무를 껴안던 김 상의 모습은 이 세상에서 가장 빛나는 모습이었고 세이코가 김재오, 김 상을 사랑하게 된 투명한 시간의 시작이었다.

아버지의 나라 한국을 처음 찾아간 딸 미아로부터는 하루에도 몇 번씩 스마트폰으로 소식을 알려왔다. 딸은 자기가 찍은 여러 가지 동영상까지 보내왔다. 저녁마다 딸이 보내오는 동영상을 보면서 국제전화를 한 시간이 넘도록 했다.

딸에게 아버지의 나라는 감동이었고 감격이었나 보다. 만나는 사람들마다 미아에게 듬뿍 사랑을 주는 것 같았다. 김 상의 옛 직장 동료들이 미아에게 아버지가 일하던 신문사를 구경시켜주었고, 김 상의 사촌 조카들이 딸을 안내해서 미아의 아버지인 김재오, 김 상, 그리고 할아버지 할머니의 묘소 앞에서 딸은 처음 입어본 한복 차림으로 한국식 큰 절을 올리기도 했다.

세이코는 김 상의 묘소 정경을 찍은 동영상이 컴퓨터 모니터에 나올 때 모니터 화면을 양손으로 만지면서 조용히 울었다. 한복이 딸아이에게 너무나 잘 어울리는 모습에 또 눈물을 흘렸다.

정원 돌계단 옆으로 가서 막 늦가을 꽃망울을 피울 기운을 채비하고 있는 나뭇가지와 잎에도 살짝 물을 주었다. 산다화(山茶花) 꽃이 여기저기 봉우리를 내밀었는데 벌써 향기를 공중으로 퍼 나르고 있었다. 작은 꽃이지만 향기는 사방으로 퍼져나간다. 한국에서는 이 꽃을 늦동백, 서리동백이라 불리기도 하고 꽃이 작기 때문에 애기동백이라 부른다고 책에서 봤다.

세이코는 새삼 막 피어나는 꽃봉오리가 눈에 다 시렸다. 조용히 쳐다봤다. 하늘을 올려다보았다.

세이코는 저만큼 마루 끝에 놓아둔 스마트폰이 울리는 소리를 들었다. 딸 미아다. 이 시간이면 딸은 한국에서 전화를 걸어

온다. 세이코는 마루를 향해 급하게 걸음을 옮기다가 문득 걸음을 멈추었다. 돌계단 쪽으로 몸을 돌려 새로 피는 붉은 꽃망울에 눈길이 갔다. 갑자기 목이 메었다.

'김 상, 당신이 계신 그곳에는 지금 어떤 꽃이 피어 있나요?'

이 때다.

"세이코 상"

부르는 소리가 들렸다.
세이코는 사방을 둘러보고 하늘을 올려다봤다. 꽃망울에 다시 시선이 갔다.

"세이코 상"

김 상, 김재오의 목소리였다. 분명히 그의 목소리였다.

<아버지의 새벽>

김상수 장편소설 〈아버지의 새벽〉

초판 1쇄 인쇄 2019년 2월 26일
초판 1쇄 발행 2019년 3월 8일
펴낸 곳 Kim Art Instiute Publishing
편집디자인 주영훈
주소 경상남도 진주시 강남로 167번길 14 1층(칠암동 삼성타운)
전화 055-761-9995
팩스 055-762-9995
이메일 yu5901@nate.com
사업자등록 202-10-79441
출판사신고확인 2019-000005
ISBN

이 책의 저작권은 Kim Art Instiute Publishing 김상수에 있습니다.
저작권법에 의해 보호를 받는 저작물이므로 무단 전재 및 복사를 금합니다.

COPYRIGHT 2019 by Kim Sang Soo
ALL RIGHT RESERVED
PRINTED IN KOREA
ISBN